杜利特医生
和他的小伙伴们

The Story of Doctor Dolittle

［美国］休·洛夫廷 著　丁晓花 易宣 译

江苏凤凰文艺出版社

图书在版编目（CIP）数据

杜利特医生和他的小伙伴们 /（美）洛夫廷（Lofting, H.）著；丁晓花，易宣译. — 南京：江苏凤凰文艺出版社，2017.5

（全球最经典的一百本少儿书）

ISBN 978-7-5399-9093-4

Ⅰ.①杜… Ⅱ.①洛… ②丁… ③易… Ⅲ.①童话—美国—现代 Ⅳ.① I712.88

中国版本图书馆 CIP 数据核字（2016）第 057243 号

书　　名	杜利特医生和他的小伙伴们
著　　者	（美）休·洛夫廷
译　　者	丁晓花　易　宣
责任编辑	邹晓燕　黄孝阳
出版发行	江苏凤凰文艺出版社
出版社地址	南京市中央路165号，邮编：210009
出版社网址	http://www.jswenyi.com
印　　刷	三河市华东印刷有限公司
开　　本	880×1230毫米　1/32
印　　张	8
字　　数	200千字
版　　次	2017年5月第1版　2022年1月第3次印刷
标准书号	ISBN 978-7-5399-9093-4
定　　价	35.00元

（江苏凤凰文艺版图书凡印刷、装订错误可随时向承印厂调换）

目录 CONTENTS

序 / 001

杜利特医生的故事

第一章　泥塘镇 / 003

第二章　动物的语言 / 006

第三章　没钱真烦恼 / 012

第四章　非洲来信啦 / 016

第五章　伟大的航行 / 020

第六章　波利尼西亚与国王 / 024

第七章　猴子桥 / 028

第八章　狮子王 / 033

第九章　猴子开会 / 036

第十章　稀世动物 / 039

第十一章　非洲王子 / 043

第十二章　药物与魔法 / 047

第十三章　红船帆和蓝翅膀 / 052

第十四章　老鼠的警告 / 055

第十五章　巴巴里龙 / 058

第十六章　千里耳图图 / 062

第十七章　海洋上的信使 / 065

第十八章　气味 / 069

第十九章　岩石 / 074

第二十章　渔人镇 / 078

第二十一章　终于到家了 / 082

杜利特医生的马戏团

第一部分 / 087

第一章　炉边谈话 / 087

第二章　医生遇到了朋友和亲人 / 091

第三章　筹划事业 / 094

第四章　医生被发现了 / 098

第五章　医生也泄气 / 103

第六章　阿拉斯加的苏菲 / 109

第七章　北方的信使 / 112

第二部分 / 118

第一章　逃跑计划 / 118

第二章　马戏团的"动物之夜" / 125

第三章　在废弃的花园里 / 131

第四章　领头犬 / 138

　　第五章　从格尔彭教堂来的旅客 / 146

　　第六章　格兰切斯特的马车 / 151

第三部分 / 158

　　第一章　公路抢匪的替身 / 158

　　第二章　从河里向大海出发 / 163

　　第三章　威廉·皮波堤爵士 / 166

　　第四章　狐狸妈妈莱特斯德 / 170

　　第五章　杜利特安全锦囊 / 175

第四部分 / 182

　　第一章　重返马戏团 / 182

　　第二章　卖药风波 / 189

　　第三章　尼诺 / 193

　　第四章　另外一匹会说话的马 / 197

　　第五章　马戏明星的盛大表演 / 201

　　第六章　伟大的贝普 / 204

　　第七章　完美的牧场 / 207

　　第八章　退休老马联盟 / 212

第五部分 / 217

　　第一章　曼彻斯特的贝拉米先生 / 217

　　第二章　动物表演 / 221

003

第三章 海报和雕像 / 225

第四章 名、利以及雨 / 231

第五章 布鲁萨姆的神秘失踪 / 236

第六章 医生成为马戏团的新经理 / 238

第七章 马修当上了副经理 / 240

第八章 杜利特马戏团 / 242

序

我们当中有些人已经人到中年，即使他们对过去无怨无悔，也一定会感慨现在为孩子们写的书和三十年前为孩子们写的书无法相比。我强调"为孩子们写书"是因为，如今"写关于孩子的书"这种论调大行其道，这种新心理学只把孩子们当做什么也不懂的小不点儿，或者觉得他们是用什么特别的科学方法孵化出来的，千篇一律。为孩子们写作而非写孩子们是非常困难的，曾为此做出努力的人都明白。我深信，只有那些观念和情感里充满着童真童趣的人才有可能做到，比如《小杜克》和《老鹰窝里的鸽子》的作者、《一分钱一个熨斗》的作者，以及《短暂的生命故事》的作者，当然，还有《爱丽丝梦游仙境》的作者。大人以为用儿童的语言写作就能让挑剔的小读者们无话可说，这真是大错特错。要想使他们满意，作者必须像孩子一样发挥想象力，再以成人的思路使故事连贯有序。所以，《爱丽丝梦游仙境》中，冰雪皇后出现在孩子的想象世界里，而她在经历各种惊险刺激的冒险时始终表现得如同一位真正的皇后。白兔先生戴上白手套狂奔同样也是孩子们的想象力所见，但是，让白兔成为爱丽丝展开冒险的指引，这种编排显然出自成年人的成熟视角。

天才很稀有,可以毫不犹豫地说,直到休·洛夫廷出现,杨格小姐、尤因夫人、格铁夫人①以及刘易斯·卡罗尔②都可谓"后无来者",这并非过度赞誉。还记得六个月前,我在北安普顿斯密斯大学的汉普希尔书店拿起第一本"杜利特"丛书时,洛夫廷的一张插画就够吸引我的了。打开书,我看到的第一张插画就是猴子们在悬崖边手拉手搭起猴子桥。我接着往后翻,又看到了棒波王子为自己读童话故事的插画。之后,还看到一幅关于约翰·杜利特的小房子的插画。

尽管很多作者不擅长画画,但光会画好看的画也是不够的。如果有人恰好拥有洛夫廷先生这样的绘画天赋,那么他也还需要在字里行间表现出同样的天赋。当你读到第一章第一句话"很久很久以前"这样一本正经的开头时,你一定知道洛夫廷先生也期待着你同他一样,打心眼儿里相信这个故事,这是讲故事者的第一守则。如果是这样,你在阅读中就会发现他确实有着一双明亮的眼睛,能够抓住关键的细节,像书中第三页这样有趣的句子,有哪个充满好奇心的孩子能抵挡住它的吸引力呢:

"除了花园深处池塘里的金鱼外,他储藏室里有兔子,钢琴里有小白鼠,亚麻衣橱里有一只小松鼠,地下室里还有一只刺猬。"

当你更深入地阅读后会发现,医生不单单是令人兴奋和充满各种冒险经历的人,他的个性单纯可爱。他很善良,也很慷慨。任何写过故事的人都知道,要把善良慷慨的人写得有趣比将一个可恶吝啬的人写得有趣要困难得多,但杜利特是个有趣的人。这不光光因为他古怪,更因为他聪明并且知道自己是谁。不管年纪多大的读者,看到他就知道自己遇

---

① 杨格小姐、尤因夫人、格铁夫人均为英国十九世纪儿童文学女作家,尤因夫人著有《棕仙与其他故事》,格铁夫人著有《自然预言集》。
② 英国作家、数学家,世界儿童文学名著《爱丽丝梦游仙境》作者,原名查尔斯·勒特威奇·道奇森。

到麻烦（不单单是健康问题）的时候可以去找他，去咨询他的意见。杜利特仿佛从书里伸出手臂与读者握手，我仿佛看见他吹着笛子走过几个世纪，成千上万的孩子们跟随着他。他不仅是一位亲切的、可爱的和值得信赖的人物形象，而且他赋予每一位读者如书中描述的那种生活。

给动物以鲜活的生命，让他们像人类一样行动，这是十分困难的。显然，刘易斯·卡罗尔克服了这种困难，但在他之后、在休·洛夫廷之前，我都不确定有谁真正做到了这一点，即使是《柳林风声》这样的巨作也一样。但是，约翰·杜利特的动物朋友们却正是这样，因为作者从未想过要改变他们的个性。就像波利尼西亚，从头到尾都很自然，他很关心医生，但他也同样关心一只鸟会关心的东西，当他和医生、朋友们一起做完该做的事情后，他就去自己该去的地方。洛夫廷先生创作神奇的动物时会赋予他们令人信服的个性，阅读过这本书的读者不会怀疑世上真的存在双头兽，即使没有插图也会相信。书中的插图只是让双头兽的形象更加栩栩如生。

这是一本天才的作品。和所有天才之作一样，很难分析组成它的要素。作品里有诗歌、神话、幽默，也有一丝哀伤的色彩。不管怎样，他所创造的故事无论是四岁的孩子还是九十岁的老人，就连四十五岁的杰出银行家都会信以为真。我不知道洛夫廷先生是怎样做到这一点的，我想大概连他自己也不知道。这是《爱丽丝梦游仙境》之后第一部真正的儿童文学经典作品。

休·奥波尔

杜利特医生的故事

【美】休·洛夫廷 著

易 宣 译

第一章
泥塘镇

很久很久以前,在我们的祖父还是孩子的时候,有一位医生,名叫杜利特——医学博士约翰·杜利特。称他为"医学博士",因为他是位合格的医生,而且学识渊博。

他住在一个叫做"泥塘镇"的小镇上。那里,无论大人还是小孩都认识他。每当他戴着高帽在街头走过,大家就会说:"那是医生!他是个聪明人。"小狗和孩子们喜欢跟在他后面奔跑,就连教堂塔顶的乌鸦见了他也会点着脑袋呀呀直叫。

他的房子坐落在小镇边上。房子很小,花园却很大。花园里有宽阔的草坪和许许多多石凳,还有垂柳随风荡漾。他的姐姐莎拉·杜利特给他当管家,但花园是由杜利特自己打理。

他很喜欢动物,饲养了很多宠物。除了花园深处池塘里的金鱼外,他储藏室里有兔子,钢琴里有小白鼠,亚麻衣橱里有一只小松鼠,地下室里还有一只刺猬。他有一头带着只牛犊的奶牛,还有一匹瘸腿的老马——他已经二十五岁啦。他养了鸡、鸽子、两头羊羔,还有很多其他动物。不过,他最喜欢的宠物是鸭子哒哒、小狗吉普、小猪咕咕、鹦鹉波利尼西亚和猫头鹰图图。

姐姐莎拉常常抱怨这些动物把家里弄得乱七八糟。有一天，一位得了风湿病的老太太来看病，不小心一屁股坐在刺猬身上——当时刺猬正躺在沙发上打盹。老太太从此再也不来找他看病了，而是每周六坐车到十几英里之外的小镇找另一位医生。

他的姐姐莎拉于是说道："约翰，你把这么多动物放在家里怎么会有人来找你看病呢？一个好医生不会让他客厅里全是刺猬和老鼠！这已经是被赶走的第四个病人了！詹金斯先生和牧师说就算他们病得再重也不会再靠近你的房子。我们一天比一天穷，如果你继续这样，没有人会再拿你当医生的。"

"可是比起那些'最好的人'，我更喜欢动物。"医生说。

"你可真荒唐。"姐姐说着走出房间。

随着时光流逝，医生拥有的动物越来越多，来找他看病的人却越来越少。最后他连一个病人也没有了——除了一个卖猫食的人，他不在乎什么动物不动物。但他也并不富裕，而且一年只生一次病，每年在圣诞节期间，他会付六便士给医生买瓶药。

就算是在久远的旧时代，一年六便士也不够生活，要不是医生还有一些积蓄，真不知道会怎么样呢。

他继续饲养更多的宠物，用来喂养宠物的花费越来越大，他的积蓄也就越来越少。

后来，他卖掉了钢琴，让老鼠住进书桌的抽屉。可卖钢琴得来的钱很快也没有了，他又卖掉了自己在周末才会穿的棕色大衣。尽管如此，他还是越来越穷。

现在，当他戴着那顶高帽出现在街上时，人们就纷纷交头接耳："这是医学博士约翰·杜利特！他曾经是西部最棒的医生，但看看他现在的模样——他一丁点儿钱也没有,袜子上全是窟窿!"

不过,小狗、小猫,还有孩子们还是喜欢跟在他身后走街串巷,和过去他有钱的时候一样。

第二章
动物的语言

一天,卖猫食的人因为胃疼来找医生看病。医生和他在厨房里坐着交谈。

"你为什么不干脆放弃给人看病,改当兽医?"卖猫食的人问道。

那只叫做"波利尼西亚"的鹦鹉正站在窗前看着窗外的雨,自顾自地唱着一首水手之歌。此时,他停止了歌唱,认真地听他们谈话。

"你瞧,医生,"卖猫食的人继续说,"你那么了解动物,比这地方的兽医知道的多多了。你写的那本书——关于猫的,哇,真是太棒了!我自己不会读也不会写,不然我也会写点什么的。不过我妻子西奥多西娅是个有学问的人,真的很有学问。她把你写的书读给我听。哇,太精彩了!我只能说,真的很棒!你自己都能当一只猫了,你知道他们如何思考。而且,听我说,你给动物看病还可以赚很多钱。你知道吗?你看,我会让老太太们带着她们生病的小猫小狗来找你看病。如果没有生病的动物,我也可以在猫食里放些什么让他们生点小病,是吧?"

"哦,不,"医生连忙说,"你不能那样做,那样做不好。"

"噢,我并不是说真的让他们得病,"卖猫食的人说,"我只是放一点点让他们看起来不那么精神的东西而已。不过正像你说的,这对动物大概是不公平的。但他们总会生病的,老太太们总是喂得太多。而且,周围哪位农民的马腿瘸了,或是羊羔太瘦弱,都会来找你的。当个兽医吧!"

卖猫食的人走后,鹦鹉从窗户上飞下来,落在医生的桌子上,说道:"这是个有头脑的人。他说得对,你该当个兽医。如果人们没有足够的头脑意识到你是世界上最出色的医生,就放弃这些愚蠢的人类吧。来照顾动物吧,他们很快就会发现你的本领。当个兽医!"

"噢,这儿已经有很多兽医了。"约翰·杜利特一边说着,一边把花盆搬到窗台上淋雨。

"没错,确实有很多兽医,"波利尼西亚说,"但他们都不够好。听着,医生,现在我要告诉你一些事。你知道动物会说话吗?"

"我知道鹦鹉会说话。"医生说。

"噢,我们鹦鹉会说两种语言——人类的语言和鸟类的语言,"波利尼西亚骄傲地说,"如果我说'波利想来一块薄饼',你能听得懂。但如果我说'咔咔吽咦,菲菲'呢?"

"哦,天哪!"医生叫道,"那是什么意思?"

"意思是'麦片粥还是热的吗'?这是鸟语。"

"我的天哪!不会吧!"医生说,"你以前从来没有那样和我说过话。"

"说了又有什么用呢?"波利尼西亚说,他拂掉落在左翅膀上的饼干屑,"我要是那样说,你就听不懂了。"

"再多说一些,"医生兴奋地说着,他急忙从梳妆台的抽屉里拿出个本子和一支铅笔,"好吧,不要说得太快,我会记下来的。这很有意思,太有趣了,真新鲜!先告诉我鸟语里'ABC'怎么说……慢一点。"

就这样,医生知道了动物也有自己的语言,他们也可以彼此交谈。整个下午,外面下着雨,波利尼西亚站在厨房的桌子上给医生讲解鸟的语言,医生就把它们一一记录下来。

到了下午茶时间,小狗吉普进来了,鹦鹉对医生说,"瞧,他在和你说话。"

"在我看来他只是在挠他的耳朵。"医生说。

"动物并不总是用他们的嘴巴说话,"鹦鹉提高音量,挑着眉毛说,"他们用耳朵说话、用脚说话、用尾巴说话,任何部位都可以说话。有时候他们不想弄出声响来。现在你能看到他鼻子抽搐起来了吗?"

"那是什么意思?"医生问。

"意思是,你不知道雨已经停了吗?"波利尼西亚回答说,"他在问你问题,小狗总是喜欢用鼻子问问题。"

过了一段时间,在鹦鹉的帮助下,医生已经把动物的语言学得很好了,而且他自己也可以跟他们对话了,他能听明白动物说的所有话。接下来,他就彻底放弃当人类的医生了。

当卖猫食的人告诉大家约翰·杜利特改行当兽医后,老太太们纷纷带着她们的宠物八哥犬和贵宾犬来找他,农民们大老远地赶来,给生病的奶牛和绵羊看病。

一天,一匹犁地的马来到这里,他很高兴找到一个能听懂马语的人。

"你知道吗,医生,"这匹马说,"山那边的兽医什么也不懂,他已经给我治了六周了,一直当跗节内肿来治。我需要的是一副眼镜,我的一只眼睛都快瞎了。没有理由不让马戴眼镜,和人一样我们也可以戴眼镜。但山那边那个愚蠢的人从来不看看我眼睛有什么毛病,他不断地给我吃大药丸。我想告诉他的,可他不懂马语。我只是需要一副眼镜!"

"当然,当然,"医生说,"我立即给你配一副。"

"我想要一副和你戴的一样的眼镜,"这匹马说,"只要绿色的,我犁那五十英亩土地的时候可以用它来遮挡阳光。"

"没问题,"医生说,"你会得到一副绿色的眼镜。"

"先生,你知道,问题是,"医生打开前门送他出门的时候,这匹犁地的马说道,"问题是所有人都自以为能给动物看病,因为动物从不抱怨。事实上,当个好兽医比当个人类的好医生需要更多智慧。我那农场主的儿子总以为他了解马的一切。我希望你可以见见他,他的脸胖得连眼睛都快不见了,脑袋却只有土豆那么大。上周他还想给我敷芥子石膏呢。"

"他要把它敷在哪儿?"医生问。

"噢,他哪儿也没敷,"犁地马说,"他想敷,我一脚把他踢到鸭子池里。"

"干得不错。"医生说。

"通常我是很温顺的动物,"犁地马说,"对人类很有耐性,不会小题大做。但是,那个兽医给我开错药已经够糟糕了,那个红脸蛋的小男孩还来折腾我,我实在忍无可忍。"

"你伤到那个男孩了吗?"医生问。

"噢,没有,"犁地马说,"我踢了他无关紧要的部位,现在兽医正在照顾他。我的眼镜什么时候能好?"

"要下周才能做好,"医生说,"下周二再来吧,再见!"

于是约翰·杜利特做了一副大大的绿色眼镜。戴上它以后,犁地马的眼睛不瞎了,那只生病的眼睛看得又像以前一样清楚了。

不久,农场的动物戴眼镜就成为泥塘镇近郊的一道风景,再也没有瞎眼睛的马了。

其他被带过来看医生的动物也一样,他们得知医生会说动物的话以后,就直接告诉他自己哪里疼、哪里不舒服,这样医生给他们治病就容易多了。

现在所有来看过病的动物回去后都会告诉他们的兄弟姐妹和朋友,说那个大花园的小房子里住着一位医生,是一位真正的医生!后来,不光是马、牛和狗,就连田野上各种各样的小动物,像禾鼠、麝鼠、獾和蝙蝠,一生病就立即赶到小镇上医生的小房子里来了,因此他的大花园里几乎总是挤满了来看病的各种动物。

来看病的动物太多了,医生只好给不同的动物装了不同的门。他在前门写上"马",在侧门写上"牛",在厨房的门上写"羊"。每种动物都有一扇独立的门,就连老鼠也给他们做了一扇通往地窖的门,在那里他们耐心地排队等着医生来给他们看病。

就这样,只几年的工夫,远远近近的动物都知道了医学博士约翰·杜利特的大名。不仅如此,飞去其他国家过冬的鸟儿还告诉那里的鸟,说在沼泽边的泥塘镇有一位了不起的医生,会说动物的语言,能治好动物的病。这样一来,他在全世界的动物中威名大振,比他过去在西部地区的人类中有名得多了。他觉得很快乐,非常喜欢这样的生活。

一天下午,医生正忙着写一本书,波利尼西亚像往常一样站在窗台上,看着花园里被风吹落的树叶。突然,他大笑起来。

"怎么回事,波利尼西亚?"医生抬起头问。

"我只是在思考。"鹦鹉说,继续盯着落叶。

"思考什么?"

"我在思考人类,"波利尼西亚说,"人类让我生厌,他们总以为自己了不起。人类诞生也有几千年了,不是吗?可人类学会的唯一的动物语言就是——小狗摇尾巴是在说'我高兴'!这很可笑,不是吗?你是第一个会像我们一样说话的人。噢,有时候人们以高傲的姿态谈论'不会说话的动物',令我非常讨厌。不会说话!哦!我曾经认识一只金刚鹦鹉,他连口都不用张就可以用七种不同的语言说'早上好'。他会讲任何语言,包括希腊语。一位白胡子的老教授买下了他,但他后来离开了老教授。他说那个老人说的希腊语不对,他不能忍受他教给别人错误的语言。我常常想起他,想知道他后来怎么样了。鸟知道的地理知识比人类多得多。人类!天哪,我想如果人想学习飞翔——就像普通的麻雀一样飞,恐怕他们怎么都学不会!"

"你是一只聪明的老鸟,"医生说,"你到底多大了?我知道鹦鹉和大象有时候可以活得很久。"

"我也不清楚具体多少岁了,"波利尼西亚说,"也许一百八十三,也许一百八十四。不过,我知道当初从非洲来到这里的时候,查理国王正躲在橡树丛里呢。我看见他了,他看起来很怕死。"

第三章
没钱真烦恼

现在,医生又开始赚钱了。他的姐姐莎拉买了新裙子,非常高兴。一些来找他看病的动物由于病得很重不得不在他这儿待上一个星期。他们慢慢康复后,喜欢坐在草坪的椅子上休息。

有时候,哪怕他们已经完全康复了也不想走——他们太喜欢医生和他的房子了。他们提出要和医生待在一块,医生从来都不忍心拒绝。因此,他的宠物还是越来越多。

一天傍晚,他坐在花园墙边抽烟斗,一位意大利手风琴演奏师牵着一只猴子走过。医生一看就知道猴子脖子上的绳子勒得太紧了,猴子又脏又不开心。于是他把猴子从意大利人手里夺走,给了意大利风琴师一个先令,让他赶紧走。意大利手风琴师很生气,他说想要留着这只猴子。但医生对他说,如果他再不走就给他鼻子上来一拳。约翰·杜利特尽管个子不是很高,但却是个强壮的人。所以,意大利人骂骂咧咧地离开了,猴子就留下来跟杜利特医生一起生活。他有了温暖的家,屋子里的其他动物叫他"齐齐"。在猴子的语言里,"齐齐"的意思是"姜"。

还有一次,马戏团来到泥塘镇,患了牙疼的鳄鱼趁着夜色从马戏团逃了出来,走进医生的花园。医生用鳄鱼的语言和他谈话,把他带进屋,治好了他的牙疼。可是鳄鱼看到这屋子这么好,各种不同的动物都有自己的地方,也想和医生一起生活。于是他问医生,如果他保证不吃掉池塘里的鱼,能不能让他睡在花园的池塘里。马戏团的人来带他回去的时候,他又野蛮又愤怒,吓跑了他们,但他对屋子里的伙伴就像小猫一样温和。

不过,自从有了鳄鱼后,老太太们开始害怕把她们的哈巴狗送到杜利特医生这来,农民们也不相信鳄鱼不会吃掉他们送来的羊羔和小牛。于是,医生走到鳄鱼身边跟他说,他必须回到马戏团去。可是,鳄鱼流下了大滴大滴的眼泪,请求医生让他留下。这样一来,医生再也不忍心赶他走。

这时,医生的姐姐走过来对他说:"约翰,你必须把这动物送走。我们的经济刚刚开始有起色,现在农民和老太太又害怕把动物送到你这来看病,这会把一切都毁了的。这是最后一根稻草了,如果你不把那短吻鳄弄走我不会再给你当管家。"

"他不是短吻鳄,"医生说,"他是鳄鱼。"

"我不管你怎么叫他,"他姐姐说,"床底下有条鳄鱼真令人讨厌,我不会把他留在屋子里的。"

"但他向我保证过,"医生回答说,"他不会伤害谁,他不喜欢马戏团,而我没有足够的钱送他回到非洲——他的故乡。他会照顾自己,目前来看表现不错,没必要太紧张。"

"我告诉你,我不会和他住在一起,"莎拉说,"他吃掉了油毡。要是你不立刻撵他走,我就……我就嫁人去!"

"好吧,"医生说,"嫁人去吧,我也没有办法。"医生摘下帽子,走进花园。

莎拉·杜利特于是收拾好行李离开了这栋房子。医生身边就只剩下这些动物家人了。

很快,他变得比以前贫穷的时候更穷了。有这么多张嘴要吃饭,屋子要打扫,修修补补的活儿也没人做,没有进账支付肉店的账单,日子越过越难。但是,医生一点儿也不担心。

"钱是个麻烦的东西,"他总说,"如果没人发明钱,我们的日子都会好过多了。只要我们过得快乐,钱又算什么呢?"

可是不久后,动物们也着急起来。一天夜里,趁医生在壁炉前的椅子上熟睡的时候,他们悄悄地谈论起这事儿来。算数好的猫头鹰图图告诉大家,剩下的钱只能维持一周了,而且只够他们一天吃一顿的。

接着鹦鹉说道:"我想我们应该自己做家务,至少做点力所能及的事。毕竟,这位老人家是因为我们的缘故才变得这么孤独和贫穷的。"

大家一致同意猴子齐齐负责做饭和缝补工作;小狗负责拖地;鸭子负责清理屋子里的灰尘和整理床铺;猫头鹰图图负责管账;小猪就负责打扫和维护花园。他们推举波利尼西亚当管家并负责洗衣服,因为他年纪最大。

当然,一开始大伙儿都觉得自己的工作很难——除了齐齐,因为他有手,可以像人类一样干活。但他们上手也很快,他们看到小狗吉普把拖布绑在尾巴上拖地,觉得很好玩。很快他们都把自己的工作做得很好,医生说他的房子从没像现在这样干净整洁过。

就这样,他们平静地度过了一段时间。但没有钱,他们的处境还是很难。

后来,动物们在花园门口搭了个棚子,向路过的人出售胡萝卜和鲜花。

但他们挣的钱还是不够付各种账单。医生还是不着急,鹦鹉跑去告诉他说,鱼贩再也不卖鱼给他们了,他说:"没关系,只要鸡还下蛋,牛还产奶,我们就会有煎蛋饼和乳酥吃,而且花园里还有很多蔬菜。现在离冬天还很远,不要着急。只有莎拉总是焦虑不安、小题大做。我想知道莎拉过得怎么样,从某些方面来说,她是个好女人。唉,唉!"

可是这一年的冬天来得比往年都早。尽管瘸腿的老马从镇子外的森林里拉回了很多木头,让他们厨房里有火取暖,但花园里没有蔬菜了,菜地被大雪覆盖,大部分动物都很饥饿。

第四章
非洲来信啦

那是个非常寒冷的冬季。十一月的一天晚上,他们在厨房里围着温暖的炉火坐在一起,医生正在大声朗读他用动物的语言写的书,猫头鹰图图忽然说:"嘘!外面什么声音?"

他们都竖起耳朵来听,不一会儿,他们听到奔跑的声音,接着,门突然被推开,猴子齐齐上气不接下气地跑了进来。

"医生!"他喊着,"我刚从非洲的堂弟那儿听到一个消息:那里,一种可怕的疾病正在猴子中传播,他们都染上了这种病,猴子成百成百地死亡。他们听说了你,请求你赶去非洲制止这场疾病的蔓延。"

"是谁带来的口信?"医生问,他摘下眼镜,把书放下。

"一只燕子,"齐齐说,"他就在外面的盛雨桶上。"

"把他带到火炉边来,"医生说,"他一定冻坏了,其他燕子六个星期以前就飞去南方了。"

于是燕子被带进来了,他冷得缩成一团、瑟瑟发抖。刚开始他还有一点害怕,过了一会儿,他身上暖和起来了,就站在壁炉台上说开了话。

等他讲完后,医生说:"我很乐意去非洲,特别是在这么寒冷的天气里,但是,我们恐怕没有足够的钱买票。把储蓄罐递给我,齐齐。"

猴子便爬上碗柜,从最高的搁板上取下储蓄罐。

储蓄罐里一个子儿都没有!

"我清楚地记得应该还有两便士。"医生说。

"的确,"猫头鹰说,"但是你用它给獾的宝宝买了拨浪鼓,那时他正在长牙。"

"是吗?"医生说,"呵,哎呀!钱真是个讨厌的东西!算了,没关系,也许我可以去海边找人借艘船去非洲。我认识个水手,我曾治好他孩子的麻疹,也许他会把船借给我们。"

第二天一大早,医生就去了海边。他回来的时候告诉动物们事情很顺利,水手答应把船借给他们。

鳄鱼、猴子还有鹦鹉听到这消息高兴地唱起歌来,因为他们终于可以回到自己真正的故乡——非洲。医生又说:"我只能带你们三个以及小狗吉普、鸭子哒哒、小猪咕咕,还有猫头鹰图图。剩下的动物,像睡鼠、麝鼠还有蝙蝠,你们必须回到出生的田地里去,直到我回来为止。不过你们大部都要冬眠,相信你们不会介意。而且,对你们来说,去非洲可不是什么好事儿。"

接着,有着丰富的海上旅行经历的鹦鹉开始指导医生准备船上需要的东西。

"你要准备大量硬面包,"他说,"他们叫这'压缩饼干'。你还要准备牛肉罐头,还有锚。"

"我想船上应该有锚。"医生说。

"噢,要确认好,"波利尼西亚说,"这很重要,没有锚船没法停下来。你还需要一个闹钟。"

"那是用来做什么的?"医生问。

"用来报时,"鹦鹉说,"每半小时报时一次,你就知道是什么时候了。

还要多带些缆绳,航行中他们总能派上用场。"

接着他们开始思考从哪里弄到钱来买需要的东西。

"噢,真讨厌!又是钱,"医生叫起来,"太好了!我真高兴去非洲后我们再也不需要钱了!我去问问杂货店老板能不能先赊些东西给我们。不,我会叫水手去求他。"

于是,水手去找杂货店老板。不久,他就带着他们需要的所有东西回来了。

接下来,动物们开始收拾行李。他们关掉水管以免管道结冰,关上百叶窗,锁了门,把钥匙交给马厩里的马。在确认了厩楼上有足够马过冬的干草后,他们把行李都搬到海边的船上。

卖猫食的人来给他们送行,还带了一大块牛油布丁当礼物送给医生,因为他听说在国外没法吃到牛油布丁。

他们一上船,小猪咕咕就问床在哪儿,因为正是下午四点,他想打个盹儿。波利尼西亚就带他下到船舱里,指给他看床放在哪里。那些床一张叠着一张靠在墙根,像书架一样。

"天哪,这不是床!"咕咕哭起来,"那是架子!"

"船上的床都是这样,"鹦鹉说,"这不是架子,爬上去睡吧,这就是你所谓的'铺位'。"

"我想我这会儿还是别上床了,"咕咕说,"我太兴奋了,想回甲板上看船起航。"

"好吧,这是你第一次旅行,"波利尼西亚说,"不久你就会适应船上的生活的。"

他上楼回到甲板,自顾自地哼起了歌:

　　我见过黑海和红海

我绕过了怀特岛①
我发现了黄河
还在夜间抵达橘郡②
现在绿岛又在身后
我航行在蓝色海洋
我已厌倦这花花世界
简,我要回到你身边

船就要开了,医生却突然说他要回去问问水手,到底怎么去非洲。可燕子说他已经去过那里很多次,他会告诉他们怎么走。

于是,医生让齐齐收锚起航。

---

① 怀特岛,大不列颠岛南岸岛屿,南临英伦海峡,北临索伦特海峡,是欧洲著名的旅游胜地。
② 橘郡,位于美国加利福尼亚州南部的一个郡,濒临太平洋。

第五章
伟大的航行

燕子在船前引路,船在汹涌澎湃的大海上连续航行了六个礼拜。夜晚,燕子拎着一盏小灯笼飞翔,这样大家不会在黑暗里跟丢,路过的船只上的人们都说那道飞逝的光亮是流星。

越往南航行,气候越暖和。波利尼西亚、齐齐和鳄鱼没完没了地享受炎热气候,他们在船的四周大笑着奔跑,很想看看是不是已经能看见非洲了。

可是在这么炎热的天气里,小猪、小狗和猫头鹰图图却什么也做不成,只好躲在船尾一个大桶的阴凉里乘凉,他们热得一直吐舌头,不停地喝柠檬水。

鸭子哒哒就跳进海里,跟在船后面游泳,因为这样可以降暑。只要她觉得头顶太热,她就从船的一边扎进水里,再从船的另一边钻出来,这样也能在海里抓到些鲱鱼。礼拜二和礼拜五大伙儿可以吃鱼肉,这样牛肉罐头就可以留得更久一点。

船航行到赤道附近的时候,一些飞鱼朝他们飞来。飞鱼问鹦鹉这是不是杜利特医生的船,听鹦鹉说是的以后,他们很高兴,因为非洲的猴子一直担心他永远也不会来。波利尼西亚问他们还要走多远,飞鱼告诉他说离非洲海岸只有五十五公里了。

后来,他们又遇见一大群海豚跳跃着穿过海浪,他们也问波利尼西亚这是不是那位名医的船。当听说是的,他们问鹦鹉医生这趟旅程是否还需要什么。

波利尼西亚说,"是的,我们还需要洋葱。"

"离这儿不远有一个岛,"海豚说,"岛上野生的洋葱又高又壮,我们去找一些来给你们。你们继续航行,我们会追上你们的。"

海豚说完就飞快地游走了。很快,鹦鹉又看到他们赶了上来,在海浪间拖着用海藻做成的网,网里装满了洋葱。

第二天傍晚,太阳下山时,医生说,"给我望远镜,齐齐。我们的航行快结束了,很快就能看到非洲海岸了。"

大约过了一个半钟头,没错,他们看见前面有什么东西,像是陆地。可是天越来越黑,他们也不确定。接着,暴风雨来了,夹杂着电闪雷鸣。海面上风声咆哮,暴雨如注,浪头一个高过一个,直接打在船上。

紧接着就听见"嘭"的一声巨响,船停了,开始朝一边倾斜。

"发生什么事了?"医生问,从楼下跑出来。

"我也不清楚,"鹦鹉说,"但我想我们是遇到海难了,让鸭子出去看看情况。"

于是哒哒立即潜下水看发生了什么。他回来后告诉大家,他们的船撞上礁石了,船底破了个大洞,水正在漫进来,他们正在快速下沉。

"我们必须要游到非洲了,"医生说,"唉,唉!好吧,大伙都游上岸。"

但齐齐和咕咕不会游泳。

"用缆绳!"波利尼西亚说,"我说过缆绳能派上用场。鸭子哪儿去了?过来,哒哒,快飞上岸,把缆绳的这一头拴到岸上的一棵棕榈树上,我们会在船上抓住缆绳的另一头,不会游泳的都沿着这根绳子爬到岸上去。这就是我们说的'救生索'。"

他们都安全抵达陆地——有的游上岸,有的飞过来,沿缆绳爬上岸的还带上了医生的衣箱和手提包。

但船是不能再用了,船底破了个大窟窿,很快被海水冲到礁石上撞得粉碎,散架的木板随着海水漂走了。

接下来,大伙儿在高高的悬崖上找到一个不错的干燥岩洞,就在那儿避难,直到暴风雨过去。

第二天早上,太阳出来了,他们又回到沙滩上,把衣服晾干。

"我亲爱的、古老的非洲!"波利尼西亚叹息着说,"回来真好。想想看,明天就是我来到这里的第一百六十九年了!这里一点儿都没变,一样的老棕榈树,一样的旧红土,一样的老黑蚁!哪儿也比不上老家!"

其他伙伴看到他眼里闪着泪光——再次看见自己的国家,他实在太高兴了。

这时,医生突然发现他的高帽子不见了,被暴风雨吹到海里去了。于是,哒哒去找帽子,她很快就发现那顶帽子远远地漂在海面,像艘玩具船。

当她飞下去叼起帽子时,发现小白鼠害怕地坐在帽子里。

"你怎么在这儿?"鸭子问,"不是让你留在泥塘镇么。"

"我不想留在那儿,"小白鼠说,"我想看看非洲什么样儿,我有亲戚在这里。所以我就藏在行李里,跟压缩饼干一起被带到了船上。船沉的时候我害怕极了,我游不了多远。我竭尽全力地游啊游,不一会儿就精疲力尽了。我想我要沉下去了,就在那时,老人家的帽子漂了过来,我不想被淹死,就爬到帽子里来了。"

于是鸭子让小白鼠待在帽子里,然后把帽子衔到岸上交给医生。大家都围上来看个究竟。

"这就叫'偷渡者'。"鹦鹉说。

正当他们帮小白鼠在箱子里找个舒服地方时,猴子齐齐突然说:"嘘!我听见丛林里有脚步声。"

他们都不说话了,竖起耳朵听。不久,一个黑人从树丛里出来问他们来这里干吗。

"我叫约翰·杜利特,是个医学博士,"医生说,"我被邀请到非洲来给这里的猴子看病。"

"你们必须去见国王。"黑人说。

"什么国王?"医生问,他不想浪费时间。

"乔丽金基国王,"那人回答,"这里的领土都属于他,所有外来人都必须去见他。跟我来!"

他们收拾了行李跟着那人穿过丛林。

第六章
波利尼西亚与国王

他们沿着茂密的森林走了一阵子,来到一片宽阔的空地。他们看见了国王的宫殿,宫殿是用泥巴盖的。

这里住着国王和他的王后厄敏特鲁德,还有他们的儿子棒波王子。王子去河边捕鱼去了,而国王和王后则坐在皇宫前的遮阳伞下,厄敏特鲁德王后已经睡着了。

医生来到宫殿前,国王问他是干什么的。于是,医生告诉国王他为什么到非洲来。

"你不该在我的领土旅行,"国王说,"很多年前,一个欧洲人来到这片海滩,我对他非常友好。可是,后来他为了淘金在我的土地上挖了很多洞,为了得到象牙把这里的大象都杀死了,然后悄无声息地乘船离去,连一句'谢谢'都没跟我说。欧洲人再也别想到乔丽金基旅行。"

接着国王转身对站在附近的黑人说:"把这医生和他的动物都带走,把他们关进最坚固的牢房。"

于是,六个黑人把医生和他的宠物们押走,并把他们关进一个石头地牢。那个地牢只在很高的墙上开了一个小窗口,窗口装着栅栏,牢门又坚固又厚重。

他们觉得非常生气,小猪咕咕哭了起来,齐齐说他再哭就打他,小猪这才安静下来。

"大家都在这儿吗?"习惯了微弱的亮光后,医生问。

"是的,我想都在呢。"鸭子说着开始点数。

"波利尼西亚呢?"鳄鱼问,"他不在。"

"你确定吗?"医生说,"再找找。波利尼西亚!波利尼西亚!你在哪儿?"

"我猜他肯定逃跑了,"鳄鱼咕哝着,"哼,他就是这样,看着朋友们遇上麻烦,自己却溜进森林。"

"我可不是那种鸟儿,"鹦鹉说着从医生燕尾服的口袋里爬了出来,"你看,我身子小,可以从那栅栏过去,我担心国王把我关进笼子里。所以,国王忙着讲话的时候,我就藏到医生口袋里来了。我在这呢!这叫'计谋'。"他边说边用嘴整理他的羽毛。

"天哪!"医生叫道,"你够走运的,我没有一屁股坐到你身上。"

"现在,听着,"波利尼西亚说,"今晚天一黑,我会从那扇窗子的栅栏飞到皇宫去。你们等着瞧吧,很快我就有办法让国王放了我们。"

"哦,你能做什么?"咕咕噘起他的嘴巴又哭开了,"你只是一只鸟。"

"没错,"鹦鹉说,"但别忘了,虽然我只是一只鸟,但可以像人一样说话,我了解这些人。"

那天晚上,月亮的光芒透过棕榈树照进来,国王手下的人都睡着了,鹦鹉从牢房的栅栏溜出来,飞过皇宫。几个礼拜之前,皇宫食品储藏室的窗户被一个垒球砸破了,波利尼西亚就从玻璃窗上的破洞溜进宫殿。

他听到棒波王子在宫殿后面的房间里打着呼噜,睡得正香。他踮起

025

脚尖上楼来到国王的卧室,轻轻打开卧室的门朝里面看。

那天晚上王后去表哥家参加舞会了,国王在床上睡得很沉。

波利尼西亚小心翼翼地匍匐到国王的床底下。

然后,他咳嗽了一声——就像医生杜利特在咳嗽似的。波利尼西亚能模仿任何人。

国王睁开眼睛,睡意朦胧地说:"厄敏特鲁德,是你吗?"(他以为是王后参加完舞会回来了。)

这时,鹦鹉又咳嗽了一声——很响亮,像个男人。国王坐了起来,他完全清醒了,问道:"是谁?"

"我是杜利特医生。"鹦鹉说,正是医生说话的腔调。

"你在我卧室里干什么?"国王叫唤,"你怎么能逃出监狱!你在哪儿?我看不到你!"

鹦鹉只是哈哈大笑——笑了很久,很深沉,很快乐,就像医生在笑。

"别笑了,立刻站出来,让我能看到你。"国王说。

"愚蠢的国王!"波利尼西亚回答,"你忘了你是在跟约翰·杜利特说话,医学博士——世界上最了不起的人。你当然看不见我,我会隐身,这世上没什么我办不到的。现在听着:今晚我就是来警告你,如果你不让我和我的动物们在你的国土上旅行,我就让你和你的国民得猴子们得的病。我能治好人们,也能让人们生病,只要动动小指头就行了。立刻让你的士兵打开石牢的门,否则明天太阳出来以前,你们就会得腮腺炎。"

国王听了害怕得直发抖。

"医生,"他叫着,"我马上照你说的做,别动你的小指头,求你了!"他立马跳下床,跑出去叫士兵去打开牢房的门。

他一走,波利尼西亚立刻爬下楼,从食品储藏室的窗子离开皇宫。

不过,这时,王后正用钥匙开后门进来,恰好看见鹦鹉从坏了的玻璃窗出去。国王回到床上睡觉的时候,她就把自己看到的告诉了国王。

国王知道自己被鹦鹉戏弄了,非常生气。他飞快地回到监狱。可他还是来晚了。牢房的门开着,牢房里空空如也,医生和他的动物们已经逃走了。

第七章
猴子桥

厄敏特鲁德王后从没见过国王像那天晚上那样可怕。他气得咬牙切齿,把每个人都叫做傻瓜。他朝皇宫的猫扔牙刷,穿着睡袍到处跑,叫醒所有的军队,派他们到森林里去抓医生。他把所有的仆人也打发去找医生——他的厨子、园丁、理发师、棒波王子的老师,连穿着夹脚的舞鞋跳舞跳累了的王后也被派去帮忙。

这时候,医生和他的动物们正以他们最快的速度穿过森林,朝猴子国跑去。

小短腿的咕咕不一会儿就跑累了,医生只好抱着他,可又有箱子又有手提包的,真不好办。

乔丽金基国王认为他的军队很快就会找到他们,因为医生在一片陌生的领土,肯定会迷路。但是他错了,因为猴子齐齐知道森林里所有的路——比国王的人知道得还清楚。他让医生和他的宠物们跑到森林深处,这里还没人来过,他把大家藏在高耸的岩石之间,一个大空心树洞里。

"我们最好待在这儿,"齐齐说,"等士兵们回去睡觉了,我们再进入猴子国。"

于是,他们在树洞里待了一个晚上。

他们时不时还听见国王的人在附近的森林里搜查和交谈,但他们很安全,除了齐齐没人知道这个藏身之地,就连其他猴子也不知道。

最终,当日光透过浓密的树叶照射进来,他们听见厄敏特鲁德王后用疲惫的声音说,再找下去也没用了,还是回去睡一会儿吧。

等士兵们都回家去了,齐齐立刻把医生和他的动物们带出他们藏身的地方,大伙儿朝着猴子国出发。

去猴子国的路途很遥远,他们几度感到非常疲惫,特别是咕咕。不过他一哭,大伙儿就拿来他喜欢的椰子奶。

他们有很多吃的和喝的,因为齐齐和波利尼西亚都知道森林里各种各样的水果和蔬菜,他们知道去哪里能找到这些吃的,像枣子、无花果、花生、生姜和山芋等等。他们用野生橘子制成柠檬水,再加点从空心树洞的蜜蜂窝里采的蜂蜜。无论他们想要什么,齐齐和波利尼西亚总能帮他们找来,或者找到类似的。有一天他们还给医生找来了些烟草,他带的烟斗抽完了,这会儿正想抽点儿。

晚上,他们住在棕榈叶盖的棚子里,睡在干树叶铺成的柔软而厚实的床上。不久后,他们已经习惯了走很久的路,并且很享受旅途生活。

当夜幕降临,他们可以停下来休息时,他们依然很高兴。这时候,医生用树枝生个小火堆,他们吃完晚饭就围坐成一圈,听波利尼西亚唱大海的歌,或者听齐齐讲森林里的故事。

齐齐讲的故事都很有趣。虽然在杜利特医生为猴子写书以前,他们并没有什么历史书,不过他们记得发生过的故事,而且会把记得的故事讲给孩子们听。齐齐讲的很多故事都是从祖母那听来的——很久很久以前,在诺亚方舟出现和洪水来临之前,那时,人们还穿着熊皮衣裳,住着岩洞,吃着生肉。因为没有见过火,人们还不知道怎么把生肉做熟。他给他们讲大猛犸的故事,讲一列火车那么长的蜥蜴的故事,那个时候这样的蜥蜴满山跑,啃树上的叶子吃。有时候大家听得兴起,等他讲完,发现火堆已经熄灭了,大伙只好到周围再找些树枝,重新生起火堆。

国王的军队回去告诉国王他们没有找到医生,国王让他们再去森林找,找不到不准回来。所以,当医生和他的动物们朝猴子国走去时,他们自以为已经安全了,其实国王的人还在跟踪他们。要是齐齐知道,他肯定会把他们再藏起来,但是他并不知道。

一天,齐齐爬上一块高高的岩石,从树梢向四周瞭望。下来后他告诉大家猴子国近在眼前了,很快就能到。

那天晚上,不出意料,他们见到了齐齐的表哥,还有其他很多没生病的猴子,他们在沼泽边的树上坐着,等待着医生的到来。看到这位著名的医生真的来了,这些猴子欢声雷动、高兴地挥舞树枝,从树枝上蹦下来迎接他。

他们忙着帮他拿包、拎箱子,恨不得帮他拿所有的东西,一个健壮的猴子还一下抱起又走累了的咕咕。有两只猴子跑到前面,准备去告诉生病的猴子们大名鼎鼎的医生终于来了。

国王的人并没有停止跟踪他们,而且他们已经听见猴子们的欢呼声,他们终于找到了医生,迫不及待地来捉他。

抱着咕咕的大猴子在后面慢慢跟着,他看到军队的首领鬼鬼祟祟地在树丛里穿梭。他赶紧撑上医生,让他快跑。

这样一来,他们都用前所未有的速度快速奔跑,国王的人紧跟其后,也跑了起来,他们的首领跑得最快。

突然,医生被他的药箱绊倒了,摔在泥潭里。那个首领心想这次肯定能逮着他了。

可是首领的耳朵太长了,尽管头发非常短,可他跳起来去抓医生的时候,一只耳朵被一棵树挂住了,军队的其他人只好停下来帮他忙。

趁着这一会儿,医生已经爬了起来,大伙继续向前跑。这时候,齐齐大喊:"没事儿!没多少路了。"

可是就在他们马上进入猴子国的时候,眼前出现了一处陡峭的悬崖,悬崖下是湍急的河水,此时他们已经到了乔丽金基国土的边界,猴子国就在河对岸。

小狗吉普站在悬崖边,向陡峭的悬崖底下望去,说道:"天哪!我们怎么过得去?"

"噢,天哪!"咕咕说,"看哪!国王的人追上来了,我们要被带回牢房了。"说着他哭起来。

抱着小猪的大猴子这时候把他放在地上,着急地大声叫其他猴子。

"孩子们,桥!快!搭座桥!我们只有一分钟的时间。他们已经放开了他们首领的耳朵,他像只鹿一样奔过来了。快点儿!一座桥!一座桥!"

医生想他们要怎么搭座桥呢,他四处张望想看看他们是不是在哪儿藏了木板。

可他回头一看悬崖,在那河流之上,已经为他搭好了一座桥——是猴子们一只一只连接在一起搭成的!原来就在他一转身的工夫,这些猴子已经手脚相连,用自己的身体组成了一座桥,动作快得像闪电。

那只大猴子朝医生喊:"快过来!快过来!你们……赶快!"

咕咕有点害怕,桥那么窄,离河面又那么高,但他还是安全通过了,其他伙伴也都纷纷过来了。

约翰·杜利特最后一个过去。他刚过来,国王的人就赶到悬崖边了。

于是他们只能抡着拳头怒吼,因为他们知道来得太迟了,医生和他的动物们安全抵达猴子国,桥也拉到猴子国一边去了。

齐齐转身跟医生说:"很多伟大的探险家和白胡子的自然学家曾经长时间地躲在丛林里,想看看猴子怎么搭桥的。但我们从没让一个欧洲人见识过这本领,你是第一个看到有名的'猴子桥'的人。"

医生高兴极了。

第八章
狮子王

现在，约翰·杜利特忙得一塌糊涂。他发现成百上千的猴子都得了病——大猩猩、猿猴、黑猩猩、狗脸狒狒、叫做狨的长尾小猴、灰猴、红猴等各种猴类，很多已经死亡。

他做的第一件事就是把生病的猴子隔离起来。他让齐齐和他的表哥一起用草盖了一所小房子。第二件事就是给所有还没有生病的猴子注射疫苗。

三天三夜里，不断有猴子从森林、山谷、山上赶到他的小房子来，医生在那儿没日没夜地给猴子打疫苗。

接着他又盖了另一所更大一点的房子，房间里放了很多床，他把生病的猴子安顿在这所房子里。

但是生病的猴子实在太多，没有足够的人手护理。于是他向其他动物发出讯息，比如狮子、豹子和羚羊，叫他们都来帮着护理。

可狮子王是个非常骄傲的家伙。当他来到医生那个满是病床的大房子时，显出既生气又不屑的样子。

"先生，你居然敢命令我？"他瞪着医生说，"你敢叫我——百兽之王，来伺候一群脏猴子?凭什么,他们给我当点心我都不稀罕!"

尽管狮子看上去很吓人,医生还是努力装出一副不怕他的样子。

"我不是叫你吃掉他们,"他镇定地说,"而且,他们也不脏,他们都是今天早上刚洗过澡的,倒是你那一身的毛需要好好刷刷了。现在听着,我要告诉你:也许有一天狮子也会生病,如果现在你不帮助其他动物,等你们自己碰到麻烦事儿的时候会孤立无援,不会有谁来帮你们。骄傲的人类常出现这种情况。"

"狮子永远不会有什么麻烦,他们只制造麻烦。"狮子翘着鼻子说,说完就趾高气扬地朝森林走去,一副自以为是的模样。

接着,豹子也神气了起来,并且告诉医生说他不会帮忙。理所当然地,羚羊虽然不敢像狮子那样无礼地对医生说话,可他们用蹄子刨地,傻笑着说他们以前从没当过护士。

这一下,可怜的医生已经手忙脚乱,不知道上哪儿能找到帮手帮他照顾这上千只病床上的猴子。

狮子王回到他的洞穴,看到他的妻子——也就是狮子王后,从洞穴里跑出来,身上的毛很脏乱。

"有个小宝宝不肯吃东西,"她说,"我不知道该怎么办,从昨天晚上开始他一点东西都没吃。"

她哭了起来,紧张得直发抖。她是只狮子,但也是位好妈妈。

狮子王走进洞穴看他的孩子,是两只非常可爱的小狮子,他们躺在地上,其中一只看起来可怜兮兮。

这时,狮子王骄傲地把他对医生说的话告诉了妻子。妻子听了十分生气,差点把他赶出洞穴。"你真是一点儿脑子都不动!"她喊着,"所有从印度洋回来的动物都在谈论这位好医生,讲他能治好任何病,讲他人多么好,是世界上唯一听得懂动物语言的人!可现在,现在,我们有个孩子生病了,你却非要去得罪他,你是个大笨蛋!除了傻瓜,没有谁会对个好医生这么无礼。你……"她气得直拽他的毛发。

"立刻回去找那位医生,"她叫道,"跟他说对不起,把你那些没脑子的狮子都带上,还有那些愚蠢的豹子和羚羊。医生让你们干什么就干什么。好好干活!也许他会发善心过来看看生病的小狮子。现在就去吧!快点儿,否则我告诉你,你不配当个好爸爸!"

狮子王后走到隔壁洞穴,另一个狮子妈妈住在那,狮子王后把这一切都告诉了她。

狮子王回来找到医生,并对他说:"我正好路过这儿,想着应该进来瞧瞧。你找到帮手了吗?"

"不,"医生说,"没找到,我正愁着呢。"

"这种时候很难找到帮手,"狮子说,"看起来动物们都不想干活,你不能怪他们。不过……看到你有困难,我倒不介意尽点力……只是为了帮你……只要别叫我给猴子洗澡。而且我已经告诉所有野兽来帮忙了,豹子马上就到……噢,说起来,我家里有只生病的小狮子。我认为没什么大碍,但是我妻子很担心。如果你今晚路过那儿,能去看看么?"

医生很高兴,因为森林里、山上和平原上所有的动物——狮子、豹子、羚羊、长颈鹿还有斑马,都来帮他忙。来的动物太多,医生只能请其中的一些回去,只留下机灵的。

很快,猴子们开始好起来,一个礼拜后,大房间里的病床有一半都空了。两个礼拜过后,最后一只生病的猴子也痊愈了。

医生的工作完成了,他累得倒头睡了整整三天,连身都没翻一下。

第九章
猴子开会

齐齐一直守护在医生的房门外,在他睡觉的时候防止其他人来打扰。约翰·杜利特睡醒后告诉猴子们说,他必须回泥塘镇了。

猴子们都觉得很意外,他们还以为医生会永远留下来一起生活呢。晚上,所有的猴子在丛林里齐聚一堂,讨论这件事。

黑猩猩站起来说:"为什么这么好的人要离开?他和我们在一起不开心吗?"

没有谁能回答。

接着大猩猩站起来说:"我觉得我们应该去找他,请求他留下来。我们给他盖所新房子,换张大床,保证有很多猴子给他帮忙,让他高高兴兴的,这样他也许就不想走了。"

齐齐站了起来,其他猴子窃窃私语:"哦!看!齐齐,伟大的旅行家要发言了!"

齐齐对其他猴子说:"我的朋友们,恐怕很难让医生留下来,他在泥塘镇欠着钱,他说他必须回去还钱。"

猴子们问他:"钱是什么?"

齐齐告诉他们,在人类的世界里,没有钱什么也买不到,没有钱什么也不能做,没有钱简直活不下去。

一些猴子问:"没钱吃饭喝水都不行吗?"

齐齐摇摇头,他告诉大家他跟着手风琴师的时候,还被迫去找孩子们要钱。

黑猩猩转过头对最老的猿猴说:"谁会愿意活在那种世界里?天哪,多没意思!"

齐齐接着说:"我们出发来这儿的时候没有船航海,也没钱买旅程里需要的食物。有个人借给我们一些饼干,我们说了回去会还给他。我们还从一个水手那儿借了条船。在非洲快靠岸的时候,船触礁撞坏了,医生说他必须回去给水手买一条新船,水手是个穷人,就只有这艘船了。"

猴子们沉默了有一会儿工夫,大家都安静地坐在地上,绞尽脑汁地想。

最后,最大的狒狒起身说:"我们应该给这个好人准备一份精美的礼物,让他知道我们多么感激他为我们所做的一切,在这之前,决不能让他离开我们。"

一只站在树上的小个子红猴叫喊着:"我同意!"

这下,猴子们都嚷开了锅,闹闹哄哄:"对,对,我们送他一份人类从没见过的好礼物。"

他们开始思考,互相之间议论纷纷,什么礼物才是给医生最好的礼物。一只猴子说:"五十袋椰子!"另一只说:"一百串香蕉!至少在那个什么都要钱的地方,他不用花钱买水果了!"

可齐齐告诉大家,路途遥远,这些礼物太重了,而且香蕉吃不到一半就全烂了。

"如果想让他高兴,"他说,"不如送他一只动物,你们知道他会好好对待动物的。送他一只在动物园里见不到的稀有动物。"

猴子们问:"动物园是什么?"

齐齐于是解释给大家听,动物园是欧洲人世界里的一个地方,那里,很多动物被关在笼子里供人参观。

猴子们觉得很吃惊,互相说着:"这些欧洲人就像没有头脑的孩子——愚蠢、容易被取悦。哦!他说的简直就是监狱。"

于是大家问齐齐有什么稀有动物可以送给医生,什么是欧洲人从没见过的。

狨的头领问:"他们那儿有鬣蜥吗?"

可齐齐说:"是的,伦敦动物园里有一只。"

另一只问:"有霍加皮①吗?"

但齐齐又说:"是的,在比利时,就是手风琴演奏师带我走的地方,那里有座城市叫安特卫普,那儿有一只霍加皮。"

又有一只问:"他们有推推拉拉吗?"

齐齐说:"没有,欧洲人从没见过推推拉拉。我们就送他这个!"

---

① 霍加皮,一种产于非洲刚果的神秘而又有趣的动物,有着长颈鹿一样的长脖子,背部又长着斑马一样的条纹。

第十章
稀世动物

推推拉拉现在已经绝迹了。就是说，再也没有了。但是很久以前，在约翰·杜利特生活的那个时代，非洲丛林深处还有几只。不过，即便那时候，他们也是非常非常稀有的动物。他们没有尾巴，但是首尾各长着一个头，头上有尖尖的角。他们很胆小，难以捕捉。黑人捕捉动物都是趁他们看不见，从他们身后偷偷逮捕，但用这法子是捉不到推推拉拉的。因为不管你从哪头出现，他都能看见你。而且，每次他只有半边身体在休息，总有一个头醒着，睁着眼睛看。这也是他们从没被捉住，也不会被抓到动物园去的原因。很多优秀的猎人和聪明的动物园管理员花费生命中很多年捕捉他们，不顾气候如何，这些人不断在丛林里搜寻他们的踪迹，但谁也没抓到过。那时，他们已经是世界上唯一的双头动物。

于是，猴子们动身前往森林寻找这种动物。他们走了很远，一只猴子在河边发现了奇怪的脚印，他们知道这附近一定有只推推拉拉。他们沿着河岸走了不远，看见一处又高又厚的草丛，他们猜推推拉拉肯定就在里头。所以他们手拉手，在高高的草丛四周围了一个大圈。推推拉拉听见他们的声音，努力想要冲出猴子围成的圆圈，可怎么也冲不出去。

他知道怎么也逃不掉了,干脆就坐下来看猴子们想干什么。

猴子问他是否可以跟杜利特医生走,并且在欧洲人的世界里被展览。他使劲儿摇着两个脑袋说:"当然不行。"

他们跟他解释说他不会被关在动物园里,只是会被人们观看。他们告诉他,医生是个很好的人,可是没有钱,人们观看双头动物会付给医生钱,这样医生就有钱还那艘借来的船了。但他说:"不,你们知道我有多胆小的,我讨厌被参观。"他几乎要哭出来了。之后猴子们花了三天的时间试图说服他。第三天就快过去的时候,他说可以先跟他们去看看医生是个什么样的人。

猴子们带着他回来,他们来到医生的草屋前,敲了敲门。

鸭子正在收拾行李,对他们说:"进来。"

齐齐很骄傲地把推推拉拉带进屋给医生看。

"这是什么?"约翰·杜利特盯着这只奇怪的动物问。

"天哪!"鸭子喊道:"两个脑袋怎么做决定啊?"

"我看他拿不准啥主意。"小狗吉普说。

"医生,"齐齐说,"这是推推拉拉——非洲丛林里的稀有动物,世界上仅有的双头动物!把他带回家你就有钱了,人们为了看他会花很多钱。"

"可我不要钱。"医生说。

"不,你需要钱。"鸭子说:"你不记得我们在泥塘镇怎么省吃俭用付肉店的账单?你忘了答应水手还他一条新船,没有钱怎么办?"

"我给他做一条。"医生说。

"哦,理智点儿!"哒哒叫着,"你到哪儿去弄那么多木头、钉子来造船?而且,我们怎么生活?我们会比出来之前更穷。齐齐说得很对,带上这只样子滑稽的动物。"

"好吧,也许你说得有点儿道理,"医生嘟哝着:"这当然会是一只特别的新宠物。但他……你们叫他什么来着……愿意离开这儿么?"

"是的,我愿意,"推推拉拉说,他看到医生的第一眼就知道他是个值得信赖的人,"你对这里的动物太好了,猴子们说我是唯一能帮你的动物。但你必须保证如果我不喜欢那里你会送我回来。"

"当然,还用说吗,"医生说,"抱歉,你一定和鹿是亲戚关系,是吗?"

"是的,"推推拉拉说,"和阿比西尼亚瞪羚和亚洲岩羚羊也有亲属关系,我妈妈那边的,我爸爸的曾祖父是最后一只独角兽。"

"太有意思了!"医生喃喃自语,从鸭子正收拾的箱子里翻出一本书翻了起来,"让我看看布冯有没有提到过……"

"我留意到,"鸭子说,"你只用一张嘴说话,另一个头上的嘴不会说话吗?"

"噢,会说,"推推拉拉说,"但我一般用另一张嘴吃东西,这样我吃东西的时候也能说话,不会显得没礼貌。我们是非常懂礼貌的。"

行李收拾好以后,天已经快黑了,猴子们为医生举行了一场盛大的宴会,丛林里所有的动物都来了。他们吃吃喝喝,宴会上有菠萝、芒果、蜂蜜等各种味道很好的食物。

大家都吃完后,医生站起来说道:"我的朋友们,刚刚我吃了很多水果和蜂蜜,不过有些人吃饱以后就会长篇大论,我却不会。但我想告诉你们,我很难过要离开这个美丽的国家,可是因为我在欧洲还有事情要做,所以不得不离开。我走以后,记得不要让苍蝇停在你们还没吃的食物上,快下雨的时候不要睡在露天的地面上。我……呃……呃……希望你们今后都可以快乐地生活下去。"

医生说完话坐下来,猴子们鼓了很长时间的掌,纷纷说道:"让我们永远记住他曾经和我们坐在一起,和我们一起吃东西,就在这里。无疑,他是最伟大的人!"毛茸茸的、有七匹马力气那么大的大猩猩把一块大石头滚到桌子前,说,"这石头就作为永远的标志。"

直到今天,这块大石头还矗立在丛林中心,猴子妈妈们带着孩子穿过森林的时候还会从树枝间指着它悄悄告诉孩子们:"嘘!就是这儿,看,在大灾难那年,那位好医生在这里和我坐在一起吃东西。"

宴会结束以后,医生和他的动物们开始向海边进发,猴子们帮着医生拿行李,一直把他们送到国界。

第十一章
非洲王子

他们在河边停下脚步,跟医生道别。

道别花了很长时间,因为上千只猴子都想和约翰·杜利特握手告别。

医生和他的宠物出发时,波利尼西亚说:"我们经过乔丽金基国的时候要轻一点慢一点。如果国王听见我们走路的声音,又会派士兵来抓我们。我敢肯定,他对我戏弄他的把戏还耿耿于怀!"

"我在想,"医生说,"我们上哪儿再弄一条船回家……哦,但愿我们可以到海滩上找一艘没人用的,俗话说'车到山前必有路'。"

一天,他们正穿过一片茂密的森林,齐齐跑在最前面找椰子,他跑远了。医生和其他动物对丛林里的路都不熟悉,他们在密林里迷了路,绕来绕去,就是找不到去海边的路。

齐齐发现到处都找不到大家,非常担心。他爬到高高的树上,从树梢向四周张望,以为能看到医生戴的高帽子。他不断挥手呼喊,叫遍了每一只动物的名字,但都无济于事,大家好像都消失了。

他们真的迷路了,走到了很偏的地方。丛林里灌木丛生,到处是茂密的匍匐植物和藤蔓,有时候连前进都很困难,医生只能拿他随身携带的小刀,披荆斩棘开出一条路来。他们迷迷糊糊走进一片潮湿的沼泽地,他们被浓密的盘旋的匍匐藤缠住,被荆棘刮伤,有两次还差点把药箱丢在灌木丛里。总之,麻烦事没完没了,却怎么也找不到对的路。

他们就这样跟跟跄跄走了很多天,到最后衣衫褴褛、满脸泥巴。他们一不小心走到了国王的后花园,国王的人立即跑过来抓住了他们。

波利尼西亚趁着没有被发现,飞到花园的树上藏了起来。医生和其他动物都被带去见国王。

"哈哈!"国王叫道,"又抓住你们了! 这次你们别想逃跑。把他们押回监狱,给牢房上两把锁,这个人下半辈子就在厨房擦地板!"

于是,医生和他的宠物们又一次被锁进了监狱。国王命令医生从第二天早上开始就要为他擦厨房的地板。

他们沮丧极了。

"真让人讨厌,"医生说,"我真的必须回泥塘镇,再不回去,可怜的水手会以为我偷了他的船……真希望这链条能松动点儿。"

可牢房的门非常坚固,锁得牢牢的,看起来没机会逃出去。这时咕咕又哭起来。

医生和动物们被抓去的这段时间里,波利尼西亚一直蹲在皇宫花园的树上,他不言不语,只是不停地眨眼睛。

这通常都不是什么好兆头。每次他不说话光眨眼都意味着有人有麻烦了,而他就是在思考摆平麻烦的点子。而给他和他的朋友们找麻烦的人,通常都会后悔。

就在这时,他看见齐齐在树枝间荡来荡去找医生。齐齐看见了他,也钻进他藏身的那棵树,问他医生怎么了。

"医生和所有的动物又被国王的人抓住锁起来了,"波利尼西亚悄声说,"我们在丛林里迷路了,误打误撞走到皇宫的花园里。"

"你没给大家带路吗?"齐齐问,他开始责怪鹦鹉在他去找椰子的时候把大家弄丢了。

"都是那头蠢猪的错,"波利尼西亚说,"他总是为了找姜根跑离主道,我忙着去追他,把他带回到主道上,结果走到沼泽地的时候,本来该右转的我却向左转了……嘘!看!是棒波王子到花园来了!他应该没看见我们,不管怎样千万别动!"

正在打开花园大门的就是国王的儿子棒波王子。他手里拿着一本童话书,迈着大步沿着石子路走来,口中哼着忧伤的曲子,一直走到鹦鹉和猴子藏身的树下的石凳,接着便躺在石凳上兀自看起那本童话书来。

齐齐和波利尼西亚望着他,一动不动,一声不响。

过了一会儿,国王的儿子放下书,长长地叹了口气。

"要是我是白马王子多好!"他眼神悠远、满是向往地说道。

于是鹦鹉用尖尖细细的、小女孩一般的嗓音,大声说道:"棒波,或许有人能让你变成白马王子。"

国王的儿子坐起来,四处张望。

"什么声音?"他叫道,"从那边传来了童话故事里银铃般悦耳的音乐,好像梦幻一般!奇怪!"

"尊贵的王子殿下,"波利尼西亚说,他继续保持安静以防被棒波看见,"你说得不错,我就是童话中的女王,是我在和你说话,我藏在一朵玫瑰花苞里。"

"哦,告诉我,童话女王,"棒波高兴地拍手叫道,"谁能让我变成白马王子?"

"在你父亲的监狱里,"鹦鹉说,"有一位著名的魔法师,名叫'约翰·杜利特',他精通医药和魔法,做过许多神奇的事。现在你那身为国王的父亲正在让他受苦。勇敢的棒波,赶在太阳下山前悄悄地去找他,记住,你会成为皮肤最白的王子,拥有童话中的公主!我已经说得够多了,必须回到童话世界了。再见!"

"再见!"王子叫道,"真是感激不尽!"

于是,棒波满脸笑容又坐到石凳上,他要等着太阳下山。

第十二章
药物与魔法

确信没人发现后,波利尼西亚悄无声息地从藏身的树后面飞向牢房。

他发现小猪咕咕正把鼻子往栏杆外头伸,想闻闻从皇宫厨房里飘来的菜香。他让小猪把医生叫到窗户旁边来,他想和医生说话。于是咕咕跑过去叫醒正在午睡的医生。

"听着,"约翰·杜利特把脸凑到窗户边后,鹦鹉小声地说,"今天晚上棒波王子会来找你,你必须想办法把他变白。不过先让他保证帮你打开牢房门并且给你准备一艘出海的船。"

"这很好,"医生说,"但是把一个黑人变成白人可不容易,你说得好像给衣服重新染色一样简单,哪有那么简单!'江山易改,本性难移',你懂么?"

"我什么也不懂,"波利尼西亚不耐烦地说,"但是你必须把这男孩变白,绞尽脑汁也要想到办法,你口袋里还有那么多药呢。如果你能改变他的肤色,他会为你做任何事,这也是你逃出来的唯一机会。"

"好吧,我想也许有这种可能,"医生说,"让我想想……"

他走到医药袋边,嘴里嘀咕着些"用于动物色素的释放性氯……也许锌软膏能发挥短暂的作用,只要涂上厚厚一层……"

这天夜晚,棒波王子真的偷偷来到牢房找医生,他对医生说:"欧洲人,我是个不幸的王子。我从一本书里知道了睡美人,很多年前我就在寻找她了。我花了许多天周游世界,终于找到了她,我非常绅士地将她吻醒——就像书上说的那样。她真的醒过来了!但是她一看到我就哭了起来。'哦,他真黑!'她就这样说着逃跑了。她不肯嫁给我,而是逃到其他地方继续沉睡,我只好悲伤地回到父亲的王国。我听说你是位出色的魔法师,有很多力量强大的药剂,所以,我来向你寻求帮助。如果你能将我变白,让睡美人回到我身边,我可以给你想要的任何东西,我愿意将半个王国都送给你。"

"棒波王子,"医生仔细地端详着药袋里的瓶瓶罐罐,对他说,"假如我只是将你的头发变成漂亮的金黄色,这会让你高兴吗?"

"不,"棒波说,"除了变成白马王子,没什么能让我满意的了。"

"你知道要改变一位王子的肤色太难了,"医生说,"是魔法能办到的事里面最难的。你只想让脸变白,是吗?"

"是的,那样就可以了,"棒波说,"我会穿着闪亮的盔甲,戴上耀眼的钢护手,像所有的白马王子一样骑着马。"

"你要脸上全部变白?"医生问。

"是的,全部,"棒波说,"我还想要蓝色的眼睛,不过我想那很难。"

"是的,的确,"医生立刻说,"好吧,我会尽我所能。不过你要有耐心,你知道有些药物会让你感觉不舒服,我也许不得不实验两到三次。你很顽强,对吗?好了,现在过来到灯光下面来。哦,在我开始之前,你得先去海滩帮我准备好一艘出海的船,船里备好食物,不能告诉任何人!我按照你的要求做了之后,你必须把我和所有的动物们放出去,我要你以乔丽金基王冠之名发誓!"

棒波王子按照医生说的发了誓,然后去海边准备好一艘船。

他回来说船已经准备好了,医生就让哒哒拿来一个盆。他把很多药倒进盆里混合在一起,然后让棒波把脸伸进去。

王子弯下身,把脸伸进盆里,药水刚好没到耳朵。

他就这样坚持了很长时间,时间长得让医生都开始焦躁不安了,他一开始用这条腿站着,一会儿又换另一条腿站,他反复查看被用于混合药物的药瓶,一遍又一遍读瓶子上的标签。牢房里充满了一种浓烈的气味,像牛皮纸燃烧的味道。

最后,王子把脸从盆里抬起来的时候,感到呼吸困难,而所有的动物一看到他的脸就惊呼起来。

因为王子的脸变得雪白雪白,他原本死灰一样的眼睛,变成极富男子气概的深灰色!

约翰·杜利特递给他一面小镜子,他照后高兴地唱起歌,还围着牢房跳起舞来了,不过医生提醒他别弄出太大动静。医生很快收拾好医药袋,让王子打开牢门。

棒波恳求留下小镜子,因为这是王国里唯一的一面镜子,他想一整天都能从镜子里看见自己。不过,医生说他刮胡子的时候要用。

于是,王子从口袋里掏出一串铜钥匙,打开牢房的双重锁。医生和动物们以最快的速度跑到海边。棒波倚在空牢房的墙上朝他们开心地笑,月光下,他的大脸庞就像雕刻过的象牙一样闪闪发亮。

他们来到海边,看见波利尼西亚和齐齐已经在船边的岩石上等着他们了。

"我觉得对不起棒波。"医生说。

"我想药效不会持续太久,很可能一觉醒来,他就和从前一样黑了。所以,我不愿意把镜子留给他。不过也有可能他从此就变白了,我以前从没试过这种混合药物。说实话,它的效果这么好已经让我很惊讶了。

但我总得做点儿什么,不是吗?我总不能下半辈子都待在这给国王打扫厨房,那厨房简直太脏了!我从牢房的窗户就能看见。噢,好吧,可怜的棒波!"

"哦,他当然会知道我们只是戏弄他。"鹦鹉说。

"他们没权力关押我们,"哒哒愤怒地摆着尾巴说,"我们没伤害他们,如果他变回黑色也是罪有应得!我希望他变得更黑。"

"可这和他没有关系,"医生说,"是国王——他的父亲把我们关起来的,这不是棒波的错……我真希望回去跟他道歉……哦,好吧,我回到泥塘镇后给他寄些糖果。谁知道呢,也许他从此就变白了呢。"

"就算他变白了,睡美人也不会和他在一起的,"哒哒说,"我觉得他原来的肤色更好点儿,不过,不管他是什么肤色,都是个丑八怪。"

"毕竟,他有一颗善良的心,"医生说,"浪漫又善良的心。无论如何,内在美才是真的美。"

"我根本不相信这个可怜的呆子找到了睡美人,"小狗吉普说,"他吻的说不定是躺在苹果树下打盹的哪位农夫的胖妻子呢,她能不被吓到嘛!我想知道这次他要去吻谁,多么愚蠢啊!"

就这样,双头兽推推拉拉、小白鼠咕咕、哒哒、吉普还有猫头鹰图图和医生一起上了船。齐齐、波利尼西亚和鳄鱼则留下来,因为非洲才是他们的故乡,是他们出生之地。

医生站在船头眺望海面时,才发现没人为他们回到泥塘镇指路了。

月色之下,宽广的大海寂寥无边,他担心会不会一离开陆地就迷路。

他正想着,就听见有奇怪的声音穿过黑夜的高空,所有的动物都停止道别,仔细地听。

声音越来越大、越来越吵,好像离他们越来越近。那声音像是秋风吹落叶,又像是大雨打屋顶。

吉普翘起鼻子,直起尾巴说:"鸟!无数只快速飞过的鸟!"

他们都抬起头看。迎着流动的月色,他们看到天上飞过成千上万的小鸟,像成群结队的蚂蚁一样。一瞬间,覆盖了整片天空,还有越来越多的鸟不断飞来。飞鸟数量太多,一会儿就遮住了月亮的光芒,就像暴风雨时乌云遮住太阳,没有了月光,大海变得黑暗深沉。

一会儿,所有的鸟都飞下来,掠过水面和陆地,露出夜色下的天空,月亮也再次露出光芒。大家依然安静地不发出任何声音,没有喊叫,没有哭声,也没有歌声。除了这些鸟发出的巨大的簌簌声,再没别的声音,他们发出巨大无比的声响。他们在沙滩着陆,落在船上的绳索,除了树上任何地方都有他们落脚的地方。医生看到他们有蓝色的翅膀、白色的胸脯,还有被羽毛覆盖着的短腿。他们一旦找到歇脚的地方就立即站定,霎时间,再也没有任何声响,四周一片寂静。

在恬静的月色下,约翰·杜利特说话了:"我没想到会在非洲待这么久。等我们回到家应该快到夏天了,因为这些燕子已经开始往回飞了。燕子,谢谢你们等我们,真是太贴心了。现在我们不用担心会在海上迷路了。起锚升帆!"

船驶进大海后,留在非洲的齐齐、波利尼西亚和鳄鱼都很伤感,因为在他们的生命中,再没有认识比泥塘镇的杜利特医生更好的人了。

他们和医生一次次道别,站立在岩石上,一边流泪一边挥手,直到再看不见医生的船。

第十三章
红船帆和蓝翅膀

要回到家乡,医生的船必须穿过巴巴里海岸。这个海岸是大沙漠的海岸线,那是片荒凉的土地,全是沙石,巴巴里海盗就住在那里。

这些海盗是群大坏蛋,他们总是等着水手在这海岸边遇难。他们看到船只经过海岸,就会开着他们速度最快的帆船追上它。如果他们在海上捕获船只,就偷光船上所有的东西,绑架船上的人,把船弄沉,然后唱着歌,为自己的恶行感到洋洋得意。回到巴巴里后,他们会逼着俘虏写信给家里的亲朋好友,拿钱来赎身,如果没人送钱来,海盗就把这些人丢进海里。

这天阳光正好,医生和哒哒在船上走来走去地锻炼身体,清新的和风推着船只前行,船上的人心情大好。突然,哒哒望见船的后面、大海的远处出现了另一艘船的船帆,是一面红帆。

"我不喜欢那帆,"哒哒说,"我有一种感觉,这艘船来者不善,恐怕更多的麻烦正等着我们。"

正躺在阳光下打盹的小狗吉普开始吠叫,说起梦话来。

"我闻到烤牛肉的味道,"他含糊地嘟哝着,"半生的烤牛肉,浇上棕色的肉卤。"

"天哪!"医生叫道,"这狗是怎么了?睡着了还又是闻见气味,又是说话的?"

"恐怕就是这样,"哒哒说,"所有的狗在梦里都能闻见气味。"

"可他闻见什么了?"医生问,"我们没在船上烤牛肉。"

"不,"哒哒说,"烤牛肉味肯定是那艘船上的。"

"可那艘船还有十英里远呢,"医生说,"他不可能闻到那么远的味道!"

"噢,不,他可以,"哒哒说,"你问他。"

他们说话的这会儿,还在熟睡的吉普又开始吠叫,他的嘴唇生气地卷起来,露出雪白干净的牙齿。

"我闻到坏人的气味,"他吠叫,"是我闻过最坏的人。我闻到麻烦的气味、闻到一场战争即将发生,有六个大坏蛋对付一个勇敢的人,我要帮他。汪汪!汪汪!"他大声地汪汪叫着醒来,满脸惊讶的表情。

"看!"哒哒哭着说,"那艘船更近了,已经能清楚地看到船上三张大船帆全是红色的。不管船上是什么人,他们在追我们……我想知道他们究竟是什么人。"

"他们是坏水手,"吉普说,"他们的船很快,肯定是巴巴里海盗。"

"我们要在船上挂起更多的帆,"医生说,"那样我们的船会走得快些,把他们甩开。吉普,到楼下把能找到的帆都拿给我。"

小狗快速跑下楼,把所有能看到的帆都拖了上来。

可是,就算把所有的帆都升上桅杆,让风吹起来,他们的船还是没有海盗船快。海盗船从后面猛劲地追上来,越来越近。

"王子给我们准备的是艘破船,"小猪咕咕说,"我想是他能找到的最慢的一艘了,乘着这艘破船要甩掉他们是不可能的。看他们已经离得多近了!你都能看见那些人脸上的八字胡了,一共有六个人。我们该怎么办?"

医生让哒哒飞上天问问燕子,海盗正乘着快船追他们,应该怎么办。

燕子们听到之后,都飞到医生的船上来。他们告诉医生尽快把一些缆绳拆成许多细绳子,然后把这些细绳子的一头拴在船头,燕子们用爪子抓起这些绳子的另一头,拉着船往前走。

只有一两只燕子的时候,他们并不强壮,但很多燕子一起使劲的时候就完全不一样了。医生的船头拴了上千根绳子,两千只燕子在拉绳子的另一头。燕子拉着绳子飞得飞快。

片刻之间,医生就发现船飞快地前进,他不得不用两只手按住帽子免得被风吹走,船好像自己飞起来了一样,在海浪间穿梭,惹得浪花翻滚。

船上所有的动物也开始哈哈大笑,狂热地跳起舞来,因为他们回头一看,海盗船不是越来越大,而是越来越小,已经被远远地抛在后边了。

第十四章
老鼠的警告

拽着一艘船漂洋过海是个辛苦活儿。大概两三个小时之后,燕子们已经没力气扇动翅膀了,他们累得喘不过气来了。于是,他们朝下面传话给船上的医生,说他们必须要休息一会儿,他们可以把船推到不远处一个海岛上,把船藏在深深的港湾里,等他们恢复力气再继续前进。

医生很快就看到燕子说的那个海岛了,岛中央有一座非常漂亮的、绿油油的高山。

船安全地驶进港湾,从外面的大海一点儿也看不见船。医生说他得下船到岛上找点水,因为船上已经没有水了,他叫动物们也都下船到草地上活动活动。

大家都下了船以后,医生注意到一大群老鼠正从舱下跑上甲板,跟着也下了船。吉普在后面追赶他们,抓老鼠一直是他最喜欢的游戏,但医生叫他停下。

这时,一只大黑老鼠像是要对医生说什么,他胆小地沿着船的栏杆爬过来,眼角一直瞅着那狗。他紧张地咳嗽了两三声后,抹净胡子,擦擦嘴,然后开口说道:"啊哼……嗯……医生,你当然知道每艘船上都会有老鼠,是吧?"

医生回答说,"是的。"

"你也听说过,一艘船正在下沉的话,老鼠会离开?"

"是的,"医生说,"我听说过。"

"人们谈到这事总是嗤之以鼻,"老鼠说,"好像这是什么丢人的事儿,但你不能指责我们,不是吗?毕竟,要是能离开,谁愿意待在一条就要下沉的船上呢?"

"自然是这样,"医生说,"这很正常,我非常理解……你是不是还有什么话要说?"

"是的,"老鼠说,"我来告诉你我们正离开这艘船,我们想在离开前警告你,这是艘破船,不安全。船沿不够结实,船板腐烂,明天晚上之前,它就会沉到海底。"

"可你是怎么知道的?"医生问。

"我们就是知道,"老鼠回答说,"我们尾巴尖会有那种刺痛的感觉,就像你睡着时脚底的感觉一样。今天早上六点,我正在吃早餐,尾巴突然有种刺痛感。一开始我以为我的风湿病又犯了,所以,我跑去问我的阿姨有没有什么感觉。你还记得她吗,那只高高瘦瘦的花斑老鼠,去年春天她得了黄疸病去泥塘镇找你看过。没错,她说她的尾巴疼得不得了!因此我们就很确定这船最多两天内就要沉,我们决定等船一靠近陆地就离开它。这艘船不行了,医生。不要再用它出航了,不然你肯定会被淹死……再见!现在我们要到这座岛上找一处好地方住下来。"

"再见!"医生说,"非常感谢你特意来告诉我这些。你真是太体贴了,非常体贴!向你的阿姨带去我的问候。我当然记得她……离开那老鼠,吉普!快过来!坐下!"

于是医生和他的动物们离开船,拿着水桶和锅上岸去找水,燕子们就趁着这工夫赶紧休息去了。

"我想知道这岛叫什么名字,"医生爬上山的时候说,"看起来是个漂亮的地方,这儿的鸟儿真多!"

"怎么,这是金丝雀群岛,"哒哒说,"你没听见金丝雀唱歌吗?"

医生停下来聆听。

"啊,当然,没错!"他说,"我怎么这么笨啊!我想让他们告诉我哪儿能找到水。"

那些金丝雀早就从路过的鸟儿那里听说过杜利特医生,他们立刻带他到一眼清凉美丽的泉水边,金丝雀就在这里洗澡。他们还给医生看这里的草原,这里生长着他们能吃的食物。他们还让他欣赏了岛上其他地方的风景。

推推拉拉很高兴来到这儿,因为他很喜欢绿草,这比他在船上吃的干苹果美味多了。咕咕一看到长满整个山谷的野生甘蔗就兴奋得不得了。

"医生!"他们喊着,"海盗已经进港了,他们全都上了你的船。他们在船舱里翻找可以拿走的东西,他们自己的船上一个人都没有。如果你能赶到下面的海滩,你就可以登上他们的船,那艘船很快,你可以用它逃走,不过你得抓紧时间。"

"这是个好主意,"医生说,"太棒了!"

他立刻把动物们召集起来,向金丝雀道别后就下山朝海边走去。

他们到达海滩后就看到了海盗船,有三张红色的帆,停在水里。正如燕子们说的,船上一个人也没有,所有的海盗都到医生的船上去抢东西了。

杜利特医生让动物们走路轻一点儿,这样,他们都爬上了海盗船。

第十五章
巴巴里龙

如果不是小猪在岛上吃潮湿的甘蔗得了感冒,一切都会很太平。事情是这样的:

他们把海盗船的锚收起来后,很小心、很小心地把船开出港口,就在这时,咕咕突然打了一个很响的喷嚏,在另一艘船上的海盗都跑到甲板上来看这声音是怎么回事儿!

他们一见医生要逃跑,赶紧把其他的船开到海港出口那儿,让医生的船没法驶进大海。

于是这群海盗的头领(他自称"阿里本")向医生挥舞拳头,隔着海水喊道:"哈哈!抓到你了,亲爱的朋友!你想坐我的船逃走,嗯?可你还不是巴巴里龙阿里本的对手。我要你那只鸭子,还有那头猪!今晚我们能吃到猪排和烤鸭了。在我放你回家之前,你必须叫你的朋友给我送一大箱金子来。"

可怜的咕咕开始哭鼻子,哒哒准备飞走以保住自己的性命,但猫头鹰图图悄悄跟医生说:"就让他继续说,医生,讨好他。我们那艘破船快要下沉了,老鼠说过它会在明晚前沉到海底,老鼠从不会出错的。对他客气些,直到船在他脚底沉没。让他一直不停地讲。"

"什么,要到明晚!"医生说,"好吧,我尽力而为……让我想想,我该怎么说?"

"哦,让他们来吧,"吉普说,"我们可以打败这些肮脏的无赖,他们只有六个人,让他们来。我想到家后我可以告诉隔壁的牧羊犬,我打败了一个真正的海盗。让他们来,我能打败他们。"

"可他们有枪有剑,"医生说,"不,那样可不行。我必须和他说话……看那,阿里本——"

但还不等医生说什么,海盗们已经把船驶近,他们互相之间哈哈大笑着说:"看谁先抓到那头猪。"

可怜的咕咕害怕极了,推推拉拉开始在桅杆上磨他的尖角准备战斗,吉普又蹦又跳,用狗语骂阿里本。

可是很快,海盗们似乎发现了什么问题,他们停止大笑,也不开玩笑了,他们看起来十分困惑,好像有什么事情让他们不知所措。

阿里本低头看了看脚下,突然大叫:

"不好了!伙计们,船漏水了!"

接着其他船员往船舷外面看,看到船真的在一点点下沉。

其中一个海盗对阿里本说:"这破船如果要沉了,我们应该看到老鼠离开它啊!"

吉普从另一条船上喊道:"你们这些大笨蛋,那船上已经没有老鼠了!他们两小时前就离开了!哈哈,祝你们好运,朋友们!"

显然海盗没明白他的话。很快,船头就开始下沉,越沉越快,直到整条船看上去几乎是头朝下竖立起来,海盗们得悬吊在栏杆上、桅杆上、缆索上和一切能让他们不往下滑的东西上。这时,海水咆哮着汹涌而来,冲进所有的舱门和窗户。最后,船一直沉到海底,发出可怕的"咕噜咕噜"的声音,只剩下六个人在海湾的深水里漂荡。

他们有的朝岛上游,有的打算游到医生那条船上,可吉普一直对他们汪汪叫,他们不敢攀上船舷。

突然,他们都异常惊恐地大叫:"鲨鱼!鲨鱼来了!趁我们还没被吃掉,让我们上船吧!救命!救命啊!鲨鱼来了!鲨鱼来了!"

这时候,医生看到整个海湾满是巨大鲨鱼的背,他们在水里游得很快。

大鲨鱼游近大船,从水里伸出鼻子,对医生说:"你是著名的兽医约翰·杜利特吗?"

"是的,"杜利特医生说,"那是我的名字。"

"那好,"鲨鱼说,"我们知道这些海盗是大坏蛋,特别是阿里本。如果他们冒犯了你,我们很乐意为你把他们吃掉,那样你就再不会被他们骚扰了。"

"谢谢你,"医生说,"你们真是善解人意啊,可我认为还不至于要把他们吃掉。在我通知你们之前,别叫他们中的任何一个到岸上来,就让他们一直在海里游泳吧,好吗?请你让阿里本游到这儿来,我有话和他说。"

于是鲨鱼去把阿里本赶到医生面前。

"听着,阿里本,"约翰·杜利特靠在船舷上说,"以前你是个大坏蛋,我知道你杀了很多人。这些好心的鲨鱼刚刚已经提议为了保护我把你们都吃掉,这实在是好事一桩,那样这海上就没有你们这些坏蛋了。不过,如果你愿意照我说的做,我可以让你平安地离开。"

"要我做什么?"海盗低头就看见水底下鲨鱼在他的大腿边嗅来嗅去。

"你不能再杀人,"医生说,"你不能再盗窃,不能再弄沉其他船只,从此以后你不能再当海盗了。"

"那我能干什么?"阿里本问,"我靠什么生活?"

"你和你的手下必须到这岛上去种鸟食,"医生回答说,"为金丝雀种鸟食。"

阿里本脸都气绿了:"种鸟食!"他倒胃口似的咕哝:"我就不能做名水手吗?"

"不,"医生说,"你不能。你做水手已经够久的了,你把许多结实的船只和好人送到了海底。你下半生必须做一名本分的农民。鲨鱼正等着呢,别浪费他们的时间,快做个决定。"

"电闪雷鸣!"阿里本嘟哝一句,"种鸟食!"他又低头看看水里,大鲨鱼正闻他另一条腿。

"好吧好吧,"他悲伤地说,"我们去做农民。"

"记住,"医生说,"如果你不守承诺,如果你又开始杀人偷窃,我会听到消息的,因为金丝雀会飞来告诉我。如果是那样,你要相信我一定会想办法惩罚你的。虽然我的航行本领不如你,但只要这些鸟、兽、鱼都是我的朋友,我是不会怕什么海盗的,就算自称'巴巴里龙'我也不害怕。现在走吧,去做个好农民,本分地生活。"

医生转过身向鲨鱼挥手说:"好了,让他们安全游到岸上去吧。"

第十六章
千里耳图图

再次感谢鲨鱼的好意后,医生和他的宠物们登上了挂着红帆的海盗船,再次踏上他们回家的旅程。

他们驶进大海后,动物们都爬到楼下去看看这艘新船里头的模样,医生则嘴里衔着烟斗依在船尾栏杆处,望着加纳利群岛消失在茫茫夜色当中。

他站在那里,心里挂念着猴子们过得怎样,想着当他回到泥塘镇的家中时,他的花园会变成什么样。正在这时,哒哒跌跌撞撞地爬上楼来,满脸笑容,带来了一肚子的新闻。

"医生!"她大喊,"这艘海盗船太漂亮了,绝对的!楼下的床是丝绸的,床上有几百个大枕头和垫子;地上铺着厚实柔软的地毯;碟子都是银做的;还有各种各样吃的喝的,都很特别;那个食品室,哇,简直就是个商店。你一辈子也见不到这场景,想想吧,他们有五种不同的沙丁鱼,这些坏蛋!快来看看……哦,我们还在下面发现了一间被锁住的房间,我们都急死了,想看看里面有什么。吉普说这肯定是那帮海盗藏珠宝的地方,可我们打不开门。快来看看你能不能想法子让我们进去。"

于是,医生下了楼,他发现这的确是一艘非常漂亮的船。他看见动物们都聚集在一扇小门前,七嘴八舌地猜里面有什么东西。医生转动门把手,门打不开。他们分头找钥匙,他们看了地毯下面,又找遍了所有地毯下面,他们翻遍所有的橱柜、五斗柜、箱子,找过了餐厅里的大柜子,所有地方都被搜寻了一遍。

找钥匙的过程中,他们发现了很多崭新的、漂亮的东西,肯定都是海盗从其他船上偷来的:有薄的像蜘蛛网的开士米披肩,上面绣着金花;有很多罐上好的牙买加烟草;装满俄国茶叶的雕花象牙匣子;一把旧了的小提琴,有一根弦已经断了,琴的背面画着一幅画;一个用珊瑚和琥珀雕成的棋子;一根手杖,拔出手把就是一把剑;六个玻璃酒杯,杯边镶着绿松石和银饰;还有一个可爱的祖母绿糖盒。不过,哪里都找不到能打开那扇房门的钥匙。

他们都回到门边,吉普从钥匙孔往房间里瞄,可里面被什么东西挡住了,什么也看不见。

他们站在那里想该怎么办,猫头鹰图图突然说:"嘘!听!我敢肯定里面有人!"

他们安静地听了一会儿,接着,医生说:"你肯定弄错了,图图。我什么也没听见。"

"我敢肯定,"猫头鹰说,"嘘!又来了,你们听不到吗?"

"不,我没听见,"医生说,"是什么样的声音?"

"我听见一个人把手放进口袋的声音。"猫头鹰说。

"可做那动作根本不会发出什么声音啊,"医生说,"你怎么可能在外面听见。"

"对不起,可我真能听见,"图图说,"我告诉你,这门里面有个人正在把他的手放进口袋里。任何事都会发出声音,只要你的耳朵足够灵敏。蝙蝠能听见鼹鼠在地道里走路,他们自认为听力好,可我们猫头鹰只要用一只耳朵听听一只小猫咪在黑夜里眨眼的声音,就可以告诉你他是什么颜色。"

"哇唔!"医生说,"你让我惊讶,这很有趣……再听听看,告诉我房间里的人现在在干什么。"

"现在不太确定,"图图说,"如果里面的是男人的话,也许是个女人……把我举起来,让我在钥匙孔那听听看,再告诉你。"

于是医生把猫头鹰举起来,让他可以靠近门上的钥匙孔。

过了一会儿,图图说,"现在他正用他的左手搓脸,是一张小脸和一只小手,可能是个女人……不,现在他把头发从前额拨开……是个男人没错。"

"有时女人也会做这个动作。"医生说。

"当然,"猫头鹰说,"可女人做这个动作时,她们的长头发会发出另一种声音……嘘!让那烦躁的猪安静点。现在大家都屏住呼吸,我可以听得更清楚点。我做这事儿很不容易,门太厚了!嘘!大家安静,闭上眼睛屏住呼吸。"

图图又靠在钥匙孔那儿认真地听了很久。

最后,他抬起头看着医生的脸说:"里面的人不高兴,他在哭,在尽量不哭出声或抽泣,否则我们就发现他在哭了。但我能听见,很清楚地听见一滴眼泪落在他袖子上的声音。"

"你怎么知道那不是一滴水从天花板上掉下来呢?"咕咕问。

"哼!无知!"图图不屑地说,"一滴水从天花板上落下来的声音比这大十倍还多!"

"好吧,"医生说,"如果这可怜的人不开心,我们得想办法进去看看他是怎么了。给我找把斧头,我把门劈开。"

第十七章
海洋上的信使

大家立刻找来了一把斧头。医生很快用斧头在门上劈了一个大洞,足够一人爬进去。

小屋子里黑漆漆的,一开始他什么也看不见,于是,他擦燃了一根火柴。

房间很小,没有窗户,房顶很矮。房间里唯一的家具就是一张小凳子,四周的墙边摆放着大桶,桶的底部都被绑住了,所以不会随着船的颠簸而滚动,桶上面的木头挂钩上是各种大小的白镴罐。房间里有一股浓烈的酒味儿。房屋中间的地板上坐着个小男孩,大概八岁左右,正伤心地哭着。

"我打赌,这里是海盗的酒窖!"吉普小声说。

"是的,都是酒!"咕咕说,"这气味让人头晕。"

小男孩发现一个人突然站在他面前,那么多动物从坏了的门洞里望着他,他感到害怕。但过了一会后,小男孩借着火柴的光亮看清了约翰·杜利特的脸,他停止了哭泣并站了起来。

"你不是海盗,对吗?"他问。

医生仰头大笑了很久,小男孩也笑起来,他走过来拉起医生的手。

"你笑得很友好,"他说,"不像个海盗,你能告诉我我舅舅在哪儿吗?"

"我想恐怕不能,"医生说,"你最后见到舅舅是什么时候?"

"前天,"小男孩说,"我和舅舅乘小船出来钓鱼,结果碰见海盗,被他们抓起来了。他们弄沉了我们的船,把我们都带到他们的船上。他们让我舅舅也加入他们做海盗,因为舅舅很擅长驾驶船只,不管什么样的天气都行。但舅舅说他不想当海盗,因为杀人和偷东西不是好渔夫会做的事。于是海盗头子阿里本很生气,他咬牙切齿地说,如果舅舅不照他说的做,就把舅舅扔进海里。他们把我带到楼下,我听见上面打斗的声音。第二天他们再带我上楼的时候,我就没看见舅舅了。我问海盗舅舅在哪儿,他们不告诉我,我很担心海盗把他扔进海里淹死了。"

小男孩又哭了起来。

"好了好了,等一会儿,"医生说,"不要哭。我们去餐厅喝杯茶,我们来谈谈这事,也许你舅舅一直很安全。你不知道他被淹死了,对吗?这很重要。也许我们可以帮你找到舅舅。我们先去喝杯茶,还有草莓酱,然后我们再看能做什么。"

所有的动物一直好奇地围在一边听。当他们在船上的餐厅里喝茶时,哒哒跑到医生的椅子背后悄声说:"问问海豚,男孩的舅舅有没有被淹死,他们会知道的。"

"好的。"医生又拿了一片面包抹上果酱,回答说。

"你用舌头发出好笑的声音是怎么回事?"男孩问。

"噢,我只是用鸭子的语言说了两句,"医生回答,"这是哒哒,我的宠物之一。"

"我从不知道鸭子也有自己的语言,"男孩说,"这里其他的动物都是你的宠物吗?那个长着两个脑袋的奇怪的家伙是什么?"

"嘘!"医生小声说,"这是双头兽推推拉拉,别让他知道我们正在谈论他,他会觉得很尴尬……告诉我,你怎么会被锁在那小房间里?"

"海盗出去抢劫其他船只的时候,就把我锁在小房间里,听见有人砍门的时候我不知道会是谁。看到是你们我很高兴,你能帮我找到舅舅吗?"

"嗯,我们会尽量帮助你,"医生说,"现在告诉我你舅舅长什么样子?"

"他的头发是红色的,很红的颜色,"男孩回答说,"他胳膊上有船锚刺青,身强体壮。他是好舅舅,是南大西洋上最好的水手。他的渔船叫'漂亮的萨利',是一艘独桅快艇式帆船。"

"什么是'独桅快艇式帆船'?"咕咕转头问哒哒。

"嘘!那是那人独有的一种船,"吉普说,"你就不能安静点?"

"噢,"小猪说,"就这样?我还以为是什么喝的东西呢。"

于是,医生让小男孩在餐厅里和动物们玩,自己到甲板上找路过的海豚。

不一会儿,一大群海豚飞舞着、跳跃着游过来,他们正在赶往巴西的路上。

他们看见医生靠在船栏杆边,就过来和他打招呼。

医生于是问他们有没有看见一个红头发的人,胳膊上有船锚的刺青。

"你是说'漂亮的萨利'号的主人吗?"海豚问。

"是的,"医生说,"就是他,他被淹死了吗?"

"他的渔船沉了,"海豚说,"因为我们看见它沉到海底了,但船里没有人,我们去看过。"

"他的小外甥这会儿在船上,和我在一起,"医生说,"他很担心海盗把他舅舅扔进海里了,能不能请你们帮我找找,看他到底被淹死了没有？"

"噢，他没被淹死，"海豚说，"如果他被淹死了，我们会听到深海的虾说起。海上所有的消息我们都能听到，贝类动物都叫我们'海洋上的信使'。请告诉那小男孩，我们很抱歉，不知道他的舅舅在哪里，可我们十分肯定他没被淹死在海里。"

于是，医生下楼，把这消息告诉小男孩，小男孩高兴地直拍手。双头兽推推拉拉让小男孩坐在他背上，驮着他绕着餐厅的桌子跑，其他动物跟在他后面，用勺子敲着盘子，像是大游行。

第十八章
气味

"很快就会找到你舅舅的,"医生说,"不过,更重要的是,我们知道他没有被淹死。"

这时,哒哒又走过来小声跟他说:"请老鹰帮忙去找找那人,没有什么动物比老鹰的眼神更犀利的,就算他们在几英里的高空飞翔,也能数清楚地上爬的蚂蚁,去求求老鹰吧。"

于是医生派一只燕子去找老鹰。不到一小时,燕子就带着六只不同的老鹰回来了:一只黑鹰、一只白头鸠、一只鱼鹰、一只金雕、一只兀鹫、一只白尾巴海雕,每只都有两个男孩那么高。他们站在船栏杆上,像肩膀宽阔的战士一样,站成一列,站得笔直、坚毅、稳重,他们闪亮的黑色眼睛朝四下里射出尖锐的光芒。

咕咕害怕他们,就躲到一只大木桶后面去了,他说那些可怕的眼睛像是看穿了他的肚子,看到他偷吃了什么东西。

医生对那些老鹰说:"有一个人失踪了,一个渔民,红头发,胳膊上有船锚的刺青。你们行行好帮我找找他,好吗?这男孩就是他的外甥。"老鹰没多说话,他们用粗哑的声音回答了一句:"你可以放心,我们一定尽力而为,为了约翰·杜利特。"

接着,他们就飞走了。咕咕从木桶后面出来,看着他们飞走,越飞越高,越飞越高。当医生只能看见他们的影子时,他们就朝不同方向散开去——东、南、西、北,像一些黑色的沙子撒向广阔的蓝天。

"我的天哪!"咕咕低声叫起来,"那么高!他们的毛怎么没被烤焦,离太阳那么近!"

他们去了很久,回来时天已经黑了。老鹰们告诉医生:"我们已经找遍了这半个地球所有的海洋、国家、岛屿、城市和村庄,可我们还是没有找到他。在直布罗陀主大街上,我们看到三个红头发的人躺在面包店门口的一辆手推车上,可仔细一瞧,那不是人的头发,而是毛皮大衣上的毛。陆地、海洋到处都找不到这男孩舅舅的踪迹。如果我们都看不到他,就没人能找到他了……约翰·杜利特,我们已经竭尽全力了。"于是六只大鸟挥动他们大大的翅膀,回到山上、岩石上的鸟巢去了。

"那么,"他们走后,哒哒说,"我们现在怎么办?必须找到这孩子的舅舅,没有别的办法,这孩子还太小了,不能自己闯天下。男孩不像鸭子,他们成年之前需要有人照顾……真希望齐齐在这儿。他肯定很快就会找到这人,老好人齐齐!我真想知道他现在过得怎么样!"

"要是波利尼西亚在就好了,"白老鼠说,"他很快就能想出办法。你们还记得他帮我们逃出监狱吗,还是两次?唉,他太聪明了!"

"我不太相信这些老鹰,"吉普说,"他们自高自大。他们或许眼力不错,不过也就仅此而已了,请他们去找个人,他们都找不到,亏他们还有脸回来说他们找不到别人也找不到。他们就是自负,就像泥塘镇里那只牧羊犬。对那些消息灵通的海豚,我也不怎么信任。他们能告诉我们的就只是这人不在海里,我们可不是想知道他'不在'哪里,我们想知道的是他'在'哪里。"

"噢,别说那么多了,"咕咕说,"这说起来容易,可要满世界找一个人可没那么容易。也许渔夫因为担心这孩子头发变白了,所以老鹰也找不到他,你们不可能什么都知道。你们虽然知道,可没帮什么忙。你不见得比那些老鹰更有办法找到那孩子,你也做不到!"

"我做不到?"小狗说,"这可是你说的,你这愚蠢的热熏肉!我还没试过呢,是不是?你等着瞧!"

吉普走到医生面前说,"请你去问问那男孩好吗?看他口袋里有没有什么属于他舅舅的东西?"

于是医生问男孩。男孩给大家看一个指环,因为戴在手指上太大,所以他都用绳子挂在脖子上。他说,这是他们看到海盗来时,舅舅脱下来给他的。吉普闻了闻后说:"这没用,请你再问问他有没有他舅舅别的东西?"男孩又从口袋里掏出一条很大的红色手帕,说:"这也是我舅舅的。"男孩把它一掏出来,吉普就叫道:"鼻烟,天哪!黑色浓烈的粗鼻烟,你们没闻到吗?他舅舅吸烟……你问问他,医生。"

医生又问男孩,男孩说:"没错,舅舅吸很多鼻烟。"

"很好!"吉普说,"那人等于已经找到了,这跟从一只小猫咪那里偷吃牛奶一样容易。告诉那男孩,不用一个礼拜我就能把他舅舅找到了。让我们上甲板看看风在朝哪个方向吹。"

"可这是晚上,"医生说,"你没法在黑夜里找到他!"

"要找到一个有黑色浓烈粗鼻烟气味的人根本不需要光亮,"吉普一边爬楼一边说,"要是人的气味像绳子、热水一样不容易闻出来就不同了,可鼻烟!好办好办!"

"热水有气味吗?"医生问。

"当然有,"吉普说,"热水的气味和冷水很不一样。热水和冰,气味也很不一样。有一次我追踪一个人,在黑夜里走了十英里,就是凭着他刮胡子时用的热水的气味,那可怜的家伙没肥皂……现在,让我们看看风往哪边吹,风向对远距离闻气味很重要。风不能太猛,同时,方向也要对,持续而潮湿的风最好……哈,这风从北方吹来。"

于是,吉普到船头去闻风里的气味,一边闻一边咕哝:"柏油、球形淡味洋葱、汽油、湿雨衣、磨碎的月桂叶、燃烧的橡胶、洗花边帘子……不对,我说错了,是晾花边帘子,还有狐狸……上百只小崽子,还有……"

"你真能从这风里闻到这么多气味吗?"医生问。

"那还用说嘛,当然能!"吉普说,"这些都是几种容易闻出来的气味,因为它们气味浓烈。任何一只狗就算感冒了也能闻出这些味道。再等等,我会告诉你这风里几种更难闻出来的气味,几种很淡的味道。"

小狗紧闭双眼,向空气里伸长鼻子,半张着嘴努力闻风里的气味。好长时间,他没说一句话,像块石头一样保持着同一个姿势,好像连气都不喘一下了。终于,他开口讲话了,听起来像在梦中悲伤地唱歌。

"砖头,"他悄声说,"黄色的旧砖头,在花园墙上待了很多年岁;溪边小母牛甜蜜的呼吸;一个鸽子房,又或者是一座谷仓,铅皮的屋顶,正午的太阳晒在上面;黑色小羊皮手套,放在胡桃木写字台的抽屉里;一条尘土飞扬的路,悬铃木下有马饮水的槽;霉烂的树叶上长出了小蘑菇;还有……还有……还有……"

"有萝卜吗?"咕咕问。

"没有,"吉普说,"你总想着吃,没有萝卜,也没有鼻烟。有很多烟斗、香烟,还有几支雪茄,可没有鼻烟。我们得等风转成南风。"

"是啊,这可怜的风,"咕咕说,"我觉得你在胡说八道,吉普。谁听过在大海中找一个人就靠闻风里的气味!我告诉你,你办不到的。"

"看看,"吉普真生气了,"你的鼻子马上就要遭一口咬了!你之所以不用怕被咬,就是因为医生不让我们给你应得的报应,这样你才像现在这样厚脸皮!"

"别吵了!"医生说,"停下吧!生命短暂。告诉我,吉普,你认为这气味是从哪来的?"

"从德文郡和威尔士,主要从那里来,"吉普说,"风是从那边来的。"

"好极了,好极了!"医生说,"你知道这真是非常了不起,非常!我要在我的新书里把这个写进去。我想知道你能不能教我这样闻气味……不过还是算了,我还是保持老样子好了,俗话说'知足常乐'。我们下去吃晚饭吧,我已经很饿了。"

"我也是。"咕咕说。

第十九章
岩石

第二天一早,大伙儿从丝绸床上起来,看到阳光明媚,风从南方吹来。吉普冲着这阵南风闻了半个小时,接着,他跑到医生身边摇摇头:"我还是闻不到任何鼻烟的气味。"他说:"我只能等风转成东风。"

但那天下午三点,风就转成东风了,小狗还是闻不到鼻烟的气味。

小男孩失望极了,又开始哭起来,说似乎没有人能为他找到舅舅,但吉普还是一个劲儿地对医生说:"告诉他风转向西风的时候,我会找到他舅舅的,哪怕他是在中国,只要他还在吸那种鼻烟。"

他们等了三天,风才转成西风,那是星期五的清晨,天蒙蒙亮。一阵毛毛雨像薄雾一样笼罩着海面。风很轻、很暖和,也很潮湿。

吉普一醒来就跑到甲板上,把鼻子伸到空气里闻。这时,他兴奋到了极点,冲下来把医生叫醒。"医生!"他叫道,"我闻到了!医生!医生!快醒醒!听着!我闻到了!风从西边来,风里什么味道都没有只有鼻烟味儿,快上去开船吧……快!"

于是医生翻身下床,走到船舵那里去掌舵开船。

"现在我上船头,"吉普说,"你看我的鼻子,我的鼻子指向哪里,就把船转向那里。那人不会很远,他的气味那么浓烈,又有这么可爱潮湿的风。看我的吧!"

一整个早晨,吉普都站在船头,闻着风指引医生开船的方向,而所有的动物和那男孩都睁大眼睛站在周围,惊奇地盯着他看。

快到午饭时间,吉普请哒哒告诉医生他有点担心,想跟他说话。于是,哒哒把医生从船的另一头带来,吉普对他说:"那男孩的舅舅在挨饿。我们的船必须能开多快就开多快。"

"你怎么知道他在挨饿?"医生问。

"因为从西边吹来的风里只有鼻烟的味道,没有其他味道,"吉普说,"如果那人在做饭或吃东西,我都会闻见的。但他连新鲜的水都喝不上。他只是一个劲儿地吸鼻烟,大口大口地吸。我们离他越来越近,因为那气味一分钟比一分钟浓烈。不过,让船能开多快就开多快吧,我肯定那人在挨饿。"

"好的。"医生说,他让哒哒去请燕子们来拉船,就像海盗追我们时那样。

于是那些顽强的鸟儿飞下来,再一次抓住绳子拉船。现在船以惊人的速度破浪前进,快得连海里的鱼都不得不让路,免得被船撞死。

所有的动物兴奋无比,他们不再盯着吉普看,转头看前面的大海,要看到那挨饿的人可能待的陆地或海岛。可时间一个钟头一个钟头过去,船依然在汪洋大海上飞奔,怎么也到不了陆地。这会儿,所有的动物都不再交谈,安静地坐着,又担心又难过。小男孩又担忧起来。吉普的脸上表情复杂。

最后,傍晚太阳快要落下去的时候,蹲在桅杆顶上的猫头鹰图图扯着嗓门喊起来,惊动了大家。他叫道:"吉普!吉普!我看见前面有块大岩石。你看,就在天空和海水相接的地方。看太阳照在它上面,像金子一样!那气味是从那来的吗?"

吉普叫着回答："是的,就是那儿。那个人就在那里,终于找到了,找到了!"等他们的船更靠近一些,他们看到那块岩石非常大——有一片田地那么大。岩石上没有树,也没有草,什么都没有,岩石平滑得像乌龟背一样。

医生把船直接驶过去,绕着岩石转,但怎么也没看到岩石上有人。所有的动物都眯起眼睛仔细看,约翰·杜利特从楼下拿来一个望远镜。可他一个活着的生物也没见——哪怕一只海鸥,或一只海星,或一根海草。

他们安静地站着,听着,竖起耳朵不放过任何动静,但他们听到的唯一的声音就是海浪拍打船舷的声音。

这时候大伙儿开始叫："喂,上面有人吗?喂!"他们喊到嗓子都哑了,却只听见从岩石那边传来的回声。

小男孩嚎啕大哭："我想我是再也见不到舅舅了!我回家怎么跟大家交代呢!"

但是吉普对医生说："他肯定在这儿,一定!他一定在!气味到这儿就没有了。我告诉你,他肯定在这里!把船靠岸,我要到岩石上面去。"

医生尽量把船靠过去,抛下船锚,然后和吉普一起到岩石上去。

吉普立刻把鼻子贴在地面上闻,开始在整个岩石上跑。他跑上跑下、跑前跑后,沿着之字形路曲曲折折地走,他走到哪里,医生跟到哪里,直跑到他气也喘不上来。

最后吉普大叫一声,坐下来。医生跑过来,只见吉普盯住岩石中间一个又大又深的洞。

"男孩的舅舅就在下面,"吉普安静地说,"怪不得那些愚蠢的老鹰看不见他,找人还得靠狗!"

医生走进那洞,那像是一个洞穴,或一条地道,往地下延伸得很深。接着,他擦亮一根火柴,开始沿着黑暗的通道走,吉普跟在他后面。

医生的火柴很快用完了,他擦了一根又一根。

最后到了通道尽头,医生发现自己在一个小房间里,周围都是岩石墙。

就在这房间中,躺着一个红头发的人,头枕在双臂上睡着了!

吉普走过去闻地上他身边的什么东西。医生弯下腰把这东西捡起来,是个很大的鼻烟匣,里面装满了鼻烟。

第二十章
渔人镇

医生小心翼翼地、非常温和地把那人叫醒。

可这时火柴又熄灭了,那个人以为海盗阿里本回来了,吓得他在黑暗里使劲用拳头打医生。

约翰·杜利特告诉他自己是谁,并且告诉他,他的小外甥平安地待在自己的船上,那人听了以后高兴极了。他跟医生说很抱歉打了他,但他打得并不重,因为太黑了,他打得不准。然后,他递给医生一小撮鼻烟。

接着,那人说因为他不答应做海盗,巴巴里龙把他丢在这岩石上不管,还讲了他如何适应在这岩洞里睡觉,因为岩石上没有房子供他取暖。

他说:"我已经四天没吃没喝了,就靠鼻烟活着。"

"你果然在这儿!"吉普说,"我怎么说来着!"

他们重新擦亮了更多的火柴照亮他们出去的路,医生叫那人赶紧到船上喝点汤。

动物们和小男孩看见医生和吉普带着一个红头发的人回到船上,他们大声欢呼,在船上跳起舞来。成千上万只燕子飞上高空,用最高的嗓音吹起口哨,他们要表达自己无比兴奋之情,因为小男孩勇敢的舅舅终于被找到了。他们的声音太大了,海上远处的水手还以为一场可怕的暴风雨要来临。"听啊,大风在东边呼啸!"他们说。

吉普很为自己感到骄傲,尽管他尽量让自己看起来不那么得意。当哒哒爬过来对他说"吉普,没想到你这么聪明"时,他也就摇了摇头说:"哦,这没什么大不了的。可你知道的,找人还得靠狗,这种事情鸟可干不了。"

医生问红发人他的家在哪里,他说了之后,医生就让燕子们先指引船开到他家去。

当他们到了那人说的陆地,他们看见在一座满是岩石的山上坐落着一座渔人小镇,那人指着自己的房子给大伙儿看。

他们一放下锚,小男孩的妈妈(也是那人的姐姐)就跑到岸边来迎接他们,她又哭又笑。她已经在那山头坐了二十天了,每天都望着海面等他们回来。

她亲吻了医生很多次,弄得医生尴尬地一个劲儿傻笑,脸红的像个小姑娘,她还试图亲吻吉普,吉普赶紧跑到船里躲起来了。

"这太傻了,"他说,"我可受不了,让她去亲吻咕咕吧——如果她一定要亲吻什么的话。"

渔夫和姐姐都不希望医生马上离开,他们请求医生多待几天,所以,约翰·杜利特和他的动物们只好在他们的房子里度过周六、周日还有周一的半天。

渔村里所有的小男孩都跑到沙滩上来,指着停在岸边的大船窃窃私语,"看哪!那是一艘海盗船——阿里本的——七海之上横行一时的最可怕的海盗!那个住在特里维廉家戴高帽子的绅士,是他把这船从巴巴里龙那夺过来的,他还让海盗去当农夫。谁能想到,他怎么看都是个那么温和的人!看那个大红帆!看起来很凶恶,开得也很快,不是吗?天哪!"

医生待在渔人镇的这两天半时间里,不断地被邀请去喝茶、吃午饭、吃晚饭、参加各种派对,女士们给医生送来鲜花和大盒的糖果,村里的乐队每晚都在医生窗外演奏。

后来,医生说:"好心的人们,现在我必须要回家了。你们真是太好了,我会永远记得的,但我必须走了,因为我还有事情要做呢。"

医生即将离开的时候,镇长来到街道上,很多人穿着盛装跟在他左右。镇长在医生住的房子跟前停下脚步,村子里的人都围过来看看会发生什么。

在六个听差的男孩吹响嘹亮的号角后,街道变得肃静,医生走出来站在台阶上,镇长说话了。

"约翰·杜利特医生,"他说,"我很荣幸代表我们小镇送一份小小的礼物给打败海上巴巴里龙的人,这代表镇上人们的感恩之情。"

接着,镇长从他口袋里掏出一个小包,打开来,交给医生一块精致漂亮的怀表,表的背面镶着真钻石。

接着,镇长又从口袋里拿出一个更大的包裹问道:"那只狗呢?"

所有人开始到处找吉普。最后,哒哒在村子另一头的马厩里找到了他。在那里,原野上所有的狗充满钦佩和尊敬地围绕着他,激动地说不出话来。

哒哒把吉普带到医生身旁,镇长打开那个更大的包裹,里面是一个纯金打造的狗项圈!镇长蹲下来亲手将项圈戴到小狗的脖子上,村民们涌起了一阵阵羡慕的私语。

那只项圈上还用大写字母写着这样一行字:

"吉普——世界上最聪明的狗。"

然后,人群都涌到沙滩上为他们送行。红头发的渔夫和他姐姐,还有小男孩对医生感谢了一遍又一遍,一遍又一遍。这艘挂着红帆的又大又快的船又一次启程了,它将开往泥塘镇。他们驶出海洋时,村里的乐队在岸上为他们奏乐。

第二十一章
终于到家了

三月的风吹过又走了,四月的阵雨下了又停了,五月的花苞绽放成了花朵,六月的阳光正热闹地倾洒在美丽的田野上,这个季节,医生终于回到他的家乡。

但他并没有直接回到泥塘镇的家。首先他用敞篷马车载着推推拉拉穿过大街小巷,在每一个乡村集市都停下来。集市里,一边是杂技表演,一边是木偶戏,他们就在中间挂出一块大招牌,上面写着:"欢迎参观从非洲丛林来的神奇的双头兽。入场费:六便士。"

推推拉拉就待在篷车上,其他的动物在马车底层躺着。医生在马车前面的椅子上坐着,笑着向进来观看的人收取六便士。哒哒一直不停地抱怨说如果不是她看着,医生就让孩子们免费进来了。

动物园管理员和马戏团的人都来请求医生把那神奇的动物卖给他们,他们说会给医生很多很多钱,但医生都摇着头说:"不!推推拉拉不会被关在笼子里,他要来去自由,就像你和我一样。"

在这环游各地的生活中,他们见识了很多神奇的景色和事情,但是,他们在国外见识过也做过更伟大的事,所以,这些看起来都平常无奇。

一开始,成为马戏团的成员令人感觉非常有趣,但过了几周,大家都对此感到厌烦,医生和动物们都很渴望回家。

可是,很多人都赶到这小动物园来付六便士观看双头兽。不久,医生就打算不干了。

在天气晴朗的一天,葵花正开得灿烂,他以一个富人的身份回到了泥塘镇,回到有着大花园的小房子里。

马厩里的瘸腿老马看到他很高兴,燕子们已经在他屋檐下垒了新巢,还生了一窝小燕子。哒哒也很高兴回到熟悉的房子——虽然屋里满是灰尘和蜘蛛网,一堆的清扫活等着她。

吉普回来后,向隔壁那只骄傲的牧羊犬炫耀了自己的金项圈,然后又回到家里疯了一般绕着花园奔跑,找他很久以前埋在地下的骨头,到处追赶老鼠。咕咕则把花园里墙根下长了三英尺高的山葵挖出来。

医生去看望借给他船的水手,他给水手带了两艘新船,还给他的孩子买了个橡皮玩具。他去食品店付清了去非洲时借的食品钱。他买了一架新钢琴,让小白鼠重新住进去,因为他们说书桌抽屉里风太大。

医生把梳妆台上的钱匣装满了钱后,还剩下很多钱。他不得不又弄了三个钱罐——三个够大的钱罐,把剩下的钱装起来。

"钱呀,"他说,"是个麻烦的东西,但不用为钱担心也是件好事。"

"是的,"哒哒正在烤她的松饼,"的确如此!"

当冬天再次来临,白雪覆盖了厨房的窗户,医生和他的动物们吃完晚饭后坐在大大的温暖的炉火边,他可以大声地为他们朗读他的新书了。

而此时,在遥远的非洲,在圆圆的黄色月亮下,猴子们入睡前正躺在棕榈树上聊天,他们会互相说起这些:"我想知道那位好心人正在干什么呢,在那里,在那遥远的英国!你觉得他会再回来吗?"

波利尼西亚这时会从藤蔓间跳出来说话。

"我想他会的,我猜他会,我希望他会!"

那条鳄鱼也会突然从河里的黑泥里探出头来说:"我相信他会的,现在,睡觉吧!"

杜利特医生的马戏团

【美】休·洛夫廷 著

丁晓花 译

第一部分

第一章　炉边谈话

在这里大家即将听到杜利特医生冒险之旅中的一些故事,故事得从他加入马戏团并跟着马戏团一起冒险说起。起初杜利特医生并没有打算长时间待在马戏团,他只想把双头骆驼推推拉拉带出来展览一段时间,赚到足够的钱来还债。

但图图说的话却是正确的,约翰·杜利特很容易满足,他想要发财并非难事儿,可是对他而言保持富有却是件难事。哒哒以前经常说,这些年杜利特也发过五六次财,可是钱越多,他变成穷人的速度也越快。

哒哒对于财富没有什么概念,但她可以肯定的是在马戏团的日子,杜利特先生的口袋里不时也有足够的钱,因而别人认为他日子过得很不错,可实际情况却截然不同。每到周末或月末时,杜利特像时钟一样准确地总会变得一无所有。

那么我们开始说说经历了非洲的漫长旅行之后,杜利特的大家族最后终于回到了普德莱比的小家中。杜利特医生动物家族的成员包括了小狗吉普、鸭子哒哒、猫头鹰图图、小猪咕咕、双头骆驼推推拉拉和一只白老鼠。这是一个需要养活的大家庭，而身无分文的杜利特医生一直忧心忡忡地思考着如何养活这一大家子。他甚至要操心如何维持进入马戏团前的一小段日子的生计。但贴心的哒哒在航海之旅结束之前，就从海盗船的食品储藏室带了一些补给品回来，这才让他们能度过这段日子。这些物品应该足够支撑至少一两天的家用。

一回到家，哒哒这个优秀的管家就直接走进了厨房开始洗刷锅碗瓢盆，准备做饭的食物。医生和其他人去了花园看看所有熟悉的角落。哒哒用汤勺敲响了煎锅，这就是他们开饭的铃声。其他人还在自己心爱的家里东瞅瞅西瞧瞧，一听到这个声音，他们都一窝蜂地往后门冲去，从花园里挤进屋子来。大家伙儿咯咯嘎嘎地说着话。再次坐在熟悉的老厨房里吃饭，每个人都十分高兴，不禁回忆起曾经在这儿度过的很多欢乐的时光。

"今天晚上也许很冷，要生火炉了。"当他们坐在桌边时，吉普说道，"九月的风噼啪作响地吹着。医生，你晚饭后会给我们讲故事吗？我们围坐在壁炉旁边已经有一会儿了。"

"也许你可以给我们读一读您那本动物故事书里的故事，"咕咕说，"就是那只狐狸，想要偷国王的鹅的那只狐狸的故事。"

"嗯，"医生回答说，"也许我们可以先来看看其他的事情。海盗的这些沙丁鱼还真是美味呢！还有波尔多的味道！不会错的，千真万确的法国沙丁鱼。"

就在这时，杜利特医生被喊去手术室给一只断了爪子的黄鼠狼看病，他没有很快就回来，因为隔壁农场一只喉咙痛的公鸡也来看病了，他说自己的声音沙哑得不像话，只能轻声地报晓，而农场的人早上因而都没有起床。后来又来了两个农民给医生带来一只骨瘦如柴的小鸡，那只小鸡也许从出生起就没有好好地吃过东西。

　　虽然普德莱比的人们还不知道医生回来了,可是他要回来的消息早就在动物和小鸟之间传开了。那天一下午,医生一直忙着包扎、叮嘱病人注意事项以及医治的工作。手术室外还有一大堆的动物在耐心地等待着看病。

　　"还是跟以前一样没有安宁!"哒哒抱怨着,"从早上到中午一直到晚上,病人们总吵闹着要看病。"

　　吉普说得没错,那天晚上夜幕降临后天气果然变得十分寒冷。幸好地下室里储存着足够的木柴,可以用来生起让人温暖舒适的火炉。饭后动物们都聚在火炉旁,缠着医生给讲一两段故事。

　　"看这个,"医生说,"这个马戏团怎么样?如果要赚钱来还水手的债,我们可以考虑一下。我们现在还没有找到一个可以落脚的马戏团,我在想如何处理这件事情最好。你们知道这个马戏团游历过很多地方吗?让我想想可以找谁来着?"

　　"嘘!"图图说,"门铃响了吗?"

　　"真奇怪!"医生一边说,一边从椅子上起身,"有人来了吗?"

　　"也许是患风湿的那个老妇人,"医生走到大厅时,白老鼠猜测着,"也许她找不到自己的药了。医生真是个好人。"

　　杜利特点亮客厅的蜡烛,然后打开了前门,他看到门槛那儿站着的却是那个卖猫粮的人。

　　"哇,是马修·穆格!"医生惊呼出来,"马修,快进来。你怎么知道我在这儿?"

　　"医生,我就知道你会回来,"卖猫粮的一边回答,一边踏进客厅,"今天早上我才跟我妻子说,'西奥多西娅,有人告诉我杜利特医生要回来了,我晚上要去他家看看。'"

　　"嗯,很高兴见到你,"杜利特医生说,"去厨房吧,那里暖和。"

尽管卖猫粮的人说只是偶然发现医生回来的,他却准备了礼物带给他们:羊肩上的指节骨是专门带给吉普的;一块吐司带给白老鼠;一棵大头菜给咕咕;一盆开花的天竺葵是给医生的。当马修坐到壁炉前的摇椅上时,杜利特医生把壁炉上的烟草盒子递给他,让他装好烟斗。

"我收到麻雀带来的信了,他说你已无大碍。"马修说。

"是啊,麻雀给了我们很多帮助。我们离开德文郡海滩的时候,他就离开了。他迫不及待地想回伦敦。"

"那你这次回来会长住吗?"

"嗯,也许吧,"医生回答说,"跟其他事情相比,我很享受在家里住几个月打理打理花园,你看这里已经乱成一团。可是我得先赚点钱再说。"

"哼!"马修吸着烟斗冷哼一声,"我自己,我这辈子都在赚钱还是没学会。如果你需要帮忙的话,我这里还攒了二十五先令。"

"马修你人真好,真的。可是……我……我需要一大笔钱,我要还债。不过我现在有一只罕见的动物——一只双头骆驼。在非洲的时候,我帮那儿的猴子治愈了一场传染病,他们给了我这个礼物。他们认为我应该带着这只动物去马戏团展览。你想看看吗?"

"当然啦!"卖猫粮的说,"听上去是个新奇物种。"

"他就在花园里,"医生说,"不要盯着他看太久,他现在还不习惯,有点害羞。我们提一桶水假装给他水喝。"

马修和医生一起回到厨房的时候,他们脸上都带着满足的笑容。

"杜利特,"他问道,"为什么你要发财像你还活着这事儿一样神奇!世界上就没这样的事情。不管怎样,我还是觉得你应该经营马戏团的生意,你是唯一懂动物语言的人。你准备从哪儿开始?"

"你算是问到点子上了,也许你能帮我。我得确定要去的马戏团是个优秀的马戏团,那里的人也跟我处得来。"

马修·穆格往前弯着身子,用烟斗杆敲了敲医生的膝盖。

"我知道你的担忧,"他说,"目前格林姆布莱顿有你迄今为止可以知道的最好的马戏团。这周是格林姆布莱顿集会,他们会一直待到星期六。第一天开幕时,我和西奥多西娅看到过他们。那个马戏团不大,但绝对是精品。明天我带你去跟马戏团领班谈谈,你觉得如何?"

"太好不过了。"医生回答道,"不过在这期间不要告诉任何人我的打算。在给人们正式展示双头骆驼之前,我们得保密。"

第二章　医生遇到了朋友和亲人

马修·穆格是一个特别的人。他这人喜欢尝试新工作,这或许也是他一直赚不到大钱的原因。每次到头来他还是会回到卖猫粮的老本行,外加帮普德莱比周边的农民和磨坊主抓抓老鼠。

马修去过格林姆布莱顿集市,想在马戏团寻份工作,但是被拒绝了。现在知道医生和双头骆驼推推拉拉打算加入马戏团,他又重新燃起了希望。那天晚上回家时,他就想象着自己与医生合作经营着世界上最大的马戏团。

第二天,马修一大早就去了医生家。哒哒给他们做了一些沙丁鱼三明治当午饭,之后他们就出发了。

从泥塘镇要走很久才能到格林姆布莱顿。医生和卖猫粮的人在路上走了不一会儿,就听到身后有马蹄声,他们回头看到一个农民驾着双轮马车向他们驶过来。看到他俩在路上走着,农民便邀请他们搭便车,可是他妻子却不喜欢卖猫粮的人那身破烂打扮,坚决不同意停车让他们上来。

当马车驶过去时,卖猫粮的说:"你看看那个人,难道一点良心都没有? 自己倒是舒服地坐着车,让我们走路! 那人是伊西多尔·斯泰勒斯,这片地区最大的土豆种植商。我常常给他去捉耗子。他老婆是个势利眼!你看到她瞅我那眼神没?抓老鼠的人就不配跟她一起坐车!"

"但他们停车掉头过来了。"医生说。

给农民拉车的马知道医生这个人,他从医生身边经过时,就认出这个在路上走路的男人不是别人,正是大名鼎鼎的约翰·杜利特医生。那匹马发现他的朋友回来了很开心,于是自作主张地掉过头小跑着往回走,不理会主人拉紧了缰绳。他要去跟医生打个招呼,顺便看看自己的身体状况。

"你们要去哪儿呢?"那匹马跑到医生身边问。

"我们要去格林姆布莱顿集会。"医生回答说。

"我们也要去那儿呢,"那匹马说,"你们为什么不上车坐到后面的老妇人旁边?"

"他们没有邀请我们,"医生说,"你主人正在努力拽你回头往格林姆布莱顿去。你最好不要惹怒他。走吧,别管我们,我们自己走。"

最后那匹马不情不愿地听从了主人的要求,掉头往集市走去,但他想着:"这两个蠢蛋坐在车上,而伟大的医生却要步行。如果把医生扔下的话,我真是该死!"这样想着,还没走出半英里,那匹马又掉头回去了。

他装作被路上的东西吓到了,再次突然掉过头飞奔向医生。农民的妻子尖声叫起来,而她的丈夫则用尽全身的力气来勒紧缰绳,这匹马却完全不在意,跑到医生身边像野生的小马驹一样猛然弯腰跃起。

"医生,快上车,"他说,"快上车,不然我就把这两个傻瓜扔到沟里去。"

医生担心会出事赶紧抓住马笼头拍了拍他的鼻子,那匹马立刻安静得像只羊羔。

"先生,你的这匹马有点暴躁,"医生对农民说,"你能让我驾一会儿吗?我是兽医。"

"当然,"农民说,"我自认为也懂一点儿马,可是今天早上我完全拿他一点儿办法也没有。"

医生爬上马车抓住了缰绳,而卖猫粮的也咯咯笑着爬上马车后座,坐在那位怒气冲冲的太太旁边。

"斯泰勒斯太太,今天天气真好呀!"马修·穆格打着招呼,"你们家谷仓里的老鼠咋样啦?"

上午九点左右他们到达了格林姆布莱顿,城里人头攒动,一派节日的气象,牲畜市场上有上好的猪、羊和鬃毛上系着丝带的纯种马。

医生和马修穿过路上拥挤的人群往马戏团挤去。因为身无分文,医生不禁开始担忧有人向他收门票钱。马戏团的入口处有一个高高的台子,后面隔着帘子,就像一个小小的户外剧院。台子上站着一个黑胡子的男人。不断有穿着戏服的人从帘子后面出来,那个男人一一向目瞪口呆的人群介绍着他们各自的绝活儿。不管是小丑、空中飞人或者耍蛇的人,他都会把他们说成世界上最棒的人。人群被吸引过去,不时会有三三两两的人穿过人群到小门边买票,然后进到剧场里。

"哈,"卖猫粮的悄悄在医生耳边说,"我跟你说过这是个好节目吧?瞧,成百上千的人进来了。"

"那个大汉是老板吗?"医生问。

"对,就是他。那就是布鲁萨姆,亚历山大·布鲁萨姆,他就是我们要找的人。"

医生开始在人群中使劲儿往前挤,马修跟在他后面。医生终于挤到了前排,做着手势示意舞台上的那个大汉想要跟他谈谈。但是布鲁萨姆先生忙着吹嘘他节目的神奇之处,人群中的那个小人物医生根本没有办法吸引他的注意力。

"去台上,"马修提议说,"爬上台子跟他谈。"

医生爬上舞台的一角,突然发现自己尴尬地面对着这么一大群人,然而转念一想,既然身在那儿了,他就鼓起勇气拍了拍正在大力呐喊的老板的手臂说:"打扰一下。"

布鲁萨姆先生停下吹嘘"世界第一表演"的节目,打量起突然出现在他身旁的这位个子小小的胖子。

"呃……呃……"医生开口后沉默了一会儿,人群于是开始发出笑声。

跟所有炫耀者一样,布鲁萨姆从不会没话可说,也不会放弃任何可以利用他人的机会。杜利特还在想如何开口,布鲁萨姆突然转向拥挤的人群,对着医生挥手说:"女士们,先生们,这就是那个给国王的手下带来很多麻烦的人物的原型,快点买票进来吧。"人群发出一阵大笑起着哄。可怜的医生从没觉得如此尴尬过。

"医生,跟他说话,跟他谈谈。"卖猫粮的站在底下对着医生喊着。

人们的嘲笑渐渐平复后,医生又试了试。他刚一开口,人群中就传来一声"约翰"的叫声。医生转过头盯着人群寻找那个喊他名字的人。在人群中他看到了一个女人拿着一把绿色的阳伞对着他猛地挥着手。

"她是谁?"卖猫粮的问。

"老天保佑!"医生咆哮着,"我们该怎么办?马修,那是莎拉!"

第三章　筹划事业

"嗨,莎拉!"约翰·杜利特最后挤到她身边说,"你看上去真不错!"

"约翰,我挺好的,"莎拉严肃地说,"你说说你在台上像个小丑一样东窜西窜想干吗?看在你的那些老鼠、青蛙之类的宠物的份儿上,你在西部城市的那些事情还不够吗?你的自尊呢?你在台上干什么?"

"我打算去马戏团。"医生说。

莎拉深吸了一口气,好像要昏倒似的用手抓着头,她身后一个穿着牧师服装瘦削的男人走过来,扶住了她的胳膊。

"亲爱的,你怎么了?"他问。

"兰切特,"莎拉虚弱地回答,"这是我的弟弟约翰·杜利特。约翰,这是我的丈夫兰切特·丁格,格林姆布莱顿的牧师。约翰你能不能严肃些?去马戏团多丢人啊!你一定是在开玩笑。这人是谁?"马修出现的时候,她又问道。

"这是马修·穆格,"医生介绍说,"你记得他,是吧?"

"呃!那个抓老鼠的人。"莎拉闭上受惊的眼睛说。

"没关系,他是卖猫粮的。"医生说,"穆格先生,这是兰切特·丁格。"医生像是在介绍一位国王一样介绍着他衣衫褴褛的朋友。"他是我最好的病人。"医生又补上一句。

"约翰,你听我说,"莎拉说,"如果你坚决要做这么疯狂的事情,你给我保证别用你的真名。要是人们知道了牧师的弟弟是马戏团的人,对我们的名声多不好。"

医生思考了一会儿然后笑了。

"好吧,莎拉。我会用个其他的名字,要是有人认出我来,我也没办法。"

告别了莎拉,医生和马修继续寻找马戏团团长,他们在大门口找到他时,团长正在数钱。

约翰·杜利特描述了家里那只独特的动物,表明自己想加入马戏团的意愿。亚历山大·布鲁萨姆答应先看看那个动物,于是让医生把他带到马戏团这儿来,可医生却说也许团长跟他们去普德莱比看看更好。于是他们达成一致,医生跟布鲁萨姆描述了去普德莱比奥克索普路的路线后,就跟穆格一起满心欢喜地返回家去了。

"医生,如果你真去布鲁萨姆的马戏团,你会带着我吗?"在回家的路上他们吃着沙丁鱼三明治,马修问,"我真的可以帮上忙的,我可以照看大篷车、喂动物和打扫卫生。"

"马修,绝对欢迎你来,"医生回答说,"可是你自己的工作怎么办?"

"那个工作,我该怎么说呢?"马修咬了一口三明治,拿着三明治的手往天空中挥了挥说,"那可没有什么挑战性。我是个乐意冒险的人,现在马戏团才是我真正的人生。那才是男人的工作。"

"你妻子呢?"医生问。

"西奥多西娅吗?哦,她跟我一起来,她和我一样充满冒险精神,可以帮忙补补衣服,做些零活儿。你觉得如何?"

"我的意见?"医生一边走一边盯着路面说,"我在想莎拉。"

"她结婚的那个人,"马修说,"是牧师当格吗?"

"是丁格。"医生纠正说,"他也是个好冒险的人。那也是个奇怪的家庭。可怜的莎拉!可怜的丁格。哦。"

那天夜里晚些时候,当格林姆布莱顿集会结束后,布鲁萨姆先生来到普德莱比的医生家,他就着灯笼的光看了在草坪上吃草的推推拉拉之后,跟医生一起来到书房问道:"那个动物你开价多少?"

"不,不,不。他不卖的。"医生说。

"得了吧,你又不需要他。"团长说,"人们都知道你不是搞表演的,我出二十英镑。"

"真不卖。"医生说。

"三十镑。"布鲁萨姆说。

医生依然拒绝了。

"四十镑……五十镑。"团长来回踱着步子,报出的价格让卖猫粮的惊得目瞪口呆。

"你出多少都没用,"医生说,"要不就让我和动物一起加入马戏团,要不就啥也别想。我答应过要好好照顾他。"

"你什么意思?"马戏团团长问,"他难道不是你的财产?你跟谁保证过?"

"他属于他自己,"医生说,"他来这儿只是为了感激我。我对他保证过的。"

"什么!你是不是疯了?"团长惊叹道。

马修·穆格刚要跟布鲁萨姆解释说医生会动物的语言,医生就跟他做了个手势让他不要作声。

"你看着办吧,"医生继续说,"你必须带上我们两个,要不然就免谈。"

布鲁萨姆不同意,于是戴上帽子离开了。面对这种情况,马修感到很失望。

布鲁萨姆团长希望医生能够改变主意做出让步,所以还没走出十分钟他又折回来按了门铃,说还想再谈一谈。

结果就是团长最终同意了医生的所有要求。推推拉拉和他的团队有了一辆专用的新马车,虽然是马戏团的东西,但是完全属于他们。他们赚来的钱医生和团长平分。只要推推拉拉想休息就可以休息,他想吃什么布鲁萨姆都会买给他。

布鲁萨姆团长说当一切准备就绪,第二天就会让车队过来接他们。

"顺便问一下,"布鲁萨姆在前门那儿停下来问,"你叫什么名字?"

医生正想告诉他名字,突然想到莎拉的话。

"哦,你可以叫我约翰·史密斯。"他说。

"好的,史密斯先生。"团长说,"你们早上十一点收拾妥当。晚安。"

"晚安。"医生说。

门一关上,藏在屋子里不同角落的哒哒、咕咕、吉普、图图和白老鼠都来到了大厅,放开嗓门谈论了起来。

"耶!"咕咕咕哝着说,"马戏团真是太棒了!"

"天啦,"马修对医生说,"你也不差嘛!布鲁萨姆都让步了。他可是从不会吃亏的人。你看到他觉得生意不成后回来得多快?我打赌他想着从我们身上大发一笔呢。"

"可怜的老屋,"哒哒叹着气,颇为留恋地掸去衣帽架上的灰尘,"这么快又要离开这儿了。"

"太棒了!"咕咕大叫着,试图用后腿站起来并将医生的帽子顶在鼻子上,"马戏团太棒了!明天去!耶!"

第四章 医生被发现了

第二天一大早哒哒就把整个屋子里的人都撺掇起来了,她说如果十一点之前要准备好,吃了早饭七点就要打扫干净桌子。

实际上勤劳的管家哒哒在马车到达之前几个小时就锁了门,让大伙儿在外面等着。只有医生还在忙着,因为直到最后一分钟,还有从农村各处来的动物病人找医生治疗。

终于在外巡视的吉普匆忙地跑到花园里聚集的人群那儿。"马车来了,"他说,"一辆红黄相间的马车已经到了拐角处。"

所有人都兴奋地提起他们的行李。咕咕的行李是一堆蔓菁,他着急忙慌地往台阶下走的时候弄断了绳子,圆溜溜的白色蔬菜全都滚到地上。

马车最终进入视野时,人们看到那绝对是一辆漂亮的马车,有窗户、车门和烟囱,车身涂着喜庆的颜色,整辆马车看上去很新。

唯独拉车的马却不似马车那样新,那是一匹老马。医生从没见过一匹这样体力透支的马,于是跟他谈了起来,发现这匹马在马戏团已经工作了三十五年,这匹马叫贝普。医生决定要布鲁萨姆给贝普补贴让他安享晚年。

哒哒把医生的床铺裹在一个床单里,就像要去送洗的一堆衣服,她小心翼翼地,生怕弄脏了。

当动物和行李都上车后,医生担心载重太多那匹老马会拉不动。他想在后面推一把帮个忙,可贝普说他能行,但医生还是不愿坐进去增加重量。关上门拉上车帘后,路上就没人能看到推推拉拉了,于是他们出发去格林姆布莱顿。车夫驾着马车,医生和卖猫粮的人在后面走着。

穿过普德莱比的市场,赶车人停下马车去商店里买点东西。当马车停在门口等待的时候,人群聚集到马车周围想知道他们去哪儿,车里是什么。马修·穆格现在胸脯挺得老高,急死了想告诉大家伙儿,可医生却不让他说一句话。

下午两点左右他们到达了格林姆布莱顿集会,从后门进了马戏团。布鲁萨姆正在那儿等着迎接他们,马车门打开后,他似乎很震惊医生带来的一堆古怪的动物,尤其被那只猪震惊到了,可是因为推推拉拉的缘故,团长很高兴,因此也就不介意这些动物了。

布鲁萨姆立即把他们领进戏台,那是他那天上午特地为他们搭建的。医生发现这个戏台跟他第一次与布鲁萨姆说话的那个台子很像。整个台子高出地面三英尺,人们能看到顶端宽阔的帆布搭建的房间,还有阶梯通到那儿,台子前端有一个布帘遮住了入口。只有买了票的观众才能进去看。

前面贴着一个布告:

推推拉拉!
欢迎参观来自非洲丛林的双头动物!
票价:六便士。

红黄相间的马车停在舞台的后面,这辆马车是除了推推拉拉外,还有医生的大家族生活的地方。哒哒立即开始铺床并收拾车里面,使它看上去有点家的样子。

布鲁萨姆希望推推拉拉能立刻上台表演,可是医生不同意,他觉得任何野生动物从普德莱比舟车劳顿地过来都必须休息一下。他希望这个胆小的动物在被人群盯着看之前能适应马戏团吵吵闹闹的生活。

布鲁萨姆很失望,可又只能妥协。让动物们高兴的是布鲁萨姆带他们参观了马戏团,把医生介绍给各个表演者。在推推拉拉被移到他的新家,喂了干草和水并安顿好睡觉的地方后,医生的队伍在亚历山大·布鲁萨姆老板的带领下开始参观马戏团。

马戏团围场中央的大帐篷里,一天只有两场主要的表演,分别是下午两点一场,晚上六点半一场。大帐篷周围还有很多小帐篷和舞台,大部分都需要观众额外付费才能进去观看节目,而医生的节目就是其中之一。这些多姿多彩的节目包含了所有让人惊奇的东西:射击、猜谜游戏、婆罗洲的野人、长胡子的女士、旋转木马、大力士、耍蛇的人、各种野生动物以及很多其他东西。

布鲁萨姆把医生和他的朋友先带到兽栏那个又黑暗又肮脏的地方。大多数动物看上去都脏兮兮的,一点都不开心。医生见到此情此景感到很难过,就差跟布鲁萨姆吵上一架。卖猫粮的人这时却在他的耳边悄悄地劝他:"医生,不要一来就惹麻烦。等一等,我们得先让老板看看你在动物表演中的价值,然后才能跟他谈条件。如果你现在就惹毛他,也许我们就失业了。那时你就啥都不用做了。"

杜利特医生觉得这是个不错的建议,让他感到满意的是他隔着栏杆悄悄地跟这些动物说希望将来能为他们做点什么。

就在医生他们进去后,一个邋遢的男子带着一群乡下人来参观,他们在一个笼子前停了下来,那里关着一只毛茸茸的小动物。那个男人喊起来:"女士们,先生们,这就是来自巴塔哥尼亚森林的呼里古里,据说他可以用尾巴倒挂在树枝上。现在我们去看下一个笼子里的动物。"

咕咕跟在医生后面,一起去看那只大名鼎鼎的"呼里古里"。

医生问:"那有什么奇怪的,不就是只普通的美洲负鼠妈妈,一种有袋类动物吗?"

"医生,你怎么知道她是妈妈?"咕咕问,"她也没有孩子在身边,也许是爸爸呢。"

"看啊,"那个男人站在下一个笼子前大声地介绍,"这个就是圈养的最大的大象!"

"这简直是我看过最小的大象。"医生嘀咕着。

布鲁萨姆提议去法蒂姆公主那儿看她耍蛇,于是他带着大家离开那个气味难闻的动物棚子,来到开阔的户外。医生走过笼子的时候抬起头不开心地皱起了眉头。很多动物认出他就是大名鼎鼎的杜利特医生,于是都示意他停下来,想跟他说说话。

他们走进耍蛇人的帐篷,那时刚好没有其他的参观者。在一个小台子上,法蒂姆公主正一边化着妆,一边用伦敦东区的口音咒骂着。她的椅子旁放着一个装满蛇的浅盒子。马修·穆格朝里面看了一下,吓得直往帐篷外面跑。

"马修,没事儿,"医生喊住他,"别害怕,他们不会伤害人。"

"你啥意思,不会伤害人?"法蒂姆公主盯着医生哼道,"他们可是印度的眼镜蛇,世界上现在最毒的蛇!"

"他们根本就不是眼镜蛇。"医生说。

"他们是美洲黑蛇,没有毒。"他在一条蛇的下巴上挠了挠。

"别碰他们!"法蒂姆公主从凳子上站起来大喊着,"否则我拧断你的脑袋。"

此时布鲁萨姆打断了他们的话,向法蒂姆公主介绍了史密斯先生。

接下来的对话因为一群来参观耍蛇表演的人而中断了。布鲁萨姆将医生一行人带到角落悄悄说:"史密斯,她很棒。这是我这儿最好的节目之一。你就看看吧。"

帘子后面某人吹奏起笛子,夹杂着鼓声,接着法蒂姆开始表演,她从箱子里拿出两条蛇,缠在自己的脖子和胳膊上。

"女士们,先生们,大家好,诸位可以往前站得近一点,"她对观众柔声说,"如此,诸位也可以观看得明白一些!"

"她说话怎么是那种腔调?"咕咕悄声问医生。

"嘘!我想她是在模仿东方口音。"杜利特说。

"我听了怎么觉得是土豆的声音,"咕咕喃喃地说,"她是不是长得圆乎乎的!"

看到医生似乎不喜欢这个节目,马戏团老板于是带他们去看其他的一些杂耍。

穿过人群来到大力士表演节目的地方,咕咕正好看到正在上演的"潘趣和朱迪"的表演剧,那时刚表演到小狗托比咬到了潘趣先生的鼻子。咕咕对此极度感兴趣,医生拽都拽不走他。实际上自从来到马戏团的这段时间,这是咕咕最开心的时刻。虽然这部戏剧情没变,他也在心里记得每一句台词,可是却百看不厌。

下一个舞台那儿已经聚集了很多观众,大家都屏住呼吸看着大力士举起很重的东西。这个表演没有一丁点儿掺假的地方,约翰·杜利特完全喜欢上了这个节目,因为惊叹而跟着人群一起鼓掌。

大力士是一个长相老实肌肉发达的人,医生立刻就喜欢上了他。他有一个节目就是躺在台上,用双腿直起来举起一个很重的哑铃。这个表演既要有平衡性,还要有力量,如果哑铃掉到错误的地方,大力士就会受伤。那时他就在表演这个节目。只见大力士最终把两腿伸直,人群发出一阵低低的欢呼声,就在那时突然台上的一块板子裂开了,大哑铃就那么直直地掉到了大力士的胸口。

人们尖叫起来。布鲁萨姆跳到台子上面,指挥着两个人才把压在大力士身上的哑铃挪开。直到那时大力士还是没有站起来,他一动不动地躺在地上,紧闭着眼睛,脸上一片死灰色。

"快叫医生!"布鲁萨姆对着卖猫粮的大喊,"快点!他受伤失去了意识。医生,快!"

约翰·杜利特来到了表演台上老板的身边,他赶紧跪到受伤的大力士身边。

"让开,让我检查一下。"他轻轻地说。

"你怎么做?他伤得很重。看,他的呼吸很吓人。我们要找个医生来。"

"我就是医生,"约翰·杜利特说,"马修,快去马车上拿我的黑包。"

"你是医生?"布鲁萨姆站起来说,"你不是说你叫史密斯先生吗?"

"他真是一名医生,"就在那时从人群中传来一个声音,"他可是英格兰西部最出名的医生。我认识他,他是杜利特,普德莱比的约翰·杜利特医生。"

第五章　医生也泄气

医生检查发现大力士的两根肋骨被哑铃压断了,可他说大力士的身体很强壮,很快就能恢复。受伤的大力士躺在自己的大篷车里,直到痊愈前,医生每天都会去看他四次,马修则留在那儿照顾他。

大力士的艺名叫赫拉克利斯,他很感激约翰·杜利特,也越来越依赖他。在我们后来的故事中大力士也帮了很多忙,但那都是后话了,接着看我们的故事。

在马戏团的第一晚,医生上床后想了想,觉得自己得罪了耍蛇的法蒂姆公主,却收获了一个叫赫拉克利斯的大力士朋友。当然,现在有人认出了他就是泥塘镇的杜利特医生,继续隐瞒自己的身份也没有任何意义。不久马戏团里就称他为"医生"或者"医者"。在赫拉克利斯高度赞扬中，不断有人来找医生看一些小病，这些人有长着一堆胡茬的女士，也有小丑。

第二天，推推拉拉第一次上台表演就颇受观众的欢迎。以前在马戏团里可从来没有出现过双头动物，人们纷纷掏钱来参观。一开始他害羞死了，一直把头藏在稻草后，这样就看不到人群里那些打量的目光。人们不相信他有两个头，于是医生劝他说能不能帮帮忙，把两个头都伸出来给大家看看。

"你不用看观众，"医生说，"只要让他们看到你有两个头就行，背对着观众也行。"

然而有些愚蠢的人明明已经能清清楚楚地看到他的两个头了，还在那儿不停地怀疑其中一个是假的，他们用棍子敲那只胆小的动物，确认那个头是不是假的。有一次，两个傻瓜又这么做的时候终于把推推拉拉惹怒了，他突然就抬起了两只脑袋，狠狠地盯着他们的腿，于是这两个人终于相信这只动物是真的，完全是活的。

等到卖猫粮的人把照顾赫拉克利斯的工作交给他妻子后，医生才让他去守着推推拉拉，防止那些愚蠢的参观者骚扰他。刚开始的那段时间，这个可怜的家伙真的度过了一段可怕的日子。可当吉普告诉他赚了多少钱的时候，他决定为了约翰·杜利特就把头伸出来给大家看一看。过了一段时间之后，尽管推推拉拉对人类的看法还是没变，但是却日渐熟悉了观众那些愚蠢惊讶的面孔，也能用两个头带着轻蔑的神情瞪着他们。

在表演时，医生通常会坐在前台的椅子上收门票钱，微笑着看人们进场，好像每个来参观的人都是他的老朋友似的。其实医生遇到了很多过去认识他的老乡，其中就有患风湿的老妇人、詹金斯乡绅，还有一些普德莱比的邻居们。

可怜的哒哒比以前更加忙碌了，除了要管理家务之外，她还要看着医生,因为只要稍不留神,医生就会放孩子们免费进来参观,为此哒哒总是会责备他。

每天表演结束的时候,老板布鲁萨姆会进来分账,那时数学家图图总是会在场,确保医生拿到应有的份额。

虽然推推拉拉很受欢迎,但医生很早就明白要想还清所有的债,还需要很长的一段时间来赚钱,更何况还要为他自己和这一大家子赚够生活费。

对此医生感到很抱歉,因为马戏团里有许多事情他都不喜欢,他盼望着能早日离开此地。他自己的节目是货真价实的节目,可是马戏团有很多弄虚作假的节目,而医生最讨厌这一套了,所以耿耿于怀自己也参与到了这样不诚实的生意中。马戏团里很多赌博游戏都是事先安排好的,参加的人只有输钱的份儿。

医生最为担心的还是动物们的状况,他觉得马戏团的大多数动物都过得不开心。在马戏团的第一天,当拥挤的人群各回各家,场地重归宁静之后,医生去了动物棚跟那儿的动物聊天。几乎所有的动物都对他抱怨说笼子不够干净,空间不够大,锻炼很少,给的食物又不合胃口。

医生听完这些抱怨就怒气冲冲地去布鲁萨姆的帐篷找他,告诉他应该为动物们改善环境。

布鲁萨姆耐心地听完医生的话,哈哈大笑着问:"医生,你这又是干吗?如果我按你说的去做,那我这生意早就关门大吉了!我就玩不下去了。给马养老?送呼里古里回老家?整天雇人打扫笼子?给动物们买些专门的食物?每天像贵妇一样带他们出去散步?你是不是疯了?你什么都不懂!我已经答应了你所有的要求,你可以按自己的方式安排你的节目,可是余下的节目由我来负责,明白了吗?你别干涉。大力士受伤就算了,我可不想因为你的那种高大思想而把自己搞得破产。"

医生伤心地离开了布鲁萨姆的大篷车,走回自己的马车。月光下,他看到卖猫粮的人坐在马车的踏板上抽烟斗,老贝普在他身旁啃着草。

"夜色不错,"马修说,"医生你看上去不开心,发生什么事了?"

"是啊,"杜利特说着,悲伤地坐在他旁边的踏板上,"一切都不对。我刚刚去跟布鲁萨姆谈改善动物生活条件的事情,他竟然不答应我的提议,我想离开马戏团。"

"哦,医生你别这样,"马修说,"这一切才刚刚开始!布鲁萨姆还不知道你可以讲动物的语言!马戏团也不赖啊!以后你可以创办自己的马戏团,一个全新的马戏团,不仅环境干净,独一无二,而且节目也是实实在在的节目。全世界的人都会过来看你的马戏团,但现在你要做的就是赚钱。千万不要轻易放弃!"

"哦,马修,没用的。我在这儿一点用都没有。我没法留在这儿看着动物们受苦。我就不应该掺和这个事儿。"

这时老马贝普听到了他朋友的这些话,把头凑到医生耳边。

"贝普,你好,"约翰·杜利特说,"我害怕自己帮不上忙。我很抱歉,但我要离开马戏团了。"

"可是医生,你是我们唯一的希望。"老马说,"为什么要走?今天我听到大象和表演的那匹短腿壮马在说你能来这儿他们感到非常高兴。耐心一些,人不可能一分钟之内改变所有的一切。如果你走了的话,我们就什么都没有了。如果你留下来的话,用不了多久你就可以开办自己的表演。只要你跟我们在一起,我们就不会担心。留下来吧!相信我,一定会有那么一天,新的'杜利特马戏团'会成为世界上最大的马戏团。"

医生沉默了一会儿。马修听不懂他和老马的对话,在一旁急着等医生说话。

最后医生站起来,走进了大篷车。

"哇,"卖猫粮的焦虑地问,"你决定留下了吗?"

"是的,"医生说,"马修,我得留下来。晚安。"

那周周末格林姆布莱顿集会就结束了，马戏团要搬到另一个城镇去。那是一个大工程，一大群人要为在路上长久的旅行打包行李。整个星期日马戏团都忙忙碌碌的，大大小小的帐篷被撤下来，卷起收好；戏台也被拆下来装进了大篷车里。那个曾经看上去充满欢乐气氛的大地方现在变得毫无生气，乱七八糟的。这对医生的宠物们来讲是种完全陌生的场景。虽然哒哒也帮忙收拾，但其他人却享受这种激动和新奇的感受。

让他们很惊奇的是表演者换下马戏团戏服时的样子。咕咕感到很困惑，因为他一个人都认不出来了：小丑洗掉了脸上的白涂料；法蒂姆公主换掉了华丽的服装，现在就像一个要去度假的女清洁工；婆罗洲的野人也穿上了有衣领的衣服，打上了领带，很自然地说话；长了胡须的女士拿下了她的假胡子叠好收在旅行箱里。

马戏团的大篷车一辆接一辆地开始出发上路，下一个要去的城镇大约五十英里远，一天之内肯定到达不了。他们夜晚会在路边或者适合的空地上露营。除了坐在车里参观这个城市之外，动物们还喜欢以吉普赛的方式度过夜晚的时光。吉普沉溺于追着路边水沟里的老鼠跑，常常跑着跑着就穿过了牧场，直到嗅到一只狐狸的气息才肯罢休。马戏团队伍缓慢的行进速度给了吉普时间来玩这些小小的探险，而每次他总能追上马车的队伍。咕咕的乐趣就是每天猜测晚上会在哪儿过夜。

所有人似乎都很享受夜晚停下来休息的这段时光。他们把水壶架到路边的营火上，在等待水开的时候，每个人都开心地交谈起来。大部队一停下来过夜，吉普的两个朋友就会跑过来加入医生的大家庭中，一个是小丑的狗，另一个就是表演"潘趣和朱迪"的小狗托比。他们两个似乎也喜欢杜利特的节目。不表演时，他们俩会一直向医生描绘他们想象中的杜利特马戏团，那应该是一个完美的马戏团。

约翰·杜利特总说狗和人类一样也分很多品格和种类，甚至比人类还多,他还写过一本叫"狗的心理学"的书来证明这个观点。大多数玄学家都对这本书不屑一顾,说只有脑子有问题的人才会写这个题材,可这么说也只能说明他们不懂这个道理。

小丑的狗斯维茨尔和滑稽表演的狗托比的性格迥然不同。斯维茨尔只是一只普通的杂种狗,但他非常幽默,随手拈来的材料都能讲一个笑话,这种能力也许多半是因为他总是帮助小丑逗大家开心,但这也是他的人生信条。他常常跟医生和吉普说,他小时候就认为在这个世界上没什么事情可认真的。他是一个伟大的艺术家,能够发明各种幽默,甚至有些幽默他自己要吃些苦头。斯维茨尔的幽默给了医生灵感,后来他创办了老鼠俱乐部,为动物们创办了第一份名叫"地窖生活"和"地下室的幽默"的连环画报纸,给生活在黑暗中的动物们带去了许多欢乐。

另外一个就是托比,他完全跟斯维茨尔不一样。托比是一只白色的小卷毛狗,对待自己和生活都很认真,他想得到的东西就一定会下决心去获得,可是他一点都不自私。医生总是说这种性格很多小狗都有,他们必须要脸皮厚一些才能弥补先天的小身板。托比第一次来约翰·杜利特的大篷车时,就跳上了医生的床,舒舒服服地待在那儿。咕咕非常生气地想要赶他走,但他却一动不动地赖在那儿说床的主人医生不会介意。从那时起,每次来医生的大篷车,托比总会霸占着那个位置。因为脸皮厚,他为自己争取了一个特权。

但托比和斯维茨尔也有共同点,那就是跟约翰·杜利特做朋友的自豪感。他们认为医生是世界上最伟大的人。

第一次旅行的途中,有一天晚上车队像往常一样停在路边,路旁有一个漂亮的老式农场,咕咕去那儿看看猪圈里有没有猪。水壶被架到火上烧水后不久,托比和斯维茨尔就跑过来了。那天晚上很冷,所以没有在外面生火。哒哒在大篷车里生了炉子,大家都围坐在炉子周围聊天。

"医生,你听到消息了吗?"托比从床上跳起来说。

"什么消息?"约翰·杜利特问。

"你知道吗,我们下一站去阿什比,那是个很大的地方。我们会在那儿接苏菲。"

"谁是苏菲?"医生一边问,一边从炉子后面拿出自己的拖鞋。

"在你加入之前,她就走了,"斯维茨尔说,"苏菲是会表演的海豹,会用鼻子顶球,还会在水里做把戏。一个月前她生病了,布鲁萨姆不得不把她留下来,而现在她已经全好了。照看她的人跟我们约好在阿什比见面,到时苏菲就可以加入我们的队伍了。她是个很感性的女孩,是个优秀的运动员,我敢肯定你会喜欢她的。"

马戏团在周三晚上九点多到达了阿什比,第二天早上才对外开放。那天夜里,大家借着灯光忙了一整夜:搭帐篷和舞台,铺上鞣料树皮。推推拉拉的戏台搭好后,医生家族就回去休息了,可是谁也没有睡着。周围都是敲打声,空气中都是叫喊声和大家工作的声音。经过一夜的忙碌,大家伙儿终于在黎明时搭好了帆布棚。

约翰·杜利特一夜无眠,从床上疲惫地爬起来,他终于知道马戏团也有许多日常的琐事要做。早餐过后,马修一个人照看戏台,医生出去准备跟海豹苏菲打个招呼。

第六章　阿拉斯加的苏菲

照看苏菲的人像所有的表演者一样,这次完全做好了对外开放马戏团的准备。苏菲已经习惯了在大帐篷里两天一次的表演,她的表演排在品脱兄弟的空中飞人和会说话的马的节目之后。其余的时间里,她跟推推拉拉一样只是稍稍表演一下。那些花了三便士的观众可以看苏菲在水槽里潜水捉鱼。

这天一大早,苏菲的照看者坐在外面的台阶上吃早饭,医生刚好来到帐篷。帐篷里面的地上有一个大约十二英尺的水槽,周围是围着栏杆的台子,观众们可以在那儿观看演出。苏菲是一只身长五英尺的漂亮的阿拉斯加海豹,皮肤光亮,眼神机灵,她在水槽里闷闷不乐地吃东西。医生用海豹的语言跟她讲话时,苏菲认出了眼前的人,一下子号啕大哭起来。

"怎么啦?"约翰·杜利特问。

苏菲没有回答,仍然在哭泣。

"别激动,冷静一下,"医生说,"你的病还没好吗?我理解你刚恢复健康的心情。"

"是的,我刚好,"苏菲哭着说,"只是肚子不舒服。你看他们总是给我吃不新鲜的鱼。"

"那你怎么了?"医生问,"你为什么哭?"

"我只是喜极而泣,"苏菲说,"你进来时,我刚好在想这个世界上唯一能帮我解决问题的人就是约翰·杜利特了。我从邮局和《北极月刊》上知道你的,其实我还给你投过稿子,你记得吗?关于水下游泳的那些文章就是我写的,那篇《阿拉斯加摆动式》刊登在了你杂志的八月刊上。停刊了之后,我们都觉得很遗憾,因为那份杂志在海豹中间十分受欢迎。"

"可是你说的麻烦是什么呢?"医生问。

"哦,事情是这样的,"苏菲又哭了起来,"刚才因为见到你太高兴了,我都忘了要说啥了。当你进来的时候,我以为只是个普通的参观者,可是你一开口说海豹语,还是阿拉斯加海豹的口音,我就知道你是谁了。约翰·杜利特,这个世界上我最想见到的人!太意外了,我……"

"说吧,"医生说,"别打岔。告诉我你的困难。"

"好吧,"苏菲说,"事情是这样的:当我……"

就在这时外面传来一阵水桶的乒乒乓乓的声音。

"嘘！管理员来了，"医生悄悄地说，"你继续你的小把戏训练，我不想让他们知道我能跟动物对话。"

管理员进来拖地时，苏菲正在为一个观众表演蹦跳和潜水。那是一个矮胖的男人，戴着一顶破旧不堪的高帽子。管理员开始拖地之前瞥了一眼这个男人，觉得也就是个普通人，没什么特别之处。

等这个人拖完地离开，苏菲就继续说："你知道我生病的时候，我们在哈特雷的海边表演。我和我的管理员哈金斯先生在那儿待了两周，而马戏团没带我们走。哈特雷现在有一个坐落在海滨大道附近的小公园，里面有人工的水池用来养海豹和水獭。哈金斯有一天去跟这些海豹的管理员聊天，告诉他我生病了。他们觉得我需要有人陪伴，于是就把我放进了水池里跟其他的海豹一起。他们中有一个年长的海豹跟我一样来自白令海峡，他告诉了我一些关于我丈夫的坏消息。自打我被抓走后，我丈夫心情抑郁，不吃不喝。他以前可是我们的领导，自从我被抓走后，我丈夫很担心我，身体变得越来越瘦，最终另外一只海豹替代了他的位置成为了领导。现在我丈夫没有希望活下去了。"苏菲又轻轻地哭起来。

"我们彼此依赖，我很理解他的行为。虽然他很强壮，其他的海豹都不敢跟他争吵，可是没有了我，他完全魂不守舍。以前他什么都依赖我，可是现在……我不知道他发生了什么。太可怕了……太可怕了！"

"别哭了，"医生说，"你现在想怎么办？"

"我想回到他身边，"苏菲立起身子，张开鱼鳍说，"我想回到他身边。他才是海豹首领，他需要我。我想在哈特雷逃跑，可是一直没有机会。"

"哎！"医生轻声说，"从这儿到白令海峡太远了。你究竟怎么才能到那儿呢？"

"这也是我想见到你的原因，"苏菲说，"我在陆地上当然走得很慢了。如果我能从哈特雷逃走就好了。如果我能到海里，很快就会回到阿拉斯加的。"她甩了甩尾巴,水槽里一半的水都溅出去了。

"好主意,"医生甩掉了靴子上的水说,"你是个游泳健将。我们现在离海边多远?"

"大约一百英里远,"苏菲说,"哦,我的天!可怜的斯拉辛!我可怜的斯拉辛!"

"谁可怜?"医生问。

"斯拉辛是我丈夫的名字。"苏菲说,"他什么都依赖我,可怜单纯的斯拉辛!我该怎么办?我到底该怎么办?"

"好吧!现在你听好了,"约翰·杜利特说,"送你去海边可不是一件容易的事情,可我也不是说这完全没有可能,不过我们要从长计议,也许我可以光明正大地给你自由。我会让鸟儿给你丈夫带去信息,告诉他不要担心,因为你一切安好。鸟儿会给我们带来你丈夫的消息。现在开心起来。有人来看你表演了。"

一位女教师带着一群孩子进来了,哈金斯也陪着进来了。他们进来的时候,一个矮胖的男子笑着走了出去。一会儿孩子们就被水池中苏菲的表演逗得哈哈大笑。哈金斯觉得苏菲现在一定痊愈了,因为他从没见过她这么开心,气色如此之好。

第七章　北方的信使

那天夜里医生带着图图一起去看苏菲。"现在,苏菲,"医生来到水池边说,"这只猫头鹰是我的好朋友,你得告诉他到阿拉斯加的哪里可以找到你丈夫。他会去海边把你的信带给去北方的海鸥。我来介绍一下吧,苏菲,这是图图,我知道的最聪明的鸟。他的数学尤其好。"

图图坐在栏杆上,苏菲交代了如何能找到斯拉辛,又口述了一封长信给她丈夫。当苏菲说完后,图图说:"医生,我觉得我应该去布里斯托尔港口,那是最近的海港,那里可以找到很多海鸥。我会找一个海鸥让他把信件带到那儿去。"

"很好,图图!"医生说,"我们越快越好。如果能找到一只海鸟愿意帮我们专程送一趟,再好不过了。"

"好的,给我留扇窗户,我晚上可以进去。我估计得早上两点才能回来。再见!"图图说完就离开了。

医生回到大篷车后,重新写好他新书的最后一部分——《动物游泳术》。苏菲给了他很多关于游泳姿势的帮助,这让医生加了三个章节。医生沉浸在写作中,完全没有意识到时间的流逝。直到两三点钟,他才发现图图已经回来了,站在他前面的桌子上。

"医生,"为了不吵醒其他动物,他低声说,"你绝对猜不到我遇到谁了。你还记得那只在斯蒂芬角灯塔给我们警告的海鸥吗?我在布里斯托尔港遇到他了。自从那些美好的海上时光结束后,我就再也没见过他,可我还是一眼就认出了他,我告诉他想找一只能送信到阿拉斯加的海鸥。听到是你让我去的,他就说愿意亲自去一趟,不过至少得五天才能回来。"

"太好了,图图。太好了!"医生高兴地说。

"我周五会回布里斯托尔,"图图说,"如果那时他还没有回来的话,我会在那儿等他。"

第二天,约翰·杜利特告诉苏菲已经为她传递信息了,苏菲听了十分高兴。目前没有什么可做的,唯有等待海鸥的回信。

星期四是图图计划去布里斯托尔的前一天,医生的家族围坐在大篷车的桌子旁听托比讲故事,就在托比停在最扣人心弦的部分时,窗户上传来轻轻的敲击声。

"呜呜!太邪门,太吓人了!""咕咕说着缩到床下。

约翰·杜利特起身拉开窗帘,打开窗户,看到窗台上站着那只海鸥。

113

几个月前,医生住在船屋邮局时,他也曾在夜里给他带来过另一个信息。饱经风霜之后,他比以前更沧桑了。医生把他从窗台上捧起来放到桌子上。大家都凑过来盯着他看,等着这只累坏了的小鸟说话。

"约翰·杜利特,"海鸥说,"在布里斯托尔我没有等图图,我觉得你想立即知道这些消息。苏菲和她丈夫曾经的那个海豹群体现在的情况很糟糕,全都是因为苏菲被带走了,她的丈夫斯拉辛失去了领导地位。今年的冬天来得特别早,还不是一般的冷!暴风雪、山上的雪堆以及海洋都比以往冰冻得早。我们海燕还是能忍受极端冷的温度的群体,但我都几乎快被冻死了。在寒冷的天气中,海豹队伍的领导力尤为重要,他们跟羊群不一样,而是跟其他所有群居的动物一样,如果没有一个强大的领导带领他们到一个开阔的地方和受保护的过冬场所,他们就会迷失方向。自从斯拉辛变得郁郁寡欢之后,领导换了一个又一个,没有一个比斯拉辛好。海豹群体内部也不断出现小斗争,外面还有海象和海狮把他们驱逐出最好的渔场,而爱斯基摩人也在捕杀他们。如果没有一个强大又智慧的领导者带领他们冲出危险,海豹群不能对抗那些猎杀他们的猎人。斯拉辛是最伟大的领导者,像头牛那样强壮,可是现在他却整天躺在冰块上为他的妻子被捉走了而悲伤哭泣。有上百个海豹女士想追求他,可是他只要苏菲。这个海豹群就快四分五散了,他们在斯拉辛统治的时候,曾是北冰洋圈最优秀的海豹群。现在寒冬来袭,估计凶多吉少。"

海鸥说完,大家都安静地不知道该说点什么。

最终约翰·杜利特问:"托比,苏菲属于布鲁萨姆还是哈金斯?"

"医生,苏菲属于哈金斯。"小狗说,"他跟你做的事情一样。海豹在大棚里演出,哈金斯可以得到他在马戏团的地位,而海豹在小帐篷里的演出收入归他。"

"那跟我还是不一样的,"医生说,"最大的不同点就在于推推拉拉是自愿待在这儿的,而苏菲是被迫留下的。猎人们在北极肆意捕杀动物的行为太可恶了,破坏他们的家庭,打乱动物群体和生活圈。托比,一只海豹值多少钱?"

"医生,海豹的价格不等,"托比说,"但我听苏菲说,哈金斯在利物浦从一个男人那儿买下她的时候花了二十英镑。在到达陆地之前,哈金斯一直训练苏菲表演小花招。"

"图图,我们钱箱里有多少钱?"医生问。

"除了一先令三便士外,就是上周赚的所有的门票钱,"图图说,"三便士你用来剪头发,一先令留给哒哒买芹菜。"

"那总共是多少钱?"

数学家图图闭上一只眼睛算了起来。

"两英镑七先令,"他嘀咕着,"减掉一先令三便士,呃……最后剩下两英镑五先令九便士,手头就这么多现金了。"

"老天!"医生咆哮着说,"只够买十分之一个苏菲!我想想还可以跟谁借钱。作为医生,也许可以跟我的病人借点钱。"

"如果我没记错的话,"哒哒说,"好像你的病人总是向你借钱吧。"

"即使你有钱,布鲁萨姆也不会让你买下苏菲。"斯维茨尔说,"哈金斯有合约在身,必须跟着马戏团巡回表演一年。"

"好吧,"医生说,"只有一条路了。无论如何,苏菲不属于任何人,她是北极圈的自由公民,如果她想回去的话就应该回去。苏菲必须逃走。"

那天夜里动物们上床睡觉前,医生让他们一定要保守秘密,不要告诉苏菲海鸥带来的坏消息。医生说如果告诉苏菲这些坏消息只会让她更担心,在想到办法让苏菲回到海边之前,没有必要让她知道这一切。

医生和马修那天一直到黎明还在商量如何帮助苏菲逃跑的计划。一开始,卖猫粮的人十分反对医生的想法。

"医生,你为什么这样?"他问,"帮助那个海豹逃跑!他们称这种行

115

为是偷盗。"

"我管不了那么多了,"医生打着响指说,"人们爱怎么说就怎么说。如果抓到我的话,就让他们逮捕我好了。如果这个案子送上法庭的话,我会抓住机会为野生动物的权利说话。"

"医生,他们不会听你的,"马修说,"他们会说你是个多愁善感的怪胎。哈金斯轻易就能赢你,财产权啥的,你知道的。即使我明白你的意思,但是法官未必明白。法官会判你赔偿哈金斯先生二十英镑的损失费。如果你赔不起,你就要去蹲大牢。"

"我不在乎,"医生重复了一遍,"可是马修,如果你觉得这件事情不对的话,我不勉强你参与进来。如果我想成功的话,我得使用诡计。我很抱歉把你也卷进麻烦中,如果你想留下来的话,现在就告诉我。但我已经下定决心了,即使去蹲监狱,苏菲也还是会回到阿拉斯加。蹲监狱没什么新鲜的,我曾经蹲过监狱。"

"我也是,"卖猫粮的说,"你进过加迪夫的监狱吗?那是我见过的最差的监狱。"

"没有,我只进过非洲监狱,"医生说,"那里真是糟糕透顶。还是回到主题上吧,你会不会帮我?即使我觉得法律本身就是错的,但我知道我这么做也有违法律。如果你觉得帮助我让你感到良心不安的话,我能理解,我一点儿也不生气。嗯?"

"我良心不安?"卖猫粮的打开窗户一边朝外面吐口水,一边说,"医生,我当然是帮你了。哈金斯脸色阴沉,没有权利拥有海豹苏菲。苏菲是一只自由的海洋生物。如果他为苏菲付出了二十英镑,那也是他自己傻。医生,你说的离开指什么?难道我们不是马戏团里的合伙人?我还以为自己是个会说话的人呢。我告诉过你我是一个爱冒险的人。神保佑我们!比起帮助表演的海豹逃跑,我还做过更为恶劣的事情。我为什么会被关起来?我告诉你,我那时在加迪夫监狱,你知道我是因为什么进去的吗?"

"我不知道,"医生说,"我想应该是一些小错。现在我们……"

"没有小错误,"马修说,"我……"

"现在别介意,"约翰·杜利特很快说,"你知道人生在世,谁人不犯错?"

马修自言自语:"也不存在错误一说。"

医生说:"如果你非常确定跟我一起参与这件事情你完全不会后悔,呃,那我们就一起商量商量途径和方法。我觉得为了避免布鲁萨姆的怀疑,我要离开马戏团几天。我会说自己有生意要照料,这是比较行得通的借口。如果我和苏菲在同一天晚上失踪的话,看上去会显得十分奇怪,因此我要先走一步。你来帮忙照看我的表演节目。等过了一天,最好是两天之后,苏菲就可以走了。"

"我一直都听你的,"马修笑着插嘴,"你的意思是让我在你走后,负责把苏菲从水槽里弄出来?"

"是的,如果你不介意的话。"医生说。

"我很乐意效劳。"卖猫粮的人说。

"太棒了!"医生说,"我会提前跟苏菲约好,离开马戏团后我们在哪儿碰面,然后才……"

"然后你就会开始你的事业啦!"马修·穆格大笑起来。

第二部分

第一章 逃跑计划

虽然苏菲的逃跑计划在布鲁萨姆马戏团里完全保密,但是因为吉普、托比和斯维茨尔,马戏团的动物们都知道了这个秘密。在"苏菲脱困计划"实施之前,兽栏、马廊和医生的大篷车里大家都在谈论这一话题。

医生去告诉布鲁萨姆因为事业他要离开马戏团几天,回来的时候,他发现动物们都围坐在大篷车里的桌子旁低声私语着。

"好吧,医生,"坐在台阶上的马修说,"你跟团长说了?"

"是的,我告诉他了。"医生回答,"没事儿,我今晚就走。我觉得特愧疚,特卑鄙。我很想光明正大地帮助苏菲。"

"如果你光明正大地做的话,怎么会成功?"马修说,"我一点也不觉得有什么愧疚的。"

"听着,医生,"吉普说,"马戏团里所有的动物都超级关注你的计划,他们问有没有需要他们尽绵薄之力的地方。苏菲什么时候走?"

"后天,"约翰·杜利特说,"马修会留在这儿,他会在闭馆前把展台的门留着。可马修你得小心些,别让别人看到你在摆弄那个锁。如果我们被抓住的话,很难自圆其说。撬锁是重罪,跟过失或其他什么罪不一样。千万得小心,你知道吗?"

"医生,我绝对靠得住,"卖猫粮的挺着胸脯说,"我自有一套对付锁的方法,不需动用武力。"

"帮她逃出之后,你要把道路清理干净,"医生说,"那样你就与此事无关了。我的天,听上去怎么这么像阴谋诡计!"

"听上去趣味无穷。"马修说。

"我也觉得有趣。"吉普说。

"这一定是这段时间以来最有趣的动作,"斯维茨尔说,"女士们,先生们:世界上最出名的魔术就要开始了。在大家面前的这个舞台上,约翰·杜利特将为大家带来大变海豹的魔术。巴拉巴拉吧,玛尼玛尼哄!走你!"

斯维茨尔用后腿站着,对着炉子后面想象出来的观众们鞠躬。

"好啦,虽然听上去比较卑鄙,可是我不觉得自己做错了。他们没有权力奴役苏菲。你我怎么能容忍苏菲为了愉悦那些游手好闲的人,而在一缸脏水中潜水捉鱼。"医生问马修。

"恶心!"马修说,"我从没注意过鱼,没注意到水。你跟苏菲约好见面地点了吗?"

"约好了,"约翰·杜利特说,"只要她一出马戏团,我们就碰头。别忘了,我们全指望你留着后门和苏菲屋子的那个门。只要她出了篱笆,穿过小路就能看到一个空房子。沿着那个房子有一条黑漆漆的小巷子,我会在那儿等她。神啊,请保佑一切顺利!这对她来说至关重要,对所有阿拉斯加的海豹都至关重要。"

"等她到了巷子之后你怎么做?"马修问。

"现在计划得那么详细也没用。我的想法就是去布里斯托海峡,这是从这儿去海边最短的路径。一旦到那儿,一切都好了。但是乌鸦飞过后发现距离将近一百英里。我们一路都要秘密行事,旅途会很艰辛。但半路上遇到麻烦有何畏惧!我从不担心,只要她从马戏团安全逃出,我们一定会做到的。"

医生的大部分动物都想陪着他进行这场冒险,吉普表现得尤为积极。虽然想要朋友们的帮忙,但约翰·杜利特认为还是将整个家族像往常一样留在马戏团,这样才不会招来太多怀疑。

因此,那天夜里跟苏菲进行了最后一场谈话后,医生就上路了。为了事业出发!走的时候,他给马修留了一点日常开支的钱,然后带上了所有积蓄。其实医生的"事业"也就不超过到下一个城镇的距离,他是坐马戏团的车去的。那时虽然有火车却不多见,小城镇之间的旅行大多数还是用古老的运输方式进行。

到达下一个小镇之后,医生住进一家旅馆,一直待在里面。两天之后,天黑了医生就回到了阿什比,他从很远的一边回到镇上,穿过不常走的街道,到达与苏菲约好见面的地方。

虽然医生的宠物在"苏菲脱困计划"中没有安排角色,但现在他们都决定做点事情帮助事态向医生计划的方向发展,事实证明这些帮助很有效。他们等着约定的计划实施时间,心情越来越激动,只有咕咕还有很多重活要做。

到了十点钟左右,马戏团开始关门。图图驻守在兽栏的顶端,从那儿可以一清二楚地纵观整个马戏团的情况,他跟大象以及其他的动物商量好了,只要看到信号就开始制造混乱,如果有必要的话,用这种方法来引开马戏团工作人员的注意力。咕咕的工作是盯着布鲁萨姆,因此他躲在马戏团团长的大篷车里。

那天晚上,天上挂着一轮满月,马戏团即使熄灯之后光线也很亮堂。

这样一来医生不得不延迟了脱身计划,可是他知道阿拉斯加海豹的状况刻不容缓,苏菲必须尽快脱身。

布鲁萨姆锁上大门回到了大篷车里。大约一个小时后,马修偷偷地从推推拉拉的展台那儿溜过去潜进围栏里,吉普装作漫不经心的样子跟在马修后面不远处。好像所有人都上床休息了,一直到医生说的那个大门前马修都没遇到一个人影。确保没人看到他,这个卖猫粮的人飞快地打开门闩,将门微微敞开,然后他又悄悄地往苏菲的展台走去,而吉普留在那儿看门。

马修进去还不到一分钟,马戏团的巡夜者就提着灯走过来,他还关上了门。让吉普感到害怕的是巡夜人用钥匙将门锁上了。吉普假装着在篱笆周围嗅着气味追踪老鼠等他离开,然后冲向苏菲的展台去找马修。

现在事态的发展不像卖猫粮的想得那样简单,去海豹的屋子途中,马修远远地看到哈金斯坐在台阶上抽着烟,看着头顶的月亮。马修躲到帐篷的影子后,等着海豹的看守人回去睡觉。

哈金斯的马车在马戏团场地的另一侧,挨着布鲁萨姆的车。马修等候的时候,非但哈金斯没有走,另外那个巡夜者也加入了他的队伍,坐下来与哈金斯闲谈了起来。现在吉普嗅出了马修的气息,于是疯狂地想要告诉他刚才开的门又被锁上了。可是卖猫粮的人却无法理解吉普的努力。马修在帐篷的阴影中待了将近一个小时,等着那两个人离开苏菲的展台。此时的约翰·杜利特在马戏团围场外面狭窄黑暗的小道上思考着延迟的原因,就着昏暗的月光,他看着手表的时间。

最终马修发现这两个男人没打算上床睡觉,他一边在心里暗暗咒骂,一边从帐篷的阴影中挪出去,找他的妻子西奥多西娅来帮忙。到达他的马车时,他看到妻子在烛光下补袜子。

"嘶!西奥多西娅,"他从窗户那儿轻声喊,"听我说。"

"天啦!"穆格太太深吸了一口气,扔下她手中的针线活,"马修,你真是吓了我一跳!顺利吗?海豹得救了吗?"

"没有,一切都被打乱了。哈金斯和巡夜者坐在台阶上聊天,他们在那儿我不能靠近门。你去帮我把他们引开,好吗?就说有个帐篷被吹倒了之类的,说什么都行,把他们引开。如果不做点什么的话,他们会在那儿坐上一夜。"

"好的,"西奥多西娅说,"等我拿一下围巾。我会喊他们来这儿喝点可可。"

爱帮忙的穆格太太出去邀请哈金斯和守门人来她丈夫的大篷车里参加小聚会,说马修一会儿也会加入。

他们一走,卖猫粮的就快速走上海豹展览台的台阶,一分钟就灵活地打开了门锁。苏菲就在里面,早已准备好了接下来的长途旅行,她低声说了谢谢,然后滑下台阶,笨拙地走向大门。

吉普再一次费劲地想要让马修知道大门被锁住了,可是卖猫粮的仅仅把这只狗的信号当做了欢乐,他转身参加他妻子的可可聚会去了。穆格感觉自己今晚的工作完美收官了。

这时苏菲摇晃着身体费劲儿地走到了大门那儿,却发现门锁着。

吉普把篱笆周围搜索了一遍,想找到一个足够大的洞让苏菲钻过去,可是却没发现。可怜的苏菲从水池逃出来后,发现自己只是马戏团场地里的一个囚徒。

目前发生的一切,都被马戏团兽栏屋顶上栖息的一只圆圆的鸟看到了。图图是个倾听者,是夜晚的先知,是数学家,今夜他比往常都清醒。现在吉普还在篱笆那儿四处嗅着,试图帮苏菲找到一个出口,他听到头顶上翅膀的呼呼声,一只猫头鹰飞落在他旁边。

"吉普,看在老天的面子上,"图图轻声说,"保持冷静!如果你不冷静的话,游戏就结束了。你现在这样像个没头没脑的苍蝇到处乱转是没用的。把苏菲藏好,藏在帐篷侧面或哪儿。如果有人来了看到她,我们就失败了。把苏菲藏起来,直到马修知道大门被锁上了。快点,我看到有人来了。"

图图飞到兽栏顶上去了,吉普快速地跑到苏菲身边,几句话介绍了当前的情况。

"来这儿,"吉普说,"藏在这个帐篷边上。天哪!真险!那里有个提着灯的巡夜的。现在你就在这里躺着,直到我来找你。"

这时马戏团外面黑暗的小道上,约翰·杜利特再次看了看手表,低声喃喃自语:"会发生些什么情况呢?她不会来了?"

马修加入可可聚会不一会儿,巡夜的起身说他要去巡视了。卖猫粮的担心没有给苏菲足够的时间,于是尽力挽留巡夜。

"哦,别走,再喝一杯可可!"马修说,"这个小镇很安静,没人会闯进来。装上烟斗,我们聊会儿天。"

"不了,"巡夜的说,"谢啦!虽然我想留下来,可是不能,布鲁萨姆有严格的规定,让我要整夜都巡逻。如果他发现我不在岗位上,我就有得受了。"

不管马修的挽留,巡夜的提起灯走了。

但哈金斯留了下来。卖猫粮的和他的妻子跟哈金斯一起开心地谈着政治和天气,一边等着外面传来大喊声,告知马戏团苏菲逃跑了。

那个巡夜的发现苏菲的门开着而她却不在里面的时候,他并没有大叫,而是跑到马修的马车里。

"哈金斯,"他大叫着,"你的海豹不见了!"

"不见了!"哈金斯吼起来。

"不见了!"马修喊了起来,"怎么可能!"

"是真的。"巡夜的说,"她,她那儿的门开着,她不在里面了。"

"上帝!"哈金斯跳起来喊道,"我发誓我跟往常一样锁门了。可是如果围墙的大门锁着的话,她不会走远。我们很快就能发现她。快点。"

他跑出马车,马修和西奥多西娅跟在后面,装出一副很惊讶的样子。

"我再去大门那儿看看,"巡夜的说,"我确定大门都锁着。但是我得再确认一下。"

然后,哈金斯、马修和西奥多西娅跑到海豹的展台去。

"可以确定门是开着的,"他们到了后,马修说,"哦,太奇怪了!"

"我们进去看看,"哈金斯说,"也许她只是躲在水池底部。"

他们三个人走进去,点亮一根火柴,在光亮中往黑漆漆的水底看去。那时巡夜的又出现了。

"大门是紧锁着的,没问题,"他说,"每一扇门都锁着。"

最后马修才发现不对劲儿的地方。哈金斯与巡夜的提着灯检查水,马修对他妻子耳语了几声,希望西奥多西娅能把那两个人拖住,让他完成任务偷偷溜去大门那儿。

实际上穆格太太做得很好。哈金斯说:"水下什么也没有,苏菲不在这儿,我们出去找找。"

就在两个男人准备出去的时候,西奥多西娅大声叫着:"那是什么?"

"什么?"哈金斯转过身问。

"那边……那底下。"穆格太太指着脏水下面说,"我好像看到什么在移动。把灯拿近一些。"

巡夜的蹲在水池边缘,哈金斯蹲在他旁边,睁大了眼睛想看得清楚一些。

"我什么也没看见。"哈金斯说。

"哦!哦!我头好晕!"穆格太太喊着,"帮帮我,我要晕倒了!"

西奥多西娅这个很重的女人摇摇晃晃着,突然就倒在这两个蹲着的男人身上。

然后,噗通!噗通!不是西奥多西娅,而是哈金斯和巡夜的两人掉进了水中,连着他们的灯也掉进去了。

第二章 马戏团的"动物之夜"

医生的宠物里只有白老鼠目睹了苏菲水池那儿发生的事情。穆格太太表面上不小心其实是故意将两个人推进了水里。这个事情过去很长一段时间,老鼠都喜欢给杜利特家族描述海豹照看人哈金斯如何潜入水中捉鱼,又浮出水面呼吸的情景,逗得大伙开怀大笑。

动物们认为那是马戏团最忙碌又最欢乐的一个夜晚。两个落水的人大声呼叫救命,接下来就是持续了将近半个小时的喧闹声,将整个阿什比早已入了梦的人们都吵醒了。

首当其冲的就是布鲁萨姆,一听到报警的声音,他就冲出大篷车。在最后一个台阶那儿不知从哪儿冒出一只猪绕在他腿间,使他直直地与大地亲吻了一下。整个过程中咕咕一直缠着布鲁萨姆不让他走远,一会儿就突然从哪儿冒出来叨扰他。

接下来是耍蛇人法蒂姆,她从闺房里冲出来,一手端着蜡烛,一手拿着锤子。她还没走两步,就有一只神秘的鸭子飞到她头上,翅膀一扇将蜡烛熄灭了。法蒂姆又跑回去,重新点上蜡烛,再次跑出去营救。可是上面的场面再次重演。哒哒让法蒂姆手忙脚乱,而咕咕让布鲁萨姆忙得团团转转。

布鲁萨姆夫人匆匆地套上一件家居服出来了,她遇到了那个总喜欢管人要糖的老马贝普。布鲁萨姆夫人试着躲过去,贝普很有礼貌地挡住了她的路,重重地踩了她的脚,布鲁萨姆夫人号啕大哭着回到床上再也没有出来。

虽然动物们竭尽全力用各种把戏拖住很多人,但是他们不可能顾得上马戏团里的所有人。在巡夜的和哈金斯大叫着谋杀后,很快就吸引了很多帐篷里的装配工和其他的表演者来到苏菲的展台。

现在马修·穆格再次打开了栅栏的大门,可是他到处也没有找到苏菲。其实只有吉普和图图知道苏菲藏在哪儿。但是现在吉普看到这么多人聚集在海豹展台的门周围,他不敢给苏菲传话,让她离开目前的藏身之处。布鲁萨姆的人越来越多,他们点上了几盏灯带到现场。每个人都在大叫着,一半的人在问发生了什么事情,其他的人则在大声讲给他们听。在被咕咕第六次绊倒在泥地上后,布鲁萨姆像个疯牛一样吼叫着逢人就打。骚乱和迷茫混成一片。

最终哈金斯和巡夜的都从"浴缸"里出来加入到搜寻的队伍中。

巡夜的和所有人都肯定苏菲没有走远,苏菲藏身的帐篷一角离她的展台只有三十英尺远,她要穿过的大门也很近。

吉普在想这些人什么时候会走,那样他就能让苏菲走。哈金斯大呼发现了地上的痕迹,于是人群拿了十几盏灯上前查看,然后跟着苏菲留下的痕迹往她的藏身之处走去。

幸好地上有许多交叉相印的脚印,所以鳍状肢留下的痕迹不是很容易辨认。尽管马修尽力误导大家往错的方向去,可是这些追踪者仍然往正确的方向走去。可怜的苏菲,忠诚的妻子,藏在帐篷后面,一颗心扑通扑通地狂跳不止。

约翰·杜利特在小巷子里焦急不安地等着,突然他听到了从马戏团传来的喊声。他知道苏菲已经出来了。但随着时间一分一秒过去,苏菲却没有出现在约定的地方,医生感到越来越不安。

医生的焦虑远没有吉普强烈,人群越来越接近他藏着苏菲的地方,可怜的小狗现在已经近乎绝望了。

他显然是忘了还有数学家图图在呢。图图站在马戏团围场另一端的屋顶上观察着一切,这只小猫头鹰一直俯瞰着整个战场的形势。他一直在等待着,等待马戏团所有的人都加入到搜寻中去,确保没有人会再出来。他实施一切策略之前,不希望从某个角落冒出任何其他的干扰。

突然,他飞向兽栏墙上的空调机上,发出咕咕的叫声。随之立即传来最可怕的喧嚣吵闹声:狮子发出吼叫,负鼠发出尖叫声,牦牛哞哞地叫,土狼发出嚎叫,大象发出喇叭般的叫声,用脚把地板踏碎了。这种场景将动物们的阴谋推向了高潮。

马戏团围场的另外一侧,追踪者和猎人们都立着不动,静静地听。

"那声惊雷般的声音是什么?"布鲁萨姆问。

"是兽栏那儿吗?"其中一个人说,"听上去好像大象出来了。"

"我明白了,"另外一个人说,"肯定是苏菲。她去了兽栏,吓着了大象。"

"就是那样的,"布鲁萨姆说,"天啦。我们居然来这儿了!快去兽栏!"他提起一盏灯就往那边跑去。

"快去兽栏!"人群大喊着。吉普看到他们一会儿就走了,开心地往马戏团的另一侧跑去。

所有人都去了兽栏,只有马修·穆格蹲下来假装系鞋带,他看到吉普飞一般地冲向一个小的帐篷,消失在边缘处。

"现在,"吉普说,"苏菲,快跑!游泳!飞过去!不管了!快点出去!"

苏菲尽最大的能力蹦蹦跳跳地往前走,吉普大喊着让她快些。马修把门打开着,海豹苏菲终于跌跌撞撞地出了马戏团,走到了街道上。卖猫粮的看着她穿过了马路,走进了废弃的屋子那里的一条小巷中,才关上了门,用脚擦掉了地上的痕迹,然后斜倚在门上,擦了擦额头。

"我的老天!"他叹了口气,"我跟医生说过,我干过比帮海豹逃亡还可恶的事情!如果我……"

他身后突然想起了敲门声,马修颤抖着手打开了大门。那里站着一个警察,腰带上靶心一样小的灯闪着光。马修的心跳快停止了,他不喜欢警察。

"我什么也没干,"他说,"我……"

"这里怎么回事?"治安官问,"你们扰得整个镇上的人都醒了。狮子出来了,还是什么事儿?"

马修舒了一口气。

"没有,"他说,"只是大象出了点问题。他的腿被绳子缠住了,带倒了一个帐篷。我们已经处理好了,别担心。"

"哦,是那样啊?"警察说,"乡亲们都相互问是不是世界末日了。晚安!"

"晚安,治安官!"马修第三次关上门,"替我向所有小治安官问安!"他在往兽栏走之前又加了一句。

约翰·杜利特在废弃的小屋旁黑漆漆的小巷子里焦急地等待着,终于他听到了那让他感到高兴的特殊的脚步声,更确切地说那是鳍在地上拍打的声音。苏菲越过一个砖头发出了声音,还有一堆土豆倒在地上的声音。

"苏菲是你吗?"医生问。

"是我。"这只海豹说着,急忙往医生站的地方走去。

"感谢老天!到底什么让你这么长时间才出来?"

"大门出了点问题,"苏菲说,"但是我们是不是最好出镇?这里似乎不安全。"

"目前还不行,"医生说,"他们在马戏团的吵闹声已经吵醒了所有的人。现在我们不能冒险从街上走。我刚才看到一个警察从巷子那头走过,幸运的是在你进入巷子后。"

"那么我们现在怎么办?"

"我们先待在这儿。如果现在走的话,太疯狂了。"

"好吧。但是如果他们来这儿搜呢?我们不能……"

就在那时,有两个提着灯的人站在巷子的尽头,聊了会儿走了。

"安静,"医生说,"待在这儿也不安全。我们必须找个更安全的地方。"

现在,在这个巷子的一端有一堵很高的石墙,另一端有一堵很高的砖墙。砖墙那边是那座废弃的房屋的后花园。

"如果我们爬进那座没人的老房子,"医生低声说,"我们可以安全地待在那儿,直到镇上的人们都去睡觉。你有办法越过那道墙吗?"

这只海豹用眼睛丈量了一下墙的高度。

"八英尺,"她低声咕隆,"如果有梯子的话,我可以做到。我训练过爬梯子,我在马戏团里做过,也许……"

"嘘!"医生轻声提醒,"警察的灯。啊,感谢老天爷,他走了!听着,也许我能在花园里发现一个梯子。你在这儿等我回来。"

说完约翰·杜利特转过身跳着越过了墙壁。他虽然身形圆滚滚的,但动作却很利索。他用手指抓住墙顶做引体向上,然后一条腿先跨上去,轻轻地跳到另一侧的花圃中。在花园的底部,借着月光他看到了一个工具架。

医生用手摸索着,碰到了一些空花盆,可是却没发现任何梯子。他发现一个割草机、草坪机、耙子和各种工具,就是没有梯子。黑暗中似乎找到一个梯子的可能性不大,因此医生小心翼翼地关上了门,把外套挂在一个肮脏的像蜘蛛网一样的小窗户上,以防从外面可以看到他划着火柴的亮光。

肯定就是在那儿,在医生的头顶上方挨着墙的地方挂着一个长度适中的果园梯子。他立即熄灭了火柴,打开门扛着梯子往花园外侧走去。

医生把梯子放在一个坚固的地方,爬上去坐到墙上,然后把梯子拉上来拿到另一侧,放到巷子的路面上。

约翰·杜利特坐在围墙顶部,看上去就像胖墩儿汉普蒂·邓普蒂,

129

他对着下面黑漆漆的街道轻声说:"苏菲,现在爬上来。我会抓紧这端。你上来后坐在我旁边的墙上,等我把梯子换到另一侧你再下去。现在你不要慌张。这很简单。"

幸好苏菲平时进行过很多平衡性的训练,但是她在马戏团所有的表演都不及那天晚上的表演来得精彩,这是可以让任何人都会感到骄傲的壮举。但她深知她的自由、她丈夫的幸福都取决于她的坚定。虽然她总是担心随时会有人走进巷子里发现他们,但是用那些束缚她的人所教的技能成功脱身,扭转局面,这让苏菲感到非常激动。

苏菲坚定地一格一格地往上挪动沉重的身体。幸好梯子比围墙高,医生才能把它放成一个容易往上爬的平缓的坡度,而不是笔直的陡坡。因为承载了海豹的体重,梯子往下滑了一点,医生坐在围墙上暗自祈祷梯子足够坚固。因为是果园里用来修建树木的梯子,所以顶端比较窄,没有地方让海豹放她的前鳍,在这种尴尬的情况下,苏菲不得不把自己笨重的身体挪到墙上不超过十二英尺宽的地方,然后医生把梯子拿到另一端。

但是在马戏团里,苏菲一直都有训练小空间里的平衡性,还有爬梯子训练。医生帮助她转身下去,苏菲在医生旁边的围墙上摇摇晃晃地保持着平衡,好像这根本不算什么事儿。

医生把梯子在花园里的墙上架好,这过程中不小心把帽子给掉下去了。

下来的时候苏菲做了另外一个小把戏,她躺在梯子上滑到底部,这可比爬上去的速度要快得多。当他们听到巷子里有声音的时候,他们就躲起来了。他们必须及时进到花园里。

"谢天谢地!"当脚步声逐渐消失后,医生说,"苏菲,好险啊!不管怎样我们目前安全了。没有人能想得到来这里来找你。哦,你看你躺在康乃馨上呢,快过来这边的砾石上……现在,我们睡在工具房还是屋子里?"

"这里很好,"索菲钻入草坪里长长的草中说,"我们睡在户外吧。"

"不,决不要睡在户外,"医生说,"看看周围的房屋。如果我们睡在花园里的话,天亮了后,人们可以从顶窗那儿看到我们。我们还是去工具棚睡觉吧,我喜欢工具棚的气味。我们不要开任何门。"

"也不要爬楼梯。"苏菲一边往工具棚走去,一边说,"我特讨厌楼梯。梯子我还能应付,但是楼梯实在是讨厌。"

在工具棚幽暗的光线中,他们看见一些旧麻袋和大量的干草。他们用这些材料铺了两张很舒服的床。

"好了,自由的感觉真好!"苏菲伸了伸身子说,"医生,你困吗?即使你付我钱,我现在也无法清醒。"

"好了,去睡吧!"医生说,"睡觉前我想去花园散散步。"

第三章　在废弃的花园里

医生一直对花园很着迷,他点燃了烟斗,从工具棚里出来,漫步在月光下。这个废弃的屋子里那些无人问津的床铺和草坪让医生想起了自己在普德莱比的美丽家园,那里也应该长满了杂草吧!约翰·杜利特无法忍受花坛里长着杂草,他把玫瑰树旁边的一两根杂草拔掉了。接着他发现了一处特别漂亮的近乎令人窒息的薰衣草丛。

"我的天!"医生惊叹着,蹑手蹑脚地走回工具棚里拿了一个锄头和篮子,"抛弃这么个好地方真是可惜!"

不久,他就在月光下像个特洛伊人一样勤劳地除草。就好像这个花园是他自己的,而一千英里之内也不存在对他的危险。

"毕竟,"他一边把篮子里装满了蒲公英,一边喃喃自语,"我们现在占领了这个地方,租金免费。这是我能为房东做的唯一一件事情。"

他除好草后，又拿来割草机修剪草坪，但是又担心噪音会吵醒邻居们。

一周以后，业主将房子租给他阿姨的时候，阿姨居然写信给他的侄子，感谢他把花园照顾得如此好。这着实让业主感到摸不着头脑。

医生在经过一晚的辛苦工作后才回去睡觉，他突然发现自己饿了，想到紫藤乔木后面有个苹果树，于是又折返回去。但他没有找到一个果子，也许是被那些淘气的男孩子采走了。考虑到白天不能在花园里走，医生想找些蔬菜，可是也没有什么收获。医生只好带着明天没有食物吃这样的想法上床睡觉去了。

第二天早上苏菲醒来说的第一个事情就是："天啊！我一整晚都在做梦，梦见了我亲爱的好久不见的大海，这让我食欲大增。医生，有吃的吗？"

"没有吃的，"约翰·杜利特说，"我们不吃早饭就走，恐怕午饭也没有。白天我不敢冒险出去，只要天一黑，我就可以出去给你从商店里带些腌鱼之类的东西。但是我希望今晚晚些时候，他们能放弃找你，那样我们才能往大海的方向去。"

嗯，苏菲很勇敢，而且也表现得很好。但是随着时间的推移，他们都很饿。下午一点左右，苏菲突然说："嘘！你听到了吗？"

"没有，什么声音？"医生正在小屋子的一个角落里找洋葱，他问道。

"在花园围墙的另一边巷子里一直吠叫的狗。从长凳下出来，你就能听到了。天！我真希望他们不要找狗来找我们。如果他们这么做的话，游戏就结束了。"

医生从桌下爬出来，来到门口听着。从围墙的那一边传来一声低低的狗叫声。

"天哪！"他喃喃地说，"那是吉普的声音。我不知道他要干什么。"

离工具棚不远处，靠近围墙的地方有一棵枝叶繁茂的梨树。确保没有人从屋子的窗户里俯瞰花园,医生快速地穿过花园躲到梨树后面。

"吉普,怎么啦?"他喊了一声,"有什么事吗?"

"让我进去,"吉普低声回道,"我翻不过这堵墙。"

"我怎么办?"医生说,"没有门,如果我明目张胆地出去,我怕邻居们看到我。"

"找个绳子绑一个篮子放在后面,"吉普低声地说,"然后把它扔到树后面的墙这边,我爬到篮子里叫一声,你就拉我上去。快点!我不想被他们看到我在这儿。"

医生慢慢爬到工具棚找到了一些种植时用的线,绑在了花园里的篮子上,然后返回到梨树后面把篮子扔到墙上,并拉着这一端的线。

巷子里传来一声狗叫,医生于是开始拉绳子。当篮子到达围墙另一端的顶上时,吉普的头露了出来。

"把绳子拉紧了系到树上,"他轻声说,"然后把你的大衣像围裙那样展开,我要你接住一些东西。"

医生按照吉普说的做了。吉普从篮子里扔了一些东西过来:四个火腿三明治,一瓶牛奶,两条鲱鱼,一个剃须刀,一块肥皂和一份报纸,然后他把空篮子扔到草地上。

"现在把你的外套拉紧接住我,"吉普说,"准备好了吗?一、二、三!"

"我的天哪!"看到狗飞着俯冲下来正好落在衣服里时,医生说,"你可以在马戏团里自己表演马戏了。"

吉普不经意地说:"也许某天我就表演了。你们睡在哪儿?地下室?"

"不是的,睡在那边的工具棚。"医生低声地说,"我们快点悄悄地溜过去。"

一分钟后,他们安全抵达工具棚。苏菲吞下一条鲱鱼,医生也抓起一个火腿三明治狼吞虎咽起来。

"吉普,你真是一个奇迹,"他嘴里塞满了食物说,"你怎么知道我们在这里,你怎么知道我们需要食物?我们都准备好挨饿了。"

"嗯,"吉普一边说,一边又扔了一条鲱鱼给苏菲,"苏菲走出大门后,马戏团里乱成一片。布鲁萨姆和他的人四处寻找了一夜。从镇上各家窗户里伸出来的人头,我们知道整个小镇都被震惊了。图图特别担心你们。

"我确实希望他说:'医生没有出来。如果他出去了的话,肯定会被抓住。现在该做的就是躲起来。'

"一整夜我们都没睡,害怕看到你和苏菲被抓回马戏团。嗯,到第二天早上了,你们还没有被抓住。那时我就知道没有人怀疑你跟这件事情有关。可即使是天亮了,马戏团的人还在寻找苏菲。图图一直都很担心,所以我对他说:'我很快就能告诉你医生是在阿什比还是已经走了。'

"于是我加入一个搜寻队伍。早上空气潮湿,很适合嗅气味,我在镇上四处转了一圈。如果你们走了的话,除了上天去飞之外,我会用尽一切办法嗅到你的气味,可是我到处都没有嗅到医生的味道。所以我回去跟图图说:'除非他是坐气球走的,否则医生肯定还没有离开阿什比。

"图图就说:'太好了!他一定藏在哪个地方。现在你去找到他,回来告诉我他在哪儿,这样我可以给他准备一些吃的,他和苏菲肯定会饿,从昨天中午到现在他们两人都没有吃一点东西,他们得等到今天深夜才能走。'

"之后我就到镇上去找你们,从马车停车的地方嗅到了你回来的气息,然后循着气息兜了几圈才来到巷子这儿,可是到了这儿却再也没有闻到气味。我觉得很惊讶,苏菲也没有去其他地方。嗯,我觉得你们不可能去爬老鼠洞或者从空中消失。有一会儿我很困惑,然后我突然就闻到围墙那边传来的烟味,我知道你抽的香烟牌子,所以才确定你们在花园里。我得夸夸你俩真是不错的运动员。"

医生吃着第二个三明治,然后笑了。苏菲在用后鳍擦她的须,听到这话也不禁大笑起来。

"吉普,我们并没有跳墙进来,"约翰·杜利特说,"我们用那边的梯子爬进来的。但你带着这些食物,怎么没被人发现?"

"如果不采取点方式的话还真不容易,"吉普说,"图图和咕咕做了三明治,我们从哈金斯的鱼桶里拿到苏菲的鲱鱼,牛奶是平常送牛奶的人送到我们马车上的。图图说如果你要在这儿待上一整天的话,你得看看报纸打发时间。我拿了《早晨公报》,我平时看你总读这个。然后白老鼠又说不要忘记带你的剃胡刀和肥皂,因为你讨厌不刮胡子出门,所以我就拿了过来。这些东西加在一起还真重,我一趟根本拿不过来,所以我走了两趟。第一次的东西我藏在巷子的灰桶里,第二次来的时候一起拿出来。第一次来的时候,有个老太太耽搁了我一下。你看到我把这些东西卷在报纸里,让它们不那么显眼。'哦,我的天!'那个老太太说,'快来看这个小狗,他在帮主人拿报纸呢!快来看啊,好聪明的小狗!'

"嗯,我把她给绊倒了才从她身边走开。然后第二趟的时候,我遇到一些白痴狗。他们闻到我带给苏菲的鲱鱼味,成群结队地跟着我。我不得不在镇上跑了一大圈试图摆脱他们,还差点丢了食物。最后我把东西放下来,跟他们打了一架。真不容易!"

"上帝啊!"医生吃完了最后一个三明治,又打开了牛奶说,"有这样的朋友真好。我很高兴你能想到给我带剃刀。我下巴上长了好多胡子,哦,但我没有水。"

"你可以用牛奶,"吉普说,"淡定!不要全喝掉。我们想到这一点了。"

"嗯,"医生放下半盒牛奶说,"那是个好主意。我从来没有用牛奶剃过胡子,也许还能美肤呢。苏菲你喝吗?不喝。好吧,我们现在都吃完了。"

医生脱掉了衣领,开始刮脸。

医生刮完脸,吉普说:"医生,我得走了。我答应他们一有消息就赶快回去告诉他们。如果你今晚还不能成功走的话,明天的同一时间我还会来,给你多带一些食物。镇上的人平静多了,但是哈金斯和布鲁萨姆还没有放弃寻找苏菲,所以你们得小心点。这里很安全,最好待两天或者三天,不要急着走,会被抓住。"

"好了,吉普,"医生说,"我们会小心的。谢谢你来这儿。代我给大家问好。"

"也代我向大家问好。"苏菲说。

"告诉图图和大家伙儿,我们十分感谢大家的帮助。"医生打开工具棚的门时又补充了一句。

他们穿过花园来到梨树下。医生爬到树枝桠上,然后把吉普放到篮子里送到墙那一边,松开绳子把吉普放到巷子里去了。

接下来的几个小时里都没有发生令人激动的事情。虽然不时就能听到巷子和街道上传来人们寻找他们的声音,这两个人度过了一个愉快的下午。医生在读报纸,苏菲懒洋洋地躺在床上若有所思。

夜晚降临,屋子里太黑了,约翰·杜利特没法读报纸,于是他和苏菲小声地讨论着计划。

"你觉得我们今晚能走吗?"苏菲问,"他们那时也会放弃找我,是吗?"

"但愿如此,"医生说,"天一黑我会去花园里视察一下,看能不能听到一些风声。我知道你心急如焚想上路,但试着耐心一些。"

大约半个小时后,医生拿来了梯子,爬到花园围墙的顶上,仔细地听了很长一段时间。当他回到工具棚里时,对着苏菲摇了摇头。

"还有很多人在街道上走,"他说,"但我没法辨认出他们是马戏团找你的人,还是只是普通的乡亲们。我看我们最好再等一等。"

"哦,天!"苏菲叹了口气,"我们是不能走出这座花园了吗?可怜的斯拉辛!我很担心。"

在黑漆漆的工具棚里,苏菲开始轻轻地哭泣。

一个小时后医生又出去了。这一次就在他准备爬上梯子的时候,他听到吉普在围墙另一边跟他说话。

"医生,你在吗?"

"在,是你吗?"

"听我说!哈金斯和老板坐马车出去了。布鲁萨姆让马修干些其他额外的活儿,因为他要外出一会儿。图图觉得这是个好机会,你们可以趁机出城。你们一个小时内出发,马戏团现在很忙。你听明白我的意思了吗?"

"是的,我听清了。谢谢你,吉普。我们会在一小时内离开。"医生看了看表说,"布鲁萨姆去了哪个方向?"

"他去了东面的格林姆布莱顿。斯维茨尔跟着他们去了,然后回来告诉我们的。你往西走吧。从这条巷子走到底左转,然后在下个拐角再左转两次。那是一条黑暗的侧道,可以通向邓尼奇路。到那儿你们就安全了。那里的房屋不多,你们可以很快就到。我在巷子这儿给你们多留了些三明治,出去的时候记得带上。你能听到我说话吗?"

"是的,我能明白。"医生轻声说完,跑回工具棚中告诉苏菲这个好消息。

可怜的苏菲听到他们那天晚上就可以离开时,高兴得用尾巴站了起来,鼓着自己的鳍状肢。

"现在听我说,"医生说,"如果我们在路上遇到任何人,你就躺在墙角假装是我扛的一个袋子,我坐你身上休息。尽可能装得像个袋子,明白吗?"

"没问题,"苏菲说,"我太兴奋了。看我的鳍都鼓起掌来。"

医生不断地看着手表。一小时的时间里,他和苏菲坐在准备就绪的梯子下面焦急地等待着。

最终再一次看了一眼时间,医生轻声说:"好了,我觉得我们该走了。我先走,那样跟之前一样我能帮你扶稳梯子。"

但是,天啦,可怜的苏菲!就在医生刚爬到一半的时候,远处又传来低沉的狗吠声。

约翰·杜利特停在梯子上,眉头紧锁着。

"发生什么事情了?"苏菲在底下颤抖地问,"那不是吉普的声音,也不是我们认识的狗狗的声音。"

"不是的,"医生又爬下来说,"我不会认错的。苏菲,出问题了。那是猎犬的声音。他们正往这边来了。"

第四章　领头犬

与医生在花园里谈过话之后,吉普回到了大篷车里跟朋友们汇报了情况,现在他感觉很舒适,确信一切都进展顺利。

他和图图在桌子下聊天,而哒哒在清扫家具上的灰尘,突然托比上气不接下气地冲了进来。

"吉普,"他叫道,"最糟糕的事发生了!他们带来了猎犬。布鲁萨姆和哈金斯出去就是找他们的。好像旁边的村庄有个养猎犬的人,他们现在把猎狗带来了,总共六只。他们进入收费桥的时候,我就认出了他们。我跟着后面跑,想跟这些狗谈谈。可是马车的车轮发出声音,他们听不见我的话。如果他们用这些猎狗来追踪苏菲的行踪,你们很快就会被抓住。"

"迷惑他们!"吉普说,"托比,他们现在在哪儿?"

"我不知道,我离开的时候,他们已经到了市场,正往这里快速赶来。"

我跑在前面就是想让你尽快知道这个消息。"

"嗯,跟我来。"吉普跳起来说着冲进夜色中。

"他们试图从海豹的展台那儿收集痕迹。"这两只狗跑着穿过马戏团的围场时,吉普说,"也许我们可以在那儿遇到猎狗。"

但在海豹展览区他们并没有见到猎狗。吉普把鼻子贴在地上闻了会儿。

"该死!他们来过这儿,已经出发去寻找了。听,他们在那儿叫嚷着。快点!我们跑着去巷子那儿,也许还能及时赶到。"吉普像支离弦的箭一样冲了出去,可怜的托比被甩出很远,他耳朵竖得很高,尽全力跟上吉普。冲到巷子的时候,吉普发现那儿全是人、狗还有人们手中举着的灯。布鲁萨姆也在那儿,还有哈金斯和那个养猎狗的人。那个人说着话晃动着灯,那六只凶悍的猎狗长着长耳朵,血红的眼睛,他们在地面上到处嗅着寻找痕迹,不时还会抬起头张开大嘴对着月亮发出几声低沉的吼叫。这时候邻居的其他狗也会在院子里回应着这些声音。吉普跑进拥挤的巷子假装加入搜寻的队伍,一边找到了身形最大的那只猎狗。吉普觉得他是领头的,于是一边用鼻子贴在地上寻找,一边用狗的语言小声说:"带着你的笨蛋们离开,这是医生约翰·杜利特的事情。"

那只猎狗听了傲慢地看着吉普。

"你算老几?我们在寻找一只海豹,别愚弄我们。约翰·杜利特航海去了。"

"他没有去,"吉普说,"医生就在围墙的那一边不到六英尺的地方。他想尽办法带这只海豹去大海,这样苏菲就能够从那些提着灯笼的人手中摆脱出来,而你们这些笨蛋只会坏了医生的计划。"

"我不相信你。"领头的猎狗说,"最后一次我听到医生的消息是他在非洲旅行。我们必须履行我们的职责。"

"笨蛋!傻瓜!"吉普完全发怒了咆哮着,"我告诉你真相。过去两年你一定是睡死了。医生一个月前已经回到英格兰了,现在他跟马戏团一起旅行。"

但是领头的猎狗像很多训练有素的专家一样十分固执,甚至有一点傻。他不相信医生不在国外。在他的追踪史上,一旦他知道了那个味道就从来没有失败过,因而他声名远播。他才不会被某只狗说的无聊的故事误导。

可怜的吉普完全绝望了,他看见猎狗们现在在苏菲爬过去的墙上嗅着气味,而这些大家伙绝不会离开这一地区,因为海豹就在附近,她的鱼味如此浓烈。布鲁萨姆和哈金斯找到苏菲也只是时间问题,他们会发现苏菲躲在围墙另一边,然后会去搜索那个老屋和花园。

当他还在争论的时候,吉普突然想到一个主意,他离开了猎狗群,假装漫不经心地走到巷子的另一侧。现在空气里都是狗吠,任何狗的叫声都有。吉普抬起头,假装加入了和声中,其实他是在给医生传递讯息:"这些傻瓜不相信我,快告诉他们你在这儿吧。汪!汪!喔!"

从花园里传来另外一声狗叫,他的意思是:"是我,约翰·杜利特。你们能离开这里吗?汪!喔!汪汪!"

对布鲁萨姆和哈金斯而言,这个声音跟狗吠没有什么不同之处。可是听到这个声音的猎狗们都停下搜寻,十二只耳朵竖得很高,一动不动地听着。

"天哪!"领头的猎狗喃喃自语,"真是医生!伟大的杜利特医生。"

"我跟你说过吧!"吉普慢吞吞地走向他低声说,"现在快点带着这些人去镇南面,一直到早上都不要停下来。"

训练狗的人看到他迷茫的领头犬突然转了方向走出了巷子,其他的猎狗跟在后面。

"太好了,布鲁萨姆,"他挥着灯大叫着,"他们找到了气味。快点跟着他们,他们跑得特别快,快跟上他们。"

这三个人跌跌撞撞地跟在猎犬后面。吉普为了庆祝一下,也叫了几声。

"他们往南面走了,"驯狗的说,"我们很快就会找到你的海豹了,别担心。真是好家伙!一旦他们寻到了气味,就不会错了。快点,布鲁萨姆,别让他们跑太远。"

之前挤满人的黑暗的小巷一瞬间又变得空荡荡的,只剩下了洒满一地的月光。

可怜的苏菲在草坪上歇斯底里地哭着,医生试图安慰她时,突然看到一只猫头鹰栖息在花园的墙上。

"医生!医生!"

"图图,怎么了?"

"现在就是机会!整个小镇的人都加入了搜寻队伍。拿上你的梯子,快点!"

两分钟后,猎狗一直叫着,带着布鲁萨姆和哈金斯翻山越岭往南面去了,医生悄悄地带着苏菲从邓尼奇路出了阿什比,朝西面的大海前进。

很久之后,当苏菲脱身事件已经成了陈年往事时,约翰·杜利特还经常告诉他的宠物们,如果从一开始他就知道在陆地上带一只海豹走一百公里是什么情况的话,他都怀疑自己有没有勇气再这么做。

医生和苏菲的第二段奇幻之旅没有其他宠物的参加,但很多年以后却一直是杜利特炉边故事中最受欢迎的一个。无论何时,当动物们需要一些欢乐时,他们总会缠着医生让他讲海豹的脱身历险故事,咕咕称这个故事为"格兰切斯特的马车历险"。但是我们还是继续讲我们的故事吧。

苏菲和约翰·杜利特已经走过了邓尼奇路,而阿什比也逐渐远去消失在视线里。看到面前出现了大城市的宽阔领域,他们俩深深松了一口气。在路上的时候,他们担心遇到警察。医生猜测也许哈金斯已经去警局报案了,还给出悬赏。当然如果他真这么做了的话,整个镇上的巡警都会加入到搜寻一只迷途海豹的队伍中去。

现在他们沿着篱笆中间的路沉重地走着,医生从苏菲沉重缓慢的呼吸声中看出来,即使是这么一小段陆地的旅行都让这个可怜的家伙精疲力尽,可是他不敢在公路上停下来。

看到左边偏僻的耕地那儿有一片灌木丛,医生觉得那是个可以稍作休息的好地方,于是他转身在树篱上找到了一个洞让苏菲穿过去,然后他们沿着沟往灌木丛走去。

到达树丛和荆棘丛后,他们发现那里很隐蔽,于是爬了进去。除了追着兔子的打猎者或者采浆果的孩子们会来这儿,这个地方很长时间都不会有人来。

苏菲气喘吁吁地躺下的时候,医生说:"目前我们总算安全了。"

"天哪!"苏菲说,"但我走得很慢。海豹不适合路上行走。医生,你看我们走了多远?"

"我得说我们走了一英里半。"

"上帝!才这么点路?可是我们离大海有一百英里!医生,我觉得我们应该找到一条河,河流总是会流入大海。在水里我的速度比陆上的马都快,但在路上走太多会把我的肚子磨个洞出来的,河流才是我们要找的地方。"

"苏菲,我觉得你说得对。但我们去哪儿找一条河?这才是重点。如果我们在普德莱比,那我可以立即告诉你哪儿有条河,但现在我不熟悉这些地区的地理。我应该带个地图的,我可不想去问其他人。因为按理说,我这会儿应该在几英里外的地方处理公事。"

"那你可以问一些动物。"苏菲说。

"对啊,我怎么就没想到!"医生惊叹道,"什么动物才能给我们想要的信息呢?"

"只要是河里的动物都行。"

"我知道了,我们可以去问一只水獭。苏菲,水獭是你在英格兰最近的亲属,他们在淡水里捕猎和迁徙途径跟你们在海水里的很接近。现在你在这里好好休息,我出去找找。"

医生回到灌木丛的时候已经凌晨一点,他的声音将苏菲从熟睡中惊醒。

他带回来了一只不常见的动物。这个怪异又优雅的家伙不断地从灌木丛中跳起来,然后看看苏菲,他似乎很害怕苏菲,但又对她很好奇。

"医生,她很大吗?"他低声问,"你说她跟我是亲戚?"

"在某种程度上是的。虽然严格来讲她是鳍足类,而你们是食肉目的。"

"哦,我很高兴。她真笨,而且你看她没有后腿,只有那个粗短的东西。你确定她不会咬人?"

水獭终于相信苏菲不会咬人,他离得近了点,愉快地跟这个从外地来的渔民聊起天。

医生说,"我告诉过你,我们想尽快去海边。苏菲认为走水路能最快地到达海边。"

"嗯!"水獭说,"她说得很对,但你们来的这个地方水路很少。我待在这儿的原因是这里没有水獭群。我在一些池塘里以捕鱼为生。那些池塘不好,但至少我不要跟其他人抢食物。这里没有河流通向大海。"

"那你有什么建议吗?"医生问。

"我真不知道,"水獭说,"我自己也很少出去。虽然我厌倦了这个地方,但我妈经常跟我说,对水獭而言这是英格兰仅有的一个安全之地。因此,我这一辈子都待在这里。"

"嗯,那你能给我们弄到些鱼吗? 我饿得慌。"苏菲说。

"哦,当然。你吃鲤鱼吗?"水獭问。

"现在我什么都吃。"苏菲说。

"好的。我去我的池塘找找,你等一下。"水獭说完,掉头蹦出了灌木丛。

不到十分钟他就回来了,嘴里装了满满的棕色鲤鱼。

"医生,你为什么不问问野鸭子?"水獭问,"他们会去很多地方,随着水流兜兜转转往大海去觅食。他们通常会走很安静的溪流,那样就不会遇到人,你可以去问问他们该怎么走。"

"对啊,"约翰·杜利特说,"但我到哪儿可以找到他们?"

"那容易。野鸭子总是夜里飞行。你可以走到一座小山上然后听声音,听到他们从头顶经过,你就喊他们。"

留下苏菲和她淡水河里的堂兄在灌木丛里聊天,医生爬到一座高地上,那里可以看到周围的月光。一两分钟之后,他听到一阵轻微的嘎嘎声,那是野鸭子扇着翅膀的声音。于是医生对着天空喊了一声。那群鸭子停了下来,开始绕着圈子飞行,慢慢警惕地飞了下来。

这时在灌木丛中的苏菲和水獭也停下聊天,紧张地听着越来越近的脚步声。

然后约翰·杜利特的身影出现在灌木丛中,两只胳膊下各有一只蓝绿相间的颜色的鸭子。

医生解释了他们现在的处境后,鸭子说:"嗯,适合海豹的最近的大河是基佩特河。不过从这里没有河流或小溪通往那儿。要去基佩特的话,你们必须经过四十英里的陆路。"

"哎!"医生说,"真不妙。"

"很不妙。"苏菲疲惫地叹了口气,"可怜的斯拉辛!这么长时间我才能跟他相聚。我们得穿过哪些陆地?"

"有很多选择,"鸭子说,"有时你们会遇到山脉,有时候是平原,还有时候是农田,途中还会经过一些荒地。地形变化很大。"

"天哪!"苏菲惊叹着。

"是的,"鸭子继续说,"虽然不是河流,但如果你们从大路走会更轻松一些。"

"可是我不能遇到人们,这也是为什么我们离开邓尼亚路的原因。那有很多人都听过我们的逃亡事件。"医生说。

"但你们不需要返回邓尼亚路,"鸭子说,"如果你们沿着西边的那个篱笆走,你们会走到另一条路,从伊格尔斯通往格兰切斯特的一条罗马旧路,那条路通常是供南北马车通行的,那里很难遇到阿什比的人。你们沿着那条路往北走四十英里就能到达基佩特河。那条公路从塔尔博特大桥上穿过,就在你进入格兰切斯特之前的地方。"

"对一个不错旅途者而言,听起来是个简单的路线,"医生说,"但对苏菲来说却又是另外一回事。不过我觉得这是最好的选择。沿着格兰切斯特路一直往北走到达塔尔博特,从那儿去基佩特河,对吗?"

"就是这样的,"鸭子说,"你到了大路就不会走错的。到了小溪那儿,你最好再问问其他水里的动物。虽然基佩特河可以到大海,但还是得注意一些岔路。"

"十分感谢,"医生说,"谢谢你的帮忙。"

然后鸭子继续上路了。约翰·杜利特看了看手表。

"现在是早上两点,"他说,"天亮之前,我们还有三个小时。苏菲,你不介意在这儿休息到明晚吧?或者我们在天亮前继续往前,能走多远是多远?"

"哦,我们还是继续往前走吧!"苏菲说。

"好的,咱走吧。"医生说。

他们沿着篱笆往公路走的时候,水獭又去池塘里给苏菲抓了些新鲜的鱼。在这片地的尽头大约一公里远,水獭给他们指了通往另一个篱笆的洞,告诉他们公路就在另一侧,然后祝医生他们一路顺风。

医生和苏菲爬着前进,出去后看到一条大马路在黑夜里向两头延伸出去。

苏菲叹了口气,他们往右转,继续向北方前进。

第五章　从格尔彭教堂来的旅客

医生他们走了大约一个小时后,苏菲说:"哦,天哪!哦,天哪!这条路跟另外一条路一样坚硬坎坷。现在我们走了多远了?"

"大约一英里。"医生说。

苏菲大颗的眼泪开始往落着灰尘的地上掉。

"还是一英里!医生,我是不是给你添麻烦了?"

"哦,怎么会?别泄气,我们一定能行的。等我们到了河边一切就好了。"医生鼓励她说。

"但我们还有三十九英里的路程没有走,可是我就这么精疲力尽了。"苏菲说。

医生看着苏菲,发现她真的十分疲惫,他们没有别的办法,只有停下来休息。

"来这边,不要待在路上。"医生说,"现在躺在沟里休息一下,那样就不会有人注意到你了。"

可怜的苏菲按照医生的建议去休息了。医生坐在一个石头上思考着,虽然这一路他都在鼓励苏菲,可照这样下去也许他们永远都不能到达河流边。

当医生在思考目前的困难时,苏菲突然说:"医生,那是什么声音?"

医生抬起头听了听。

"马车轮的声音,"医生说,"你现在很安全,一直保持不动,直到它过去。你在沟里,他们看不见你的。"

轰轰的声音越来越近,然后路的拐角处出现了一辆马车。很快医生就看出那是一辆有窗户遮着的马车。当马车到了医生跟前儿的时候,车夫让马停了下来大喊:"你是在等马车吗?"

"呃……呃……"医生支支吾吾地问,"哦,你这是公共马车?"

"我们是其中的一辆。"车夫说。

"你们去哪儿?"医生问。

"我们是当地的马车,"车夫说,"从格尔彭教堂去天使小镇。你要搭车吗?"

医生犹豫着如何回答的时候,突然一个疯狂的想法出现在脑海中。

"你的乘客多吗?"医生问。

"不多,只有两个人,一个男人和他的妻子,他们都睡着了。里面还有很多空间。"

那辆马车里面点着一盏灯,从拉着的窗帘里透出微弱的灯光,停在医生坐的石头前。从车夫坐的地方看不到苏菲藏身的地方,也看不到马车的后门。

"你的乘客也是当地人吗?"医生低声问。

"不是的,我说了我们从格尔彭教堂来的。你还想问什么? 如果你想进来,快点! 不能一直在这儿说话。"

"好的,"医生说,"等一下,我拿一下行李。"

"要帮忙吗?"

"不,不要! 你就坐在那儿吧,我自己可以拿得动。"

医生溜到车后面打开了门。一个男人和一个女人在最角落里打盹。打开门后,医生跑到沟里把苏菲抱了起来。

"不管了,我们先这么走一段路。"医生小声对苏菲说,"保持安静不动。我把你藏在座位底下。"

进入马车时,车厢比地面高出很多,门框下有两个悬空的铁台阶。

医生又看了两眼,那两个乘客还在睡着。抱着很重的苏菲上台阶的时候,医生发出了很大的声音,角落的女人醒了过来抬起了头。苏菲的鳍还放在医生的脖子上,医生盯着车里,一句话也说不出来。

"约翰!"

那是莎拉。

丁格夫人脸色苍白,尖叫着躲进她丈夫怀里。马受惊脱了缰,医生整个人失去了平衡。马车发出了很大的声音冲进了夜色里。留下摔在地上的医生和坐在他大腿上的苏菲。

"哎哟!"医生叹了口气疲惫地站了起来,"那就是莎拉!这世界上任何人都行,就是不要是莎拉。这下好了。"

"那你怎么办?"苏菲问,"你现在没办法把我放在座位下了,那儿连藏只狗的地方都没有。"

"哦,嗯。刚才我只是有点受惊了,"医生说,"如果我没有绊倒吵醒莎拉的话,也许你就能少走几英里。该死!但苏菲,我觉得坐马车也许是最好的计划。不过我们得重新打算好好计划一下。一方面车里是莎拉也是件好事,如果其他人看到我抱着一只海豹,他们也许会议论,那样人们就会来看。但莎拉和她丈夫都为我去马戏团的事情而感到羞耻,所以他们什么也不会说,这我们可以放心。"

"现在听我说。看东边的天空,天快亮了,今天我们是不能走了,我将你藏在这些树丛里,我去下一个村庄找点东西。"

于是他们又走了一段路程,直到路边有很多树丛的地方才停下来。进入这些树丛里,他发现了一个好地方给苏菲藏身。妥当安排好了苏菲后,医生沿着马路往下走,那时附近的公鸡开始报晓,跟黎明的朝阳打招呼。

大约走了两英里,医生到达了一座小村庄,那里有一家美丽的小旅店,外面覆盖着常青藤,它的名字叫"三个猎人"。进去后医生点了早餐。

从旧屋出来后,他还没吃过东西。在酒吧间一个老侍者给他端上来一些培根和鸡蛋。

吃完早饭后,医生点上烟斗与那个侍者聊起天,从中他知道了很多格兰切斯特路来来往往的马车的信息:这些马车的不同之处,行驶时间,什么时候车上人很多等等一系列信息。

然后医生离开了旅馆,沿着路往下走到了村庄里的一些商店那儿,找到其中一家衣服店,医生走了进去询问一件挂在橱窗里的女士斗篷的价格。

"五十先令六便士。你妻子个子高吗?"女店主问。

"我妻子?"医生一脸迷惑地问,"哦,啊,她个儿挺高。嗯……我想要一件长一些的,还要一顶软帽子。"

"她肤色白皙还是黝黑?"女士问。

"呃……不白也不黑。"医生说。

"那我这儿有一件带红色罂粟花的,"那个女人说,"她会喜欢吗?"

"那个太醒目了。"医生说。

"嗯,大家都说大花的装饰现在在伦敦很流行。那这件你觉得怎么样?"

那个女人拿出一顶普通的黑色大软帽。"这个很淑女,我自己都戴这款。"

"就这样,我要这一顶。"医生说,"我还想要一个颜色深一点的女士面纱。"

"参加葬礼?"

"呃……不是的。不过我要一个很厚的面纱,路途上用的。"

然后女人又给医生拿了一个面纱。医生胳膊下夹着一堆东西离开了商店。接着他又去了一家杂货店给苏菲买了些干鲱鱼,这是村庄里能找到的唯一的鱼了。中午的时候,医生沿着大路往回走。

"苏菲,"到了苏菲藏身的树丛,约翰·杜利特喊着,"我给你带来了消息,一些食物还有衣服。"

"衣服!"苏菲说,"我要衣服干什么?"

"穿上它们,"医生说,"那样你就成了一位女士。"

"天哪!"苏菲用后鳍打着胡须嘟囔着问,"为什么要我穿衣服?"

"这样你才能乘马车。"医生说。

"但我不能像女人那样行走啊。"苏菲说。

"我知道。但你可以坐着啊,严肃的女士,也许有点瘸。不过我会带你走过去的。"

"但我的脸怎么办?形状不对啊。"

"我们戴上面纱就好了,"医生说,"你的帽子会遮盖住其他的头部。现在吃点鱼,然后我们彩排一下穿衣服的步骤。格兰切斯特的马车大约八点经过这里,跟昨天夜里的那一辆一样。我们会乘那辆车走,因为那时人比较少。现在到塔尔博特大桥剩下四个小时的路程了。这段时间你要用尾巴坐着,你能撑得住吗?"

"我试一试吧。"苏菲说。

"也许半路车上没人的时候你可以躺一躺,不过取决于车里的人数。从这儿到塔尔博特大桥,途中会停三站。如果我们够幸运的话,因为是夜里的车,人应该不会很多。现在试试这些衣服,让我看看怎么样。"

医生给苏菲打扮起来,他让苏菲坐在一根木头上,然后给她戴上了软帽子和面纱,穿上了斗篷,这样苏菲看上去就像一位女士了。

在医生让苏菲坐到木头上后,她看上去很自然,就像一位女士。斗篷盖住了长鼻子,面纱遮掩之下,海豹像极了一位女士。

"你得注意自己的海豹胡须,"医生说,"斗篷足够长,一直到地上,当你坐下的时候斗篷前面也是系上的。由于车内灯光昏暗,所以应该没问题。你可以把鳍和尾巴都放下来。现在你看上去就像把手放在大腿上的样子。这主意真棒！现在人们都会觉得你是位女乘客了！哦,小心!头不要动,要不然帽子会掉下来。等一下,我拿个丝带给你系在下巴那儿。"

"那我怎么呼吸?"苏菲把面纱吹得像个气球似的问。

"千万别做这个动作,"医生说,"你不是在游泳或者出来吸气。一会儿之后你就会习惯的。"

"医生,这样我站不稳。你知道我用脊柱坐着,这个姿势太难保持平衡了,比爬梯子还难。如果我滑到马车车厢里怎么办?"

"马车的座位比这里宽,也比木头舒服。我会带你坐在角落里,我也坐在你旁边。那样你就被挤在中间了。如果你觉得自己要滑下去了,小声告诉我。我会帮你坐回正确的姿势。你看上去太棒了,真的!"

医生和苏菲又演练了几次,现在医生觉得苏菲可以表现得像个女士了。夜晚来临后,你会发现医生站在马路边,他的身边坐着一个戴着厚面纱的"女士",他们在等待去格兰切斯特的马车。

第六章　格兰切斯特的马车

大约一刻钟之后,苏菲对医生说:"我听到车轮的声音了。医生,快看,路那边有车的灯光。"

"我也看到了马车的灯光。"医生说,"可那不是我们要乘坐的车,那是去特温博罗特的快马车,它的灯光是绿色和白色的。我们要坐的马车它的灯光是两道白色的灯光。你往后面树篱笆的阴影里躲一躲,别踩到斗篷沾上泥土。"

特温博罗特快马车走了没多久,又来了另外一辆马车。

"啊! 这就是我们要乘的马车。"医生说,"苏菲你坐在路边别动,我去跟车夫打下招呼,然后回来扶你上车,记得把帽子戴好了。"

"好的,"苏菲说,"可是面纱一直戳着我的鼻子让我很难受。上帝啊,我可千万别打喷嚏啊。"

"但愿别打喷嚏。"想到海豹打喷嚏像牛的叫声,医生不禁祈祷说。

医生走到马路中央将马车拦了下来,他看到车内有三名乘客,最里面坐着两个男人,后面的车门那儿坐着一位老太太,而她对面的位子空着。

医生打开车门,然后把苏菲抱上了马车,坐到角落的座位上。里面的两个男人正在热烈地讨论着政治问题,没空抬头看这位被抱进车里放到角落里的女人。可是医生关上门坐到苏菲旁边,却发现那个老女士对残疾的苏菲很感兴趣。

马车出发了。医生又确定了一下苏菲的脚都隐藏好了,接着他从口袋里拿出一份报纸,在昏暗的光线中装模作样地读起报纸来。

那位老太太突然倾身过来敲了敲苏菲的膝盖。

"对不起。"她和蔼地说。

"哦,"医生飞快地抬起头说,"她不会说话……我是说她不会说……英语。"

老太太问:"你们要去很远的地方吗?"

"我们要去最后一站的阿拉斯加,不过我们得先去格兰切斯特。"

医生祈祷着她不要多管闲事,然后又埋头看报纸去了。

但那个和蔼的老太太并没有放弃,过了一会儿又探过身子来敲了敲医生的膝盖。

"她是得了风湿吗?我看到你抱她进来。"老太太问。

"呃,不是的。"医生结结巴巴地说,"她因为天生腿太短了无法走路。"

"真是太可怜了!"老太太感叹着。

"我快要滑下去了。"苏菲在面纱后跟医生小声地说,"我要滑到地上去了。"

医生放下报纸刚要抱起苏菲,那个老太太又问:"她穿的海豹皮衣真漂亮!"

医生发现苏菲的膝盖从斗篷里露了出来,赶紧把苏菲的腿遮起来说道:"是啊。她得保暖,保暖对她来说很重要。"

"我猜她一定是你的女儿。"老太太说。

这个问题还没等医生回答,苏菲自己就回答了,因为她发出一声深沉的叫声震动了整个马车。面纱磨得她最终还是没能忍住打了个喷嚏。医生赶紧站起来,可还是没能接住她。苏菲整个儿就滑到地板上了。

"可怜的孩子看上去真痛苦,"老太太说,"她晕过去了。你等一下,我拿我的嗅盐瓶出来给你。在旅行的时候我经常用这个,很管用的。这个马车里有股难闻的鱼味。"

老太太开始在自己的手包里翻找东西,医生见状赶紧把苏菲抱了起来。这时那两个男人也被吸引了。

"给你。"老太太递过来一个银色的嗅盐瓶说,"掀开她的面纱,然后把瓶子放到她鼻子下嗅一嗅就好了。"

"谢谢你。她只是很累,休息一下应该就没事了,"医生解释说,"我们安静一下,让她在角落里舒舒服服地休息一会儿,也许就好了。她一会儿就会睡着。"

老太太终于不再问医生他们问题了。接下来的半个小时里,那两个男人却对苏菲很感兴趣,一会儿看看医生他们,一会又讨论着什么。面对这种情况,医生感到如坐针毡。

很快马车在一个村子里停下来换马。车夫告诉他们半个小时之后才出发,他们可以去旅馆吃个晚饭。那两个男人下车时还不忘瞅瞅苏菲和医生,老太太也跟着下车了。车上现在只剩下苏菲和约翰·杜利特。

"苏菲,我不放心那两个男人。现在你在车上待着,我得去确定他们是否还会跟我们一起走。"

医生走进旅店时跟过道上的一个女服务员问了去餐厅的路。那位女服务员说:"晚餐马上就要开始了,请里面就座。"

"谢谢。"医生说,"请问你知道刚才马车上下来的那两个男人吗?"

"哦,知道。"女服务员说,"一个是郡里的警察,还有一个是格尔彭教堂市市长塔特尔先生。"

医生道了谢,然后他在餐厅前站了一会儿,犹豫着要不要进去,却碰巧听到那两个人的对话。

只见其中一个人说:"我敢保证他们就是公路抢匪,假扮女人这种戏码能骗过我的法眼? 我怀疑他就是上个月的那个劫匪罗伯特·芬奇。"

另一个人说:"我也感到奇怪,那个胖子肯定就是同伙乔·格雷西姆。我们得计划一下,接下来我们要假装什么都不知道回到车上。他们肯定是想到一个偏僻之地就劫持马车。你带枪了吗?"

"带了。"

"给我一把枪。我推你胳膊的话,你就扯下那个人的面纱,然后用枪指着他。那个矮胖子交给我。然后我们掉转马车送他们去监狱。"

医生正听着对话,那位女服务员端着盛满菜的托盘走过来,从背后推了一下医生说:"先生,请进去坐下吧。晚餐就要开始了。"

"谢谢。我还不饿,我想出去透透气。"医生说。

回到院子里时,医生幸运地发现那里没有人。换的马还没套上马车,于是医生飞快地回到马车上。

"苏菲,快出来。"医生小声喊着,"那两个男人以为我们是劫匪,现在我们得赶紧走。"

医生抱着巨大的海豹苏菲摇摇晃晃地走出院子,往公路走去。天色已晚,路上十分安静,还能听到从旅店厨房里传来的锅碗瓢盆的声音以及马厩里冲洗的水声。

医生对苏菲说:"这里已经到村子尽头了,我们的路也不远了。只要走到那边的田野上,我们就安全了。你跟着我到前面找个能钻进去的地方,把你的斗篷和帽子脱下来,那样方便走路。"

几分钟后医生和苏菲来到一片草地上休息。

"唉!"苏菲叹息道,"脱掉斗篷和面纱真是太舒服了!做淑女真遭罪!"

"多亏我听到他们的对话,要不然肯定会被抓住了。"医生说。

"他们会追我们吗?"苏菲问道。

"我不确定。如果他们认定我们是劫匪的话,一旦发现我们不见了,肯定以为我们畏罪潜逃了,应该不会想到我们还在这附近吧。别担心,我们就在这儿等车。"

"虽然我们暂时安全了,但是现在的情形也不比之前好啊。"苏菲说。

"但我们可以少走很多路了。别放弃,我们肯定能行的。"医生鼓励苏菲说。

"我们走了有多远了?"苏菲问。

"现在我们在苏特湖,还剩下十八英里的路就到塔尔博特大桥。"医生回答说。

"我们怎么去那儿?我实在走不动了。怎么办呀?"

"小声点,也许他们正在找我们。别担心,总会有办法的。只要到了那条河就好了。我们现在得在这里等下一辆马车。"

"哦,可怜的斯拉辛!"苏菲对着月光低声说着,"我好想知道他现在怎么样了。医生,我们现在还要继续坐车吗?"

"不,我觉得我们最好别坐车了。他们现在一定通知大家留意我们这样子的人。"医生说。

"千万不要找到我们。我觉得我们现在这个地方不够隐蔽,我能听到脚步声。"苏菲说。

医生他们现在待在牧场的一个角落里,篱笆的右侧还有另外一个东西挡着他们。他们现在听到后面来来回回沉重的脚步声。

"苏菲,保持别动!"医生小声说着,他听到篱笆上的树枝摇晃着,有小树枝被折断了。

"医生,他们发现我们了。"苏菲害怕地说。

就在那一刻,医生不知道他们到底是跑还是原地不动。如果有人追捕他们,应该不知道他们的确切位置,只要原地不动,也许他们就会离开。可树枝的声音越来越响,越来越近。医生低声跟苏菲说了一声"跑",就撒腿开始跑,可怜的苏菲跟在后面只能尽力跟上医生的脚步。他们一直跑,可身后沉重的脚步声却越来越近。医生害怕被当成劫匪击毙,于是回过头看了一眼,发现在他们身后是一匹耕田的老马。

"苏菲,别跑了。"医生气喘吁吁地停下来说,"不是人在追我们,是一匹马。"

看到他们停下来,那匹老马也放慢了脚步,他很虚弱,等到走近后,苏菲发现他还戴着眼镜。

"是我在泥塘镇的老朋友,你害得我们满草地跑,我以为是警察要开枪打我们呢!"医生叫出来。

"是杜利特的声音吗?"老马凑近了说。

"是我,你看不到我吗?"医生问。

"很模糊。最近几个月我的视力越来越差,幸好你给我配了眼镜才能看清点东西。后来我被卖给另外一个农民,所以我就离开普德莱比到这儿来了。有一天耕地的时候我撞到了鼻子摔坏了眼镜,所以现在我几乎看不见东西了。"

"让我看看你的眼镜,也许要换一个了。"医生说。

然后约翰·杜利特摘下了老马的眼镜,对着月光研究了一番。

"难怪看不清楚,你的镜片全弯了!"医生叫起来,"我给你的这副眼镜很结实,就是不能弄弯了。我很快就给你修好的。"

医生修眼镜的时候,老马说:"我还把它送给帮我钉马掌的铁匠看过,他捶了几下更糟糕了。因为我被带去苏特湖镇,所以就没办法找你。当地的兽医也不懂马的眼镜。"

"给,这下好了,我弄紧了些,应该不会再转动了。"医生把修好的眼镜递给了老马。

"真的好了。"老马戴上眼镜,一边笑着一边说,"我可以清楚地看到你们了。天哪!真清楚,大鼻子,高帽子。连月光下的树叶我都看得一清二楚。你绝对无法体会一匹马近视是什么滋味。我有时会吃到野生的大蒜……哦,我的天哪!你真是最伟大的兽医!"

第三部分

第一章　公路抢匪的替身

"你现在的主人是个体面的人吗？"医生坐在草地上问老马。

"是啊，他人很不错。"老马说，"但今年我没做多少活儿，他找了一支年轻的队伍耕地，我差不多退休了，只干些零零碎碎的活儿。你晓得我已经上年纪了，都三十九岁了。"

"你都三十九岁了？"医生问，"看上去不像三十九岁。居然三十九岁了！对啦，我想起来了！我给你眼镜的时候，那周你正好三十六岁生日。你还记得那个我们给你办生日聚会的花园吗？就是在花园厨房里，那次咕咕熟桃子吃多了呢。"

"我当然记得。那些时光啊！那时的泥塘镇！"老马看到苏菲在草地上不安地挪动身子的时候问，"这个跟你一起的动物是什么？一个獾吗？"

"不是的，那是个海豹。我来介绍一下。这是来自阿拉斯加的苏菲，我们现在从马戏团里逃出来。她有点急事必须得回去,我帮她去海边。"

"嘘!"苏菲说,"医生,快看,有辆公共马车过去了。"

"谢天谢地!"随着车灯消失在路的尽头,约翰·杜利特低声舒了一口气。

"你可知道,我们费了千辛万苦才到了这儿。"医生转过头对着老马说,"苏菲得伪装起来,而她又不能走太多的路。我们现在正要去塔尔博特桥那儿的基佩特河。我们坐公共马车到苏特湖,从那儿就下车了。我们还在想接下来怎么走呢,你就突然从后面的篱笆那儿把我们吓得命都没了。"

"你们要去塔尔博特桥?"老马问,"那很容易啊。看到地平线上的那个谷仓了吗?那里面有辆旧马车。虽然没有马具,但有很多绳子。我们去那边,你可以把我拴在车辕上,然后把海豹放到车上,我们就出发了。"

"把你主人的马车就那样驾走,你会惹上麻烦的。"医生说。

"我主人不会知道的,"老马笑着说,"我们出去的时候,你把门掩着,我会把马车带回来,然后放回原处。"

"你自己能卸下马具吗?"

"那容易得很。如果你按我教的方式打结,我就能用牙齿解开它们。我只能送你一程,那样才能赶在天亮前送回马车。但我有个朋友在离格兰切斯特路大约九英里的瑞德山农场,他跟我一样喜欢在夜里出来吃草,他会送你余下的路程。在人们起床前,他能回到原处。"

"老朋友,你真是太厉害了。那我们就快点,赶紧出发。"医生说。

之后他们爬上山丘去了谷仓,在那儿发现了那辆旧车子。医生把它拽了出来,然后从墙上拿下来一些卷着的绳子,又从马槽里找了个旧的项圈,做了一套类似马具的东西。老马站到车辕中间,医生完全按照他说的方法仔细地拴好了绳子。

医生把苏菲搬到马车上,他们就沿着草原往下面的大门去了。

出去的时候,医生问:"我戴着这顶高帽子,人们会不会看到我呢?这样不是很可疑吗?哦,你看,那个田里有个稻草人。我去借它的帽子用一下。"

"把整个稻草人拿过来吧。"医生走时,老马对他说,"我回来的时候,需要一个傀儡车夫做掩饰。如果人们看到没有车夫,会以为我走失了。"

"好的。"医生说完跑过去了。

没有几分钟,他肩膀上扛着稻草人回来了,然后他把大门虚掩着,方便老马回来的时候推开。医生把稻草人扔到马车上,然后自己也爬了上去。

接着医生拿来稻草人的帽子,换下自己的帽子戴到头上,然后坐到车夫的位子拉起了缰绳,对他的老朋友叫了声:"驾!"于是就出发了。

"苏菲,你最好随时准备好斗篷和帽子,也许随时都有人要求搭车。"医生说,"如果我们不得不让别人搭车的话,你又得假扮成一位女士。"

"这世上我可以做任何事情,就是不能变成一位女士。"苏菲叹着气说,"不过你这样说的话,我会照做的。"

医生驾着马车上路了,车上载着一个稻草人和一只海豹。余下的路程很顺利,没有遇到搭车的人,不过还是遇到过一次令人胆战心惊的时候。一位带着手枪的绅士骑着一匹良驹经过,问他们有没有见到过一个男人和一个蒙着面纱的女士。

那时候医生靠着马车的一边坐在苏菲的身上,戴着稻草人的帽子盖在眼睛上。他尽力装得像一个农民的口吻说:"几英里路之前,我记得看到过两个人往田里走。不过现在应该走远了。"

"那一定是他们,准没错。"那个人把马鞭举到鼻子前说,"一定是芬奇和格莱萨姆那两个公路抢匪。他们在苏特湖那儿乘了一辆马车,我们差点就逮住他们了,不过还是让他们溜走了。不过没关系,我们迟早会抓到他们。晚安!"

"可怜的芬奇先生!"老马往前走的时候,医生感叹道,"我怕我们又给他的名声抹黑了。"

"我从苏特湖载你们走真是明智之举,"老马说,"我认为那群家伙现在肯定发动全城来抓捕你们。"

"回到苏特湖这倒不是什么坏事,"医生说,"如果他们继续这么慌乱的话,倒不是什么坏事。不过但愿你回到农场别惹上麻烦。"

"我想应该不会。即使被他们看到,他们也猜不出我怎么被拴到了车上。别担心我,我会搞定一切的。"

走了一会儿之后,老马停了下来。

"左边就是瑞德山农场了,等我一下,我去喊乔。"老马说。

然后他走近路边的篱笆那儿轻轻地嘶叫,很快就传来一阵马蹄的奔跑声。他的朋友从山楂树那儿探过头来,那是一匹年轻的马。

"我把约翰·杜利特带来了,他急着去塔尔博特桥。你能带他去吗?"老马问。

"当然能。"那匹马说。

"你们得乘自己的车,我必须赶在我主人醒来之前把马车拉回去。看看这里能不能找到一辆马车或者之类的东西?"老马说。

"可以。院子里有一辆双轮的轻便马车,比大车跑得还要快。医生你到篱笆这边来,我告诉你它在哪儿。"

趁天还没亮,他们迅速地换了车。苏菲女士从一辆农场的马车被转移到一辆轻便的漂亮双轮马车上。老马和医生道别后就拉着那辆由稻草人驾驶的马车返回去了。那时约翰·杜利特和苏菲坐在舒服的车里欢快地往相反的方向驶去,直奔基佩特河。

直到很久之后,当医生再次拜访他的老朋友时才知道那个回城的老马的事情。这些故事后面会给大家讲。回农场的半路上,老马又遇到了带手枪的人。那人还继续骑着马颠簸着往格兰切斯特路前进,寻找公路

161

强盗罗伯特·芬奇,他认出了这辆马车和驾车的人,于是停下来问了一些其他的问题。车夫并没有回答他的问题。那个人又重复了他的问题,可是车夫仍然坐在位子上一言不发。最终他觉得很可疑,于是侧过身子拉下车夫脸上的帽子。

那是一张由稻草和破布拼成的脸!那个骑马的人看到自己被骗了,顿时觉得第一次见到的那个驾马车的人一定是真正的公路强盗,这个稻草人伪装的车夫只是芬奇引开警察的一个聪明的骗术。芬奇神奇的事迹中又加入了一段离奇的故事,那就是一天夜里他把自己打扮成一个女人和稻草人!而让事情更加复杂的是就在一百英里之外,那天凌晨两点多钟,真正的罗伯特·芬奇却抢劫了伊普斯维奇的马车。他是怎么在短时间内穿过英格兰的,这在公路强盗历史上仍然是个谜。约翰·杜利特说得一点也没有错,他们是在给芬奇的名声加分!

一到达自己的农场,老马就发现每个人都处于一种激动的状态。人们手里拿着灯笼四处跑着,稻草人不见了,旧马车也不见了,老马也不见了。农场的人循着车轮印穿过了草原。老马一到大门那儿就被一群手里拿着灯笼和枪的暴民围起来,他们谈论了起来,猜测着到底发生了什么事情,但他的主人认为他被公路强盗偷走绑了起来,所以并没有责备他出去跑了一圈。后来很长的时间里,老马吃草的时候总是有村里爱八卦的人认出他,说他就是那个被芬奇的稻草人同伙驾驶的马。

这个时候医生和苏菲坐在他们舒适轻便的马车上朝着塔尔博特桥飞奔过去。虽然骑马的人是郡治安官的助手,他一路骑着马在后面拼尽全力地追赶着医生他们,可是怎么都追不上。

到了河边,医生从马车上把苏菲抱了下来从桥上扔到了河里。医生告诉瑞德山的那匹马从另一条道儿走以免遇到那个男人。约翰·杜利特跨过大桥的栏杆走向河岸边。然后他沿河跟着苏菲一起跑着。河水发出汩汩的声音,苏菲随着这些声音潜入水中快速地游着,她在水里尽情抓着一路上一直朝思暮想的美味的鱼儿。

第二章　从河里向大海出发

现在的情况与之前预计的一样,整个旅途中最困难的地方已经过去了。如果再遇到什么人,苏菲就马上潜入水里,医生则假装用柳树枝钓鱼。他们还有很长一段路程要走,因为往塔尔博特桥走的这段路并没缩短他们到大海的距离。

基佩特河流经的乡村景色迷人,经过这些地方的时候,医生和苏菲有时会在晚上赶路,有时水深的地方苏菲在水下游,医生在路上走,他们相约到一个地方再会合。

这段路程苏菲走得很轻松,可是医生却很辛苦。他要钻过很多篱笆,爬过许多围墙,穿越很多泥淖,因此苏菲必须放慢速度来等待医生。

"医生,我想你可以不必陪我这段路程,接下来我可以自己游回去。"第二天中午医生休息时,苏菲对他说。

"我不这么认为,在没有到达大海之前,一切还是未知数,所以我们最好先找个动物打听一下。"医生躺在河岸边休息时说。

就在那时对岸飞来一对麻鸭准备觅食。医生喊他们过来问道:"你们知道从这里到大海还有多远的路程吗?"

"算上所有的河湾大约还有六十英里。"麻鸭们回答说。

"天哪,才走了一半的路! 请问接下来我们会到哪儿? 这只海豹要去大海。"医生说。

"嗯,接下来有十英里比较好走的路,但之后有些对海豹而言很危险的路。第一个就是霍布的磨坊,那是个水磨坊,有个很高的坝拦住了。海豹最好上岸走一段路,然后再回到河里。"

"这个没问题,那第二个呢?"医生问。

"你们会走到一个小镇。那里的河岸边有一家用管子从河里吸水的厂,如果海豹从那儿走的话,会很危险,可能会被管子吸进去。"

"知道了。看来我们得等天黑了从陆地上绕过小镇。"医生说。

"你们最好从北面的人工住宅区走。"麻鸭提醒说。

"走过这两段路,你们离大海就很近了。不过在那之前,你们还会经过一个有很多小瀑布和激流的港口城市,你们最好也从北部偏僻的陆地走到岸边,然后再回到河里。那段路不远,过了之后就可以很快到达大海了。"

"太谢谢你们帮了我们这么大的忙,我们得走了。"医生说。

麻鸭又说了一路顺风的祝福话后就去觅食了。然后医生还是在陆地上走,苏菲从河里游。傍晚时分他们到达了霍布磨坊。医生四周观察了一下,确定没人之后才让苏菲从河里出来穿过草地从水车另一侧回到河里。接着医生和苏菲继续赶路。

等到到达有工厂的小镇时,医生告诉苏菲有人来了,海豹苏菲于是就潜入了水里。医生一个人去镇上找吃的并打探情况去了。

虽然许多店都关门了,但医生还是在一家旅馆里买到了三明治和水果。付钱的时候,医生发现自己口袋里的钱不多了,实际上只够他付现在买的这些东西。不过医生一向不会为钱伤脑筋。赶了一路,医生的这双靴子早已沾满了泥土,于是他花光了最后两先令把靴子擦了擦,接着他去为苏菲寻找一条安全的陆上路线。

虽然苏菲要走的路很长,但医生发现了一些相连的池塘和湿地,穿过它们就能到达流入基佩特河的小溪。

医生回来的时候天已经亮了,他们得尽快赶到基佩特河。在出发前,医生决定休息一会儿。虽然苏菲归心似箭,但她也很累了。他们找到了一只黑水鸡帮他们把风。于是医生挨着柳树睡着了,苏菲在水里也休息了一下。

医生醒来的时候天上已经艳阳高照了,黑水鸡告诉医生有个农民赶着马车过来了,让医生叫苏菲潜入水里去。医生赶紧叫苏菲潜入水里去。危险一过,他们就立即上路了。经过一天一宿的路程,他们终于在第二天傍晚到达了港口城镇。基佩特河两边都是路,常常会有马车朝着港口行驶过去。医生觉得从水里这样走很危险,于是他们最后一次从路上穿过城镇。

医生又给苏菲穿上女士的衣服,戴上女士的帽子和面纱从公路和农舍经过。

终于还有一英里的路程就到达远处高高的山坡,那下面就是大海了。他们沿着一条没有农舍的路走着,上坡时有很多石墙,这对苏菲而言很难攀过去,于是医生只能托着苏菲过去。当走到高地上时,苏菲早已累得气喘吁吁地趴在了地上。

悬崖就在前面不到一百码的地方,眼看胜利就在眼前,医生他们突然听到附近传来歌唱的声音,他害怕被人发现,于是抱着苏菲往前走。

医生刚把斗篷披在苏菲身上,就看到两个人从房子里走出来。医生赶紧抱着苏菲往悬崖那边走去。

"我们到达大海了!我们终于到达大海了。大海好美啊!"苏菲激动地叫起来。

"苏菲,你终于解脱了!到了阿拉斯加一定代我向那群海豹问好。"医生说。

"苏菲,祝你一路顺风!"医生说完使出最后的力气把苏菲扔进托斯尔河中。

苏菲急速地往下跌落,她的斗篷和帽子都飞了。在落入水中那一刻,医生看到水面四溅的白色水花。

"我们终于大功告成了!现在我可以回去告诉马修苏菲已经成功回家了。我也不要坐牢了。"医生拿出手帕擦了擦汗,就在那时他感觉背后升起一股寒意,一双手从后面抓住了他的肩膀。

第三章　威廉·皮波堤爵士

约翰·杜利特转过身看到一个穿着水手制服的大高个男人正抓着他的衣领。

"你是谁?"医生问。

"海岸巡警。"那个男人说。

"你想干吗?放开我。"

"你被捕了。"

"你凭什么抓我?"

"谋杀。"

医生还没缓过劲儿来,就看到两个男人和一个女人从那个房子里走出来。

"汤姆,你抓到他了?"

"正好抓了个现行。"

"受害者是谁?"

"我抓到他时,刚好看到他把那个女人推下悬崖。吉姆你去局里找些船,也许还能救出那个女人。我送这家伙去监狱。如果找到什么,立刻通知我。"

"那个女人肯定是他老婆!你这个谋杀老婆的蓝胡子①!汤姆,也许他是土耳其人,康斯坦丁怎么称呼这种人来着?那些家伙一旦腻味了他们的老婆,总是会害死她们。"

---

① 蓝胡子(Bluebeard),为法国民间传说中长着蓝色胡须的人物,家中富有却连续杀害了自己的六任老婆。

"他会说英语,他不是土耳其人。"巡警说。

"那么他肯定为自己的行为感到羞耻。"那个女人往悬崖下看了看说,"人们会找到她吗? 我好像看到下面的水面上漂着一些东西。可怜的女士! 也许她也解脱了,跟这么残忍的人结婚也不好受。"

"那不是我妻子。"医生气愤地吼着。

"那她是谁? 我看到你抱着她。"海岸巡警问。

医生觉得即使最终他要供出来扔下悬崖的是海豹苏菲,现在还是保持沉默比较好。他被逮捕了,到了法庭他才会说出真相。

"那她到底是谁?"

医生仍然沉默不语。

"我确定那一定是他老婆,你看他那眼神。说不定他现在还关押着很多老婆,等着杀了她们呢。可怜的女人们啊!"那个女的说。

"他不说。"警察转过头对医生说,"我有权警告你,你所说的每一句话都会成为呈堂证供。跟我们去法院。"

幸好是早晨,他们去法院的时候并没有遇到其他人。到警察局时,吉姆正拿着苏菲的斗篷和帽子过来了。

"汤姆,这是我在悬崖下发现的证物,但是未发现尸体。我先把这些证物拿过来。杰瑞还在船上搜索。"他说。

"这些都是重要的证据,你们继续搜寻。我把犯人给关起来。"

医生于是被带进了警察局,录了口供之后就被关进一个小石屋子里。门砰的一声被关上了。

晨曦的阳光从铁栏杆里照进窗户,医生环顾四周不禁感叹:"这才过了多久,又蹲进来了。也不知道马修是不是也在这里待过。"

在阳光中,医生看到墙壁上刻着"M. M."的字母。这世上居然有这么凑巧的事情,居然是马修·穆格的名字缩写。

医生现在饥肠辘辘,于是开始吃面包。

"面包还不错,"他自言自语,"我得问问他们面包是哪儿买来的。床也还行,我还是先睡会儿吧。"

医生脱下衣服叠起来后,就躺下睡着了。

大约十点左右,一位白胡子绅士和一个警察过来了,他们看到医生睡得如此香甜感到很诧异。

"他看起来根本不像穷凶极恶之人。"那位绅士说道。

"威廉爵士,他这样只能说明没有忏悔之心。这个人杀了自己的妻子居然还能睡得如此心安理得。"

"我要跟他单独聊会儿。你一刻钟之后来找我,别告诉其他人我来过。"

"好的,爵士。"警察关上门走了。

白胡子绅士来到医生的床边推了推他说:"杜利特,醒一醒。"

医生睁开眼迷迷糊糊地说:"这是哪儿呀?哦,我在监狱里。"等到看清了来人,他微笑着说:"威廉爵士,你怎么来了?"

"这话得我问你吧?"

"我们大概十五年没见了吧。上次见面我们还为了到底能不能猎杀狐狸而争辩呢。你现在的观点是什么?"

"我每个星期还会打两次猎。自从我五年前当上了治安法官,一直就忙于公务。"

"要我看你得停止打猎。你有你的理由,可是狐狸就该杀了吗?他们和人一样享有平等的权利。一堆人带着狗追赶他们,不是欺人太甚了吗?"

老绅士哈哈大笑起来。

"杜利特,你还是老样子。有谁见过你这样的人?坐牢了还跟我谈论该不该虐杀狐狸的事情。约翰,我认识你的时候你还是一个只会观察昆虫的小屁孩呢。现在我是治安法官,一个小时后对你进行审问。你现在怎么解释你谋杀妻子的事情？据我所知你并没有结婚，哪来的妻子？到底怎么回事儿？"

"那根本就不是个人。"

"那是什么？"

医生低着头说："那是马戏团的海豹。我只是帮助她摆脱不公平的待遇回到阿拉斯加去。为了不被人看到，我才把她打扮成女人的样子，千辛万苦地送到大海里。结果却被那个警察逮捕了。"

威廉爵士听到这里已经忍不住哈哈大笑起来。

"他们一直说那就是你妻子，那时我就觉得不对劲儿，你身上的鱼腥味好大。"

"一路上有时我得抱着她走，肯定会沾上鱼腥味了。"

"你真是一直都没有变。你现在告诉我有没有其他人看到过你？虽然不构成杀妻罪，可偷盗海豹也不能免罪。"

"我们离开阿什比后就没有遇到过马戏团的人。不过途中有人认为我们是劫匪。后来就没有遇到其他人了，再到后面你也知道了⋯⋯"

"就是有人看到你被押到这里来？"威廉爵士问道。

"除了那三个警卫还有一个女人之外，就没有人看到我被押进来了。"

"那就好办。你等一会儿，我去撤销控告，你尽快离开。"

"你怎么向那些警卫交代？"医生问。

"他们只找到了斗篷和帽子，已经停止搜寻了。我们会说你只是去扔了几件衣服而已。我会解释清楚的，我保证马戏团的人不会知道这些。不过约翰你得保证这是最后一次干这种事情。以后我想帮也帮不了你。我现在去处理一下，你在这里等着，好了你就可以离开。"

"谢谢你！不过，威廉，那个猎杀狐狸的事情，如果你是狐狸的话⋯⋯"

"我现在不想跟你讨论这个事情,警官马上回来了。"威廉爵士说。

"你们牢房的条件挺好。威廉,谢谢你。"医生说。

威廉爵士和警官离开后,约翰·杜利特开始活动开了。他很想知道他在阿什比的那些动物怎么样了。约莫半个小时后,一个警察来到牢房门口。

"医生,很抱歉。那几个愚蠢的警卫员他们抓错人了。现在已经撤销了对你的控诉。约翰·杜利特先生,你现在自由了。"

"谢谢,我马上走。不过你们这牢房是我待过最好的牢房。不用跟我道歉,我睡得挺舒服的。我还有事儿先走了。"

"再见,约翰·杜利特先生。"警察说。

到了门口医生才想起来自己身上没有钱,怎么坐车回阿什比。他想着:"不知道威廉会不会借点钱给我。"

不过警察告诉他威廉去打猎了,得明天早上才回来。于是医生又离开了。可走到门口,他又停了下来想:"我要把面包带走。我现在身无分文,面包很有用。"于是他又回到牢房。

"打扰你了,我是回来拿面包的。"

医生出去的时候,专门到警卫室问了面包师傅的名字,然后带着半片面包走了。

第四章 狐狸妈妈莱特斯德

医生虽然身无分文,却很开心地走了一路,他穿过港口小镇到了市中心,那里是东、南、北三条公路的交叉点。

医生参观了精美的古建筑市政厅,然后往东行。刚走了两三步,他觉得自己不能按原路返回,于是决定从其他路走。他选择从南边的道路回阿什比,如此就可以绕过苏特湖村了。

那是一个愉悦的早晨,阳光明媚,麻雀唧啾地叫着。医生胳膊底下夹着半块面包快乐地赶着路,没多久就到达了郊外。中午时分,医生经过一个路口,那里有一块路牌写着"距离苹果堤十英里",指向十分美丽的一条乡村小道。

"这条道路可真美,方向也对,而且我很喜欢苹果堤这个名字。"医生自言自语。

虽然他离港口镇不远,医生决定沿着这条路去苹果堤。

到了正午时分,医生想着应该先找到一条小溪喝点干净的水。他注意到右边的路通向一片树林和灌木丛。

"我敢打赌那里肯定有一条小溪。这真是一个不错的小镇。"医生低声说着,然后他爬过树篱,穿过草地,果然发现了一条小溪。医生喝了水倚在树下吃起了面包。

一只鸟儿在他身边跳来跳去,医生分给他一些面包屑。那只鸟儿来的时候,医生就发现他有点不对劲,于是给他检查了一下,发现他的羽毛都被焦油粘在一起变得硬邦邦的。约翰·杜利特帮他理好了羽毛,他就飞走了。医生决定在此地稍作休息再上路,于是他倚着身后的橡树很快就听着潺潺的流水声进入了梦乡。待他醒过来的时候,却发现身边多了四只狐狸。

"医生下午好。"狐狸妈妈说道,"我叫莱特斯德。我听说过你很多事情,真没想到在这儿遇到你。我是听一只鸟儿说你在这儿的,于是我才过来找你。"

"很高兴见到你,我能为你做些什么吗?"医生问。

"这是我的孩子。他们之中有一只的前爪子好像有问题,你帮他看一下。"狐狸妈妈指着一群小狐狸说。

"小朋友们到我这儿来。"医生说。

"其他的孩子都很会跑,唯独他从来都不会跑。有次因为他,我们大家差点被猎狗追上送命。医生你给他查一查吧。"

"他是平足,爪子上的肌肉没有力气,所以不能抓着地面。你得监督他早晚练习握爪的动作。"医生说完站起来给狐狸妈妈示范动作。

"如果你让他每天练习二三十次,他应该很快就可以跑起来了。"

"医生,我真的太感谢你了。可是他实在是太调皮了,我根本不能让他每天练习。蒲公英,听到没有,医生说每天早晚都要踮起爪子练习三十次哦,我可不想要个平足的小孩子。我们一直是……哦,天哪!你听!"

狐狸妈妈不再说话,而是露出一脸恐惧的表情,尾巴也直直地竖着。在一阵短暂的寂静之后,从东北角传来的声音惊动了每只狐狸的心。

"号角!猎人来了!那是猎人的号角!"狐狸妈妈牙齿打着颤说。

医生看着这四只可怜的狐狸,突然想到以前某个夜晚在黑莓树下遇到的一只奄奄一息的老狐狸,从那之后他一生都在跟猎人作斗争。

当号角声再次响起时,狐狸妈妈发了疯似的围着小狐狸转,她悲伤地说:"我该怎么办?我的孩子们。如果没有他们,我也许还能逃过一劫。我怎么会蠢到在大白天带他们来见你?可是我又怕天黑了你就走了。一路上我们逆风行走,肯定留下了气味。我真是个傻子!我该怎么办?我该怎么办?"

号角第三次吹响的时候,猎狗离医生他们越来越近了。三个小家伙蜷缩在狐狸妈妈身下。

医生此刻脸上却透出坚毅的神情。

"你知道那是些什么人吗?"医生问。

"可能是哈勒姆猎犬,也可能是伯克利高地的猎犬,前者的可能性更高一些。他们是这一带最厉害的猎犬。上个星期他们追我时,我姐姐也在,就被捉住了。我真不应该把孩子们带出来的。"

"别担心,即使是那些猎犬,他们今天也休想抓走你或者你的孩子们。让孩子们到我袋子里来。你可以躲到我衣服里,把爪子放到我后面的口袋,我系上扣子就行了。你可以呼吸吗?"

"可以的。但躲起来是没有用的,猎狗会闻出我们的气味。"

"我知道。但人却闻不出你们的味道。我可以对付猎狗,但你们必须不能让人看到。尽量保持不动,不管发生了什么都不要动或者跑出去。"

医生身上挂着四只狐狸站在这片茂密的树林里等着那些猎犬过来。

号角声、马蹄声混杂着人群的声音越来越近,很快医生从树枝缝里看到山顶上出现的一群猎犬。那只领头犬正嗅着风中狐狸的味道,其他的猎犬跟着他过来了,跟在他们身后的是那些穿着红色上衣骑着马的人。

最前面的就是威廉·皮波堤爵士。他们停在了半山坡,爵士对身边骑着灰色马的人说:"琼斯,他们正往矮树林冲去,别让猎犬在我们之前冲进去。看好盖洛威,他冲在最前面。注意盖洛威!"

然后那个骑着灰色马的人扬起长鞭策马向前叫着:"盖洛威!过来!"

医生从树叶间看过去,发现领头犬已经很近了。但受过良好训练的盖洛威突然停在了几英尺远的地方,等待着其他人过来。

很多骑马的人从山那边冲了过来,其中有骑着矮脚马的牧师,骑着老马的乡下老爷子,骑着高贵的马的太太,还有附近的一些绅士们。

"天哪!"医生低声咕哝着,"还有比这更幼稚的事情吗?一大群人搞出这么大动静,就为了追一只可怜的狐狸。"

在人们的指挥下,猎犬分散着包围了树林。人群开始吵闹起来。

"他们无处可逃了。"牧师兴奋地笑着说,"猎犬们停在这儿就是最好的说明。我们一定会抓住他们的。"

"哼,没门!我才不会让你们得逞!"医生嘀咕着。

173

那些猎犬到处跑着嗅着气味,只待一声令下就冲进来。

这时医生站在空地上,他不知道猎犬会从哪个方向冲过来,只能用手紧紧捂着口袋。冷不防医生就被四只猎犬扑倒在地。

"滚开!把他们领走。你们别想跟我抢狐狸。"医生用狗的语言说。

听到这话,猎犬顿时认出了眼前的人。

"医生,对不起。我们不知道是你。我们在外面的时候,你怎么不叫我们?"

"怎么喊你?声音那么大。盖洛威,赶紧把你的手下带走。"医生生气地说。

"是,医生。不过你口袋里可不止藏了一只狐狸。"盖洛威说。

"一家狐狸,我要保护他们全家。"医生说。

"可以给一只我们吗?你知道狐狸他们专吃兔子和小鸡,也不是什么好东西。"盖洛威说。

"不给。你们有人养着,他们也得活下去啊。"医生说。

就在那时威廉·皮波堤爵士出现了。

"杜利特!你看到狐狸了吗?我的猎犬追着他们来到这儿。"

"威廉,即使我看见了也不告诉你。"医生说。

"不可能啊,他们怎么会跟丢呢?"威廉·皮波堤看着在树丛里徘徊的猎犬说,"我知道了,肯定是你身上那股子鱼味作怪!天哪!"

就在那时传来猎人的叫声,猎犬发现了南部的一些狐狸气味。下了马的威廉爵士立即跨上马去,他喊道:"杜利特,你误导了我的猎犬,我真不该放你出来,我该把你关在监狱的。"

树丛中的猎犬已经跑远了,威廉爵士也准备离开。这时医生才想起跟他借钱,于是跑过去问:"威廉,你能借点钱给我吗?我没钱回阿什比了。"

威廉爵士勒住缰绳转过身说:"约翰,我借给你一镑一先令。你赶紧走吧,别在这儿误导我的猎犬,耽误我狩猎了。"

"威廉,谢谢!我回去就把钱还给你。"医生把钱放到口袋里说。

看到那些人越走越远,医生自言自语说:"我真不能理解这群人的行为。真的无法理解!一群成年人居然在野外骑马吹着号角追赶小动物。真幼稚!"

第五章 杜利特安全锦囊

小溪后面有树木作掩护,医生回到那里把狐狸一家从口袋里放到了地上。

狐狸妈妈说:"我常听别人说约翰·杜利特是一个伟大的人,直到今天我才真正见识了你是怎样的一个好人。我不知道该如何感谢你。"

"你不必感谢我。说实话虽然我跟威廉·皮波堤爵士借了钱,可是我很害怕。多年来我一直试着说服他不要猎狐,他以为是我身上的味道误导了猎犬。"

"这些猎犬可不容易误导。盖洛威那只巨大的野兽简直让人害怕,他的鼻子特别灵敏,如果哪只狐狸被他盯上了,那准没救了。"

"你之前也被追过?他们经常追着猎物吗?"医生问。

"是的,我们也只是运气好或者因为天气原因才能逃脱。风向至关重要。如果猎狗是顺风嗅到味道,他们逆风追,我们就必死无疑。除非有很多掩护,我们才能比他们先回来,然后绕到他们后面。可是乡村的地方通常都很开阔,根本不给我们机会逃生。"狐狸妈妈说。

"嗯,我明白了。"医生说。

"有时在猎狗追逐的过程中,风向会发生变化。不过这种运气微乎其微,我只碰到过一次这样的情况,因为风向的改变而得以脱险。那时是十月份,微风拂面,天气潮湿。我穿过索普农场附近的草地时,恰好听到了猎狗的声音。当我确定了他们身处的方向时,我就知道自己处于劣势,如果我要脱险的话必须拼命奔跑。我对周围的环境十分熟悉,于是我对自己说一定要竭尽全力去跑,这是唯一可以活下去的机会。

"现在的托弗姆柳树地区是一个巨大茂密的禁猎地,距离西部约五十英里。我和它之间隔着很长一段空荡荡的土地和丘陵,如果我能到达那儿就有救了。因为那里荆棘丛生,地形复杂,人和马都无法进入,也容易让我藏身。

"我尽量往外奔跑,希望拉长我跟那些猎狗之间的距离,可是他们还是一下子就看到了我。骑马的人也跟着策马过来,然后整个猎犬军团像地狱的恶魔那样穷追着我不放。我足足跑了十五英里远。托弗姆柳树这一侧的遮蔽物仅仅是一些低矮的石头围墙,没有哪个狐狸会傻到藏在那些墙下面。我在奔跑中跳过了那些墙,每次我的尾巴扫到墙上时,猎犬都会嗷呜地叫着。

"到了距离柳树地区大约三英里的地方,我的心绞痛起来,我的眼睛变得很疼,不能看东西。然后我被一个石头绊倒了,我站起来蹒跚着往前跑。托弗姆柳树地区就在眼前,但我却一点速度都没有。一开始我跑得太快了。"

狐狸妈妈停顿了一下,竖着耳朵,嘴巴微微张着,眼睛紧紧盯着一处,那神情好像她又回到了那个可怕的日子,经历那场可怕的追逐。最终她看到避难所时,她发现就在死亡猎犬穷追着她时,自己早已用尽了力气。

她用一种低沉的声音继续讲下去:"看上去我已死到临头了,猎犬们还在加速。就在那时风向突然变了!

"天哪!如果现在有个水沟或树篱就好了!我会让他们绊倒!可在开阔地带视野不受阻碍,气味并不重要。我跌跌绊绊地往前走着,突然看到左边的山脊上有一些欧洲蕨丛,虽然很小但数量很多,零星地分布在那里。我当下决定改变方向,往山脊那边跑去。我仍然领先猎狗们一段距离,于是我闪进了蕨丛。在这十四英里的追逐战中我第一次躲过了敌人的视线。之后我一个蕨丛一个蕨丛地跑着,在整个地方留下自己的味道。然后我从另一侧跑下山脊,找到一条通向柳树区的水渠,从那里沿着以前的方向继续往前跑。

"直到那时我的步伐才好了一点。我期待只要我躲开那些猎狗的视线,改变的风向带来不同的气味会迷惑他们。从水渠里蹒跚着往前走时,我往外偷偷瞄了一眼,看到那些猎狗在欧洲蕨那儿到处闻着。如果风继续把我的气味吹到猎狗那儿,那他们中早晚会有人嗅出我的味道并追踪过来。

"可是就是那段短暂的拖延,让我有时间找到一直以来要找的藏身之处。我精疲力尽地爬到了托弗姆柳树地区,把自己抛到地上休息起来。谢天谢地,谢谢风救了我一命。"

"真是个有趣的故事。"狐狸妈妈结束了故事后,医生评论说,"从你刚才讲的故事我觉得如果能够对付猎狗灵敏的嗅觉,你们就很容易脱身,对吗?"

"当然。在几乎所有的狩猎乡村中,如果不是因为猎犬嗅觉灵敏的话,我们狐狸就能找到藏身之所躲避他们。每次在他们看到我们之前,我们就能看到他们在很远之外的地方。如果能让猎狗闻到错的气味,我们狐狸就能轻易脱身。"

"我知道了,现在我有一个想法。"医生说,"你觉得如果让你们狐狸的味道变成其他味道呢?我是说不是狐狸的味道,是猎狗不喜欢的味道。那样他们就不会追踪你们了,你觉得怎么样?"

"只要他们不知道是狐狸带着这种气味就行。如果是他们讨厌的味道也许就不会追踪了。"

"我就是这个意思,对他们进行气味迷惑。如果气味强烈到足以掩盖你们本来的味道,我们就成功了。现在看这个东西。"医生说着从口袋里拿出一个黑色的钱包,里面装满了干净的小瓶子,"这是一个医药箱子,其中有些药气味刺鼻。你试试一两种……来试一下这种。"

医生打开一个小瓶子的盖子拿到狐狸妈妈的鼻子前面,狐狸妈妈嗅了一下就退到后面去了。

"我的天哪!"她叫出声,"好强烈的味道,这是什么?"

"这是樟树的味道。现在试试另外一种桉树的味道,闻一下。"

"原来这就是桉树的味道!"

狐狸妈妈把鼻子凑到第二瓶上,这一次她叫着往后退了三步。

"天哪!特别冲眼睛!这个味道更浓烈。快盖上盖子,医生!"狐狸妈妈一边用爪子揉着鼻子一边说,"这味道让我想掉眼泪。"

"好了。"医生说,"虽然这些药味道浓烈,但只要你不喝下去,其实他们对你没有害。我们会用来治感冒等病状。现在你觉得一只狗还能摆脱这个味道吗?"

"我得说他们还是能摆脱的,"狐狸妈妈嘟囔着说,"那些猎狗会追上一英里远。任何一只狗只要沾上那个味道,一天都闻不出其他的味道。狗的鼻子都很灵敏,尤其是猎犬。"

"很好!"医生说,"看着,如果把这个小瓶子塞紧包到手帕中,就不会有味道出来了。你可以用嘴叼着它。试一下让我看看这个适不适合携带。"

狐狸妈妈小心翼翼地把卷着小瓶子的手绢叼在嘴里。

"你看到了吗?"医生一边拿回瓶子一边问,"这个没有毒,一旦闻了这个味道就闻不到任何其他味道了。想想把手帕放在地上,拿一块很重的石头砸那个手帕,砸碎里面的瓶子让药品流出来染到手帕上,然后气味就很浓烈了。现在你知道我是什么意思了吧?"

"安静点。"狐狸妈妈对着她孩子说,"蒲公英,安静点,别玩我的尾巴。"

"蒲公英,别玩我的尾巴!"

"如果你躺到手帕上滚一下,你身上也会有这种强烈的味道。"医生继续说,"我觉得再也没有猎狗会跟着你了。一方面,当他们追踪到你的气味时,他们不知道这是什么;另一方面,就像你说的那样,这些味道如此强烈,他们得跑上一英里才能摆脱掉。"

"他们肯定能跟上。"狐狸妈妈说。

"现在我给你一瓶药水。你想要哪一瓶,樟树味或者桉树味?"

"这两种都很难闻,你能把它们都给我吗?"

"当然。"医生说。

"谢谢你。你有两条手帕吗?"

"给你一条红的,一条蓝色的手帕。"

"太好了。那样我就可以让崽子们变成樟树味,我自己变成桉……桉味。"

"是桉树味。"医生纠正说。

"这个名字不错,可以给我另外一个崽子用。我想了很久才想到,他们三个叫蒲公英、大蒜和桉树。"

"莱特斯德的三个儿子太可爱了,"医生看着这些在橡树边玩耍的狐狸幼崽说,"你得注意怎样用手帕包住瓶子。如果你操作不当的话,可能会伤到自己,必须得保证包得足够厚。我兜里有绳子,我看还是我来包好了给你挂着吧。"

约翰·杜利特包好瓶子后递给了狐狸妈妈。

"你要记住一直带着这些瓶子。"医生说,"只要听到猎狗的声音就立马打破瓶子,把液体倒到后背上。那样什么猎狗都嗅不出你来。"

狐狸妈妈千万感谢之后,约翰·杜利特继续踏上回阿什比的旅程。

可是医生没想到的是他这个锦囊妙计的效果如此之好,狐狸妈妈和她的孩子一起安全地返回自己的窝。

那天晚上在回去的路上,狐狸妈妈和她的孩子们又被搜寻无果返回的猎狗察觉到了。

狐狸妈妈刚发现这一点,猎狗就已经到了后面,于是她立即拿起石头砸碎了药瓶。瞬间整个空中就飘着浓烈的药水味道。

即使整个药水让狐狸妈妈泪流满面,她还是自己在沾满药水的手帕上滚了一下,让孩子们在另一条手帕上滚了一下。

狐狸妈妈和她的孩子们散发出浓烈的药水的味道,飞快地穿过一片广袤的牧场往家里赶去。猎狗看到他们从开阔地上跑远,从另一侧跑过去想要在狐狸到达牧场底部的灌木丛之前抓到他们。

因为莱特斯德还要照顾一个平足的幼崽,所以她没有办法全速奔跑。猎狗们完全有机会追上。

盖洛威还是这群猎狗的领头。猎人经过一天无聊的追逐后,终于看到了一线虐杀的机会,欢呼着策马前进。

这次风向没有改变,但却在离猎物五步的距离突然停了下来。

"琼斯,盖洛威怎么啦?"威廉爵士咆哮着,"他居然坐下来眼睁睁看着狐狸逃走了!"

突然晚上的风就开始往东面吹,带来一股味道。一群猎犬改变了路线,惊恐地奔出了牧场,就连马匹都竖起了耳朵,从鼻子里发出呼哧声。

"我的天,出什么事了?"威廉爵士问,"药水味。琼斯,什么味道?"

可是琼斯正在马上挥着长鞭子想把那些散开的动物都聚集到一起。

那天夜里,莱特斯德安全到达了自己的巢穴,安顿好自己的孩子。她在做这些的时候不禁自言自语道:"他真是个好人,一个伟大的人。"

可是第二天早上,狐狸妈妈出门去找食物时遇到了一只狐狸。那只狐狸一闻到她的味道,连早安都没说就跑得无影无踪了,好像她是瘟疫似的。然后狐狸妈妈才发现自己身上的新味道有利也有弊。她的亲戚都不再靠近她，而其他狐狸窝也不允许她和孩子们去。不久之后，狐狸社会都知道莱特斯德可以去她想去的一切地方，而不必担心会被猎狗盯上。杜利特医生于是开始收到很多神秘的报信者来向他索要桉树味道的药水。医生于是送去几百瓶用手帕包裹的药水到那个地区。后来一到狩猎期，整个地区的狐狸都会配上一个"杜利特安全锦囊"。

最终的结果就是在这个地区再也看不到著名的迪彻姆猎犬了。

"没用的，"威廉爵士说，"在这一区我们不能猎狐，除非我们能驯养一些桉树猎犬。我赌上全部身家，这绝对是杜利特搞的把戏。他总说要阻止猎狐运动，看这个郡现在的情形，他是做到了。"

第四部分

第一章　重返马戏团

约翰·杜利特现在兜里的钱还够付车费,他打算找一辆可以去阿什比方向的马车。

在苹果堤村,杜利特从一条乡间小道来到一条大一点儿的公路上。问了村里的铁匠,医生知道公共马车经过这里,而且半小时之后就会有一辆从这儿经过。医生在苹果堤村引以为豪的一家小商店里买了些太妃糖,来到路边等车。他吃了些糖打发时间。

下午四点钟来了一辆马车,把他带到了下一个镇上。夜里医生乘到一辆去东部的马车。黎明时离阿什比镇就只剩下十公里的路程了。余下的路程,为了安全起见,医生决定还是走路。他刮了胡子、吃了早饭,稍作休息后,就出发上路了。刚走了一段路,他就听到远处传来汪汪的叫声。其中一个老妇人拦住了他,想要给他算命。医生不想算命,但是被揪住聊天。在聊天的过程中,医生谈到了布鲁萨姆的马戏团。那些吉普赛人听后告诉他马戏团已经不在阿什比了,但只是去了下一个城镇而已。

医生刚问清楚去下一个城镇的正确路线之后,吉普赛人嘱咐他,一个骑着马车往布鲁萨姆马戏团去的人一个小时之前刚从这儿经过了。他们觉得如果医生快一点的话,肯定能赶上他,因为那人骑了一匹很慢的马。

从这儿去马戏团接下来要表演的地方路线很复杂,医生觉得如果跟认识路的人一起走的话,也许更容易一些,因此告别了吉普赛人之后,他就开始匆匆地寻找那个跟他一样要去布鲁萨姆马戏团的人。

沿途不断地跟徒步旅行的人问路,医生才能够跟上那个男人的路线。中午时分那个男人停在路边吃午饭,医生这才赶上了他。他的马车与众不同,四周全都画着广告。"使用布朗医生的油膏"、"要拔牙,找布朗医生"、"布朗糖浆,药到病除"、"布朗药片……"等等。

约翰·杜利特看了所有的广告后,走向那个坐在路边吃面包和芝士的胖男人。

"打扰一下!"他有礼貌地说,"请问是布朗医生吗?"

"我就是布朗,"男人嘴里塞满东西回答,"我能为你做点什么?你要拔牙吗?"

"不,"医生说,"我听说你要去布鲁萨姆马戏团,是吗?"

"是的。我在斯托贝里遇到过马戏团,怎么啦?"

"我正好也要去那儿,"医生说,"如果你不介意的话,我觉得也许我们可以搭伴一起走。"

布朗医生说他不介意。吃完饭后,布朗邀请杜利特坐他的马车一起走。马车内好像就是制药的地方,那些贴在马车外的广告上的药。就杜利特看来,这里最重要的东西也就是猪油和沙拉油。布朗看上去是个粗汉子,并不像真正的医生。现在医生开始问他一些问题,比如在哪儿获得的医学学位,在哪儿学的牙医专业等等,布朗不喜欢这些问题,似乎被医生的盘问惹怒了。

结果约翰·杜利特得出了结论,这人就是个江湖郎中,卖假药的,他决定还是自己一个人走,于是不等布朗医生就先走了。

医生意识到马戏团就快到了是因为他听到了不远处吉普的叫声,还有另外两种叫声掺杂在其中。拐了一个弯,他看到吉普、托比和斯维茨尔在一棵橡树下追着一只大黑猫玩耍,再往前一点一辆大篷车正在往前开。

一看到医生,三只狗就把那只猫完全抛在了脑后,从路上跑过来。

"医生!医生!"吉普喊着,"事情咋样了?苏菲成功脱身了吗?"

三只狗全都跳到医生身上,医生一下子要回答一堆问题。一路上他都在讲这一路的冒险之旅,之后回到大篷车里他又给其他人讲了一遍这些故事。

哒哒忙着为医生准备了一些茶和早餐之类的吃的,还让其他动物把床单拿出去吹吹风,好让医生睡个好觉。

马修·穆格一听到他好朋友回来的消息,就过来加入了聚会,于是医生又把故事讲了一遍。

"医生,干得漂亮。"卖猫粮的说,"布鲁萨姆从没有怀疑你跟这事有关。"

"那哈金斯怎么样了?"医生问。

"哦,现在他做一些老实活儿,在阿什比当马厩工人。那是个不错的工作!马戏团也没什么影响。"

"布鲁萨姆有没有其他的节目代替苏菲的表演?"医生问。

"没有。"马修说,"我们只是少了一个节目而已。现在大力士赫拉克利斯也回来工作了,表演还是一如既往地吸引人。"

"医生,咱的节目可是赚了很多钱。"图图说,"你猜上周推推拉拉赚了多少钱？"

"多少啊？"

"整整二十英镑九先令六便士呢！"

"哦，天哪！"医生惊呼出来，"这么多！一周赚二十英镑！我当医生最赚钱的时候也没有这么多。照这样发展下去，我们很快就不用在这儿待着了！"

"医生，你说不干了是什么意思？"托比把头搭到医生膝盖上问。

"嗯，我们本来就不打算一直干这一行。"约翰·杜利特说，"在泥塘镇我还有自己的工作要处理。嗯……有很多事情。"

"我本来以为你能跟我们在一起很长一段时间。"托比难过地说。

"医生，你不是说要建立杜利特马戏团吗？"斯维茨尔问，"你难道不打算试一试吗？试一试我们曾经讨论过的全新的表演？"

"医生，这真的是很棒的主意。"吉普插嘴说，"医生，所有的动物都很期待这个计划，他们甚至都在研究自己那一部分的表演细节了。"

"医生，开个我们自己的剧院吧，完全属于我们动物自己的剧院，你觉得怎么样？"咕咕说，"你走之后，我还写了一个剧本叫'烂番茄'，我扮演搞笑的胖太太的部分。我心里已经把台词背了千万遍了。"

"那你有想泥塘镇的那个家吗？我就想知道这点。"哒哒生气地扫掉桌子上的面包屑问，"你们所有人都想着自己开心。你们有想过医生吗，他想要的是什么？你们从没想过那座房子会再次荒废了，花园再次变成丛林。医生也有他自己的工作，他的家，他的生活要过。"

这位鸭子管家发飙之后，大家都沉默不语。托比和斯维茨尔惭愧地躲到桌子底下去了。

"嗯，"医生最后说，"哒哒说得有些道理。我认为只要推推拉拉赚到足够的钱还给水手。再余一些下来，我们就考虑离开马戏团。"

"哦，天哪！"托比叹了口气，"杜利特马戏团一定会成为一个顶尖的马戏团的!"

"嗨!"咕咕说,"我可以把胖太太这个角色演好,我一直觉得我相当有喜剧天赋。"

"哼!"哒哒轻蔑地哼着,"上周你还说自己最好去卖蔬菜呢!"

"好吧,"咕咕说,"我可以两者都做,做个演喜剧的卖蔬菜的人。不可以吗?"

那天夜里布鲁萨姆马戏团到达了斯托贝里镇。与往常一样,他们在第二天天亮之前做好一切的准备工作,搭好帐篷和舞台,为展览做好准备。

一听到医生回来的消息,布鲁萨姆就过来看他。从他所有的表情中,约翰·杜利特发现他并没有怀疑自己的"出差"之旅。

那天早上去医生展台的另一个人是大力士赫拉克利斯。他一直铭记着受伤期间医生对他的照顾,现在他很高兴这个朋友回来了。可是只谈了一会儿,他就要去上台表演了。医生跟他一起去了表演台。

返回马戏团的兽栏时,经过耍蛇人法蒂姆的帐篷,医生闻到了一股氯仿的味道,害怕出了事故,他迅速地走进帐篷里面,却没有看到法蒂姆。屋子里的味道更浓,闻着好像是从蛇盒子里散发出来的。医生往盒子里看去,发现六条蛇都已经处于无意识的状态中。其中一条蛇的意识还清醒,于是他告诉医生法蒂姆总是在炎热的天气里用氯仿来迷昏他们,这样在表演的时候才容易控制。蛇说他们讨厌氯仿,吸了之后头很疼。

在这样一个阳光灿烂、愉悦的早晨,有那么一瞬间医生已经忘记了许多动物所处的恶劣的生活条件,这也是让医生讨厌马戏团的原因。现在这个愚蠢残忍的行为再次激发了医生对马戏团的强烈不满,于是他立刻去找布鲁萨姆。

医生在大帐篷里找到了布鲁萨姆,当时法蒂姆也在。医生强烈要求禁止用氯仿熏蛇。布鲁萨姆只是笑了笑,假装自己在忙其他的事情。法蒂姆对医生骂了一些粗话。

约翰·杜利特医生感到很失望很难过,于是他离开了那个帐篷,打算回自己的大篷车去。马戏团的大门开了,人群涌了进来。医生现在正在考虑如何帮助那些美洲黑蛇逃离马戏团。正巧这个时候,一大群人涌到兽栏另一端的一个表演台那儿看节目。

马修正好也过来跟他们会合,一群人开始往表演台走去。医生看到了那个自称是布朗医生的家伙在吹嘘自己的灵丹妙药,只要一剂就能包治百病。

"这家伙与布鲁萨姆是什么关系?"医生问马修。

"哦,他给布鲁萨姆回扣,布鲁萨姆会拿很大一部分。"卖猫粮的说,"我听说他会跟我们去接下来的三个城镇。这买卖做得不错,对吧?"

布朗医生的确很忙。乡下人听了他的吹嘘,纷纷来买他的药。

"去给我买一罐子药,马修?"医生说,"钱拿去,再买一盒子药片。"

"好的。"马修咧着嘴笑了,"不过你肯定知道它们没啥用。"

卖猫粮的照着吩咐买了药膏和药片回来,医生拿着它们进了大篷车里。他闻了闻味道,又从黑色小袋子里拿出药剂进行了试验。

"垃圾!"医生检查好了说,"简直是抢钱。我怎么能参加这种不要脸的行当?马修,帮我拿一架梯子来。"

卖猫粮的人走出去,消失在帐篷后面,不久他扛着梯子回来了。

"谢谢。"医生把梯子扛在肩上,往台子那儿走去,眼中冒着危险的光芒。

"医生,你想干吗去?"马修急急忙忙地跟在他身后问。

"我想去做一场医学报告。"医生说,"如果我帮忙,人们就不会为这些假药乱花钱。"

吉普坐在医生马车门旁,突然竖起了耳朵站起来。"托比,"他喊起来,"医生要去那个卖药的展台那儿。他扛了一个梯子去了,看上去像疯了一样。我怕有什么事情,斯维茨尔,我们去看看。"

约翰·杜利特一到卖药的展台那儿,就把梯子架在卖药的对过。马修·穆格腾出一个空地,以免医生爬梯子的时候,观众会把他推倒。

医生到的时候,布朗左手正拿着一罐药膏。

"女士们,先生们,我手中现在拿的这瓶药膏是世界上最好的药膏。它能治疗坐骨神经痛、腰痛、神经痛、疟疾和痛风。世界上有名的医师都用这些。比利时和波斯的皇室们也都用这些药膏。只要用了这个无与伦比的药膏……"

就在这时,传来了一个更强有力的声音打断了这番演讲。人群都转过头去,看到一个矮胖子戴着顶高帽子,站在梯子上。

"女士们,先生们,"医生说,"这个男人说的都是假的。他的药膏没什么神奇的地方,只是猪油和一点香料做成的。那些药片也没用。我奉劝各位还是不要上当受骗了。"

一时间人群陷入一片死寂。布朗医生绞尽脑汁想要说点什么,人群边上却传来法蒂姆的声音。

"大家不要听他的话。"她指着约翰·杜利特大声说,"他不过就是个卖艺的,根本不懂医术。赶紧把他从梯子上推下来。"

"就一分钟,"医生再次对着人群说,"我确实在马戏团表演,但只是目前而已。我是德拉姆大学医学学士,我会对自己的话负责的。他想卖给你们的药是没用的,我还怀疑他牙医专业的学历是假的,我奉劝各位不要让他给你看牙齿。"

人群开始出现骚动,有些人已经购买了布朗的药,现在又涌向展台去,要求退钱。布朗却不给退钱,对医生的话进行反驳。

"听着,"约翰·杜利特站在梯子上大声喊着,"我要求这个人拿出自己的医学学位证书或者任何其他的证书,证明他是一名合格的医生或者牙医。他根本就是个江湖郎中。"

"你才是假医生。"布朗喊道。"我要告你诽谤罪!"

"把他推下去!"法蒂姆喊道,"揍他!"

可是人们却并没有听从她的话,人群中医生过去的一个病人认出了他,几周之前他还给大力士治过病。一名年迈的女士突然在人群中挥起了伞。

"他是约翰·杜利特医生,"她喊道,"十年前在泥塘镇,他治好了我儿子乔的百日咳。我以性命担保,就是他。他是一名货真价实的医生,西方国家再也没有比他还高超的医生了。另外一个人才是假医生。如果你们不相信约翰·杜利特说的话,你们就等着被骗吧。"

之后人群中到处传来其他七嘴八舌的议论声,越来越多的人挤到布朗的展台那儿,要退掉刚才买的药。

"揍他! 把他推下来!"法蒂姆为了让人听到她的话,大叫起来。

布朗医生推开爬上来要求退钱的两个人,打算继续他的医学演讲。但是从观众头顶上飞过一个瞄得很准的芜菁,砰地砸中了布朗的脸。人群开始混乱起来。但却不是反对约翰·杜利特的,很快空中飞来各种攻击武器:胡萝卜、土豆和小石子。

"抓住这个骗子!"人群大喊起来,"他是个骗子!"

下一刻整个人群开始涌向展台。人们纷纷喊着,挥舞着拳头冲向布朗。

第二章 卖药风波

拥挤的人群如此狂躁,这情形超出了约翰·杜利特医生的预料,他有些害怕起来。他爬上梯子打断假医生的吹嘘,只是为了告诫人们不要受骗上当买这些假药,现在看到人群涌向展台,他不禁开始担心起布朗的安危来。

暴乱最严重的时候,警察来了,他们也很难让混乱平息下来,只能拿出警棍要求大家安静。很多人头被打破了,还有人鼻子流血了。最后,警察认为要恢复秩序只能清理整个马戏团的人。虽然人们要求退票才走,但还是被赶走了。之后警察下令关闭马戏团,等待进一步的指示。

不久指示就下来了。整个事情让斯托贝里镇失了颜面,镇长在中午的时候通知布鲁萨姆,整个马戏团必须立即打包离开。

在这之前,布朗早就逃之夭夭了。但只要约翰·杜利特还在这里,这事儿就没结束。已经恼怒的布鲁萨姆听到镇长的通知后更加生气。每个人都觉得他会爆发出来。一早上法蒂姆都在跟他讲医生的坏话。听到最后这则消息,无疑给马戏团带来巨大的损失,布鲁萨姆几乎全黑着脸。

警察传来命令的时候,很多表演者跟布鲁萨姆在一起。法蒂姆一直在说服这些人去反对医生。

"该死的!"布鲁萨姆暴跳如雷,从车门后面拿起一根拐杖说,"搞得我的马戏团都快关门了,我要去教训他!你们也跟我一起去。"

法蒂姆和周围的四五个表演者挥舞着拳头一起往医生的展台走去。

吉普和马修正好在布鲁萨姆的大篷车附近溜达,一看到他们去找医生,吉普就往医生那儿跑去通知他,而卖猫粮的马修则往完全相反的方向去了。

在去医生的大篷车的路上,布鲁萨姆和他的队伍中又加入一些搭帐篷的工人和其他人。到达医生的车那儿时,已经有十几个人了。不过让他们大吃一惊的是医生居然出来见他们了。

"下午好。"约翰·杜利特友好地说,"我能为你们做些什么吗?"

布鲁萨姆想要说话,但他太气愤了,喉咙里只发出了一些咕咕声。

"你做得够多了。"其中一个人尖声叫着。

"现在轮到我们为你做点什么了。"法蒂姆尖叫着。

"你让马戏团停业,"第三个人咆哮着,"这里是最好做生意的地方,我们一周的收入都没了。"

"一直以来你都在破坏我的表演,"布鲁萨姆最终开口说,"这回你真的是做得太过分了!"

不再说什么,这群愤怒的人在团长的带领下冲向了医生,把他推倒在地一阵拳打脚踢。

可怜的吉普竭尽全力想把他们拉开,可是对着这十二个人,他的力气真的微不足道。他根本看不到医生的人,开始想马修到底去哪儿了。这时吉普看到马修从兽栏的另一边跑了过来,身边跟着一个穿粉红色紧身衣的大个子。

他一到这儿,大力士赫拉克利斯就抓起这些人的脚或者头发,像稻草一样把他们揪到旁边去了。最后大力士赫拉克利斯把现场清理得只剩下布鲁萨姆和医生两个人。这两个人在地上厮打着。赫拉克利斯用粗壮的大手就像抓着一只耗子那样扼住了布鲁萨姆的脖子。

"亚力山大,如果你不住手的话,我就扇你耳光,拗断你脖子。"他轻轻地说。

其余的人从草地上站起来不敢吱声。

"现在,"赫拉克利斯还揪着布鲁萨姆的衣领说,"这是怎么回事?你们都来对付医生是怎么回事?这么多人欺负一个弱小的人,不觉得可耻吗?"

"他去跟人们说布朗的药是假的,搞得所有人都要退钱。"法蒂姆说,"他在一群人面前说布朗是假医生,他才是最大的骗子。"

"你还有脸说别人是假的。"赫拉克利斯说,"我上周还看见你往那些没有毒的蛇身上画圈圈假装是毒蛇。这个男人是个好医生,他治好了我断了的肋骨。"

191

"他搞得马戏团必须离开这个镇,"其中一个男人吼着,"我们从阿什比赶了三十英里的路,什么都没赚到。现在还要走四十英里才能赚到一个子儿,那就是你口中好医生干的事儿!"

"我不会让他再跟着马戏团了,"布鲁萨姆说,"我受够他了。"

布鲁萨姆挣脱了赫拉克利斯的钳制走到医生那儿,用一根手指指着他的脸说:"你被开除了,知道吗?今天就滚出我的马戏团,现在就滚!"

"很好。"医生平静地说完就走向了自己的马车。

"等等,"赫拉克利斯叫住医生,"医生,你要走了吗?"

约翰·杜利特停下脚步转过身来。

"嗯,赫拉克利斯,"医生犹豫不决地说,"这个问题很难回答。"

"他想干吗跟我们没关系,"法蒂姆说,"老板已经开除他了。就这样,他必须走!"

医生看到这个女人嘲讽的眼神就想到那些蛇,然后他又想到马戏团里的其他动物,他想改善他们的生活环境。贝普这匹老马在很多年前就该退休了……就在医生犹豫不决的时候,斯维茨尔把湿润的鼻子伸到医生手上,托比拉着他的衣服。

"赫拉克利斯,我并不想走。"医生最终说,"考虑种种事情,我并不想走。但是如果我已经被开除了,我也没办法啊,不是吗?"

"不,"大力士说,"可是其他人有办法的,快看这里……"他抓住了布鲁萨姆的肩膀,在他鼻子下挥着大拳头说,"这个男人是个诚实的人。布朗才是个骗子。如果医生走的话,我也会走。如果我走的话,我侄子和'空中飞人'也会跟我一起走,而且我觉得小丑霍普也会跟我一起离开。你现在觉得怎么样?"

亚历山大·布鲁萨姆这位自称是地球上最大的马戏团的老板,现在又恐慌又纠结地黑着脸。海豹苏菲不在了,如果现在大力士、空中飞人、最好的小丑以及推推拉拉都走了的话,他的马戏团就不存在了。他在盘算的时候,法蒂姆露出一脸凶恶的表情,如果目光可以杀人的话,赫拉克利斯和医生都不知死了几次了。

"好吧,"布鲁萨姆最终换了种语气说,"我们来友好地谈论一下,不要伤了和气。如果只是因为我们在一个城镇遇到困难就解散马戏团,真是没道理。"

"如果我留下来的话,"医生说,"我在的时候,就不能卖假药。"

"哼!"法蒂姆嗤之以鼻,"看他又要干什么?又来了。接下来难道他还要告诉我怎样经营生意?"

医生说:"这个女人以后再也不准控制蛇或者任何其他的动物。如果你要我留下来的话,她就必须走。我会用自己的钱从她手里买下她的蛇。"

法蒂姆气得直叫,可是事情最后还是和平解决了。但是那天夜里,图图坐在马车的台阶上跟猫头鹰兄弟聊天的时候,哒哒泪眼婆娑地走过来说:"我真不知道该拿医生怎么办。我真的不知道该怎么办。他把盒子里所有的钱都拿走了,十二英镑九先令六便士,这是我们存起来回泥塘镇的盘缠。你们知道他去哪儿花钱了吗?他买了六条胖蛇回来了!还把他们放在我的面粉箱子里,直到给他们找到合适的床铺为止!"哒哒又哭了起来。

第三章　尼诺

约翰·杜利特觉得自从耍蛇人法蒂姆走了之后,马戏团的生活变得好多了。以前他不喜欢马戏团,很大程度上是因为他觉得自己没办法改善动物们的生活环境,可现在看来他帮助苏菲成功回到丈夫身边,帮助这些蛇摆脱了氯仿的毒害,还成功制止了卖假药的行为,现在医生开始觉得自己在这儿做了很多有意义的事情。

自从假药风波之后,布鲁萨姆对医生尊敬多了。老板深知推推拉拉是一棵摇钱树,如果不是镇长勒令马戏团停止活动让他怒从中来,如果不是法蒂姆总在耳边煽风点火反对医生,他无论如何也不会辞退医生的。

因为斯托贝里发生的事情,久而久之约翰·杜利特的受欢迎度提升了。虽然法蒂姆曾经煽动大家反对医生,可是她本人几乎不受任何人欢迎,她被逐出马戏团后,之前马戏团因为医生遭受损失的事情就逐渐被大家淡忘了。

然而要说医生在表演者中间真正树立起威严来,那还得从会说话的马生病了那天说起。

整个马戏团来到了一个叫做桥镇的地方,这是个大型的工业中心,布鲁萨姆认为在这儿可以大赚一笔。整个马戏团的演员和动物们都上街宣传去了,有的派发传单,有的张贴海报。等到对外开放的时候,马戏团门口挤得人山人海,可以说这是马戏团迄今为止最好的一周。

两点钟的时候,大帐篷里的表演要开始了(这里的表演要额外收六便士),在入口处贴了一张大大的节目单:马术演员萤火虫小姐、"空中飞人"品脱兄弟、大力士赫拉克勒斯、滑稽小丑霍普、喜剧天才斯维茨尔小狗、跳舞的大象乔乔,还有压轴的世界著名的会说话的马——尼诺。

实际上这匹马只是布鲁萨姆从一个法国人手中买下来的一匹普通的白色矮脚马,不过他受过训练,能够看人的手势作出相应的反应。在节目中,尼诺并不是真的会说话,只是做出踩蹄子、摇头、点头多少下,以此回答布鲁萨姆提出的问题。

"尼诺,现在回答我,三加四等于多少?"布鲁萨姆问。之后尼诺就会踩七下地面。如果答案为是,尼诺就会点头表示;如果答案是否,尼诺就会摇头。当然,他根本不知道布鲁萨姆会问什么问题。他之所以知道答案是因为看了布鲁萨姆暗中所做的手势,比如他挠耳朵时,尼诺就得说

"是",他双臂交叉的话,尼诺就得说"否"。这些都是布鲁萨姆严格保密的马戏团的秘密。不过医生通通都知道这些把戏,因为尼诺已经全部告诉他了。

因为这个节目一向最受欢迎,于是布鲁萨姆总是把这个节目放在宣传广告最重要的位置上。孩子们都喜欢问这匹马问题,并期待看到他用蹄子或者头来回答问题。

马戏团在桥镇演出的第一天,开场不久杜利特医生跟老板在化妆室聊天,那时总管马厩的人慌忙地跑了过来。

"布鲁萨姆先生,出事儿了。"他喊道,"尼诺生病了!他躺在地上闭着眼睛,根本站不起来了。可是这个节目再过十五分钟就要开始了,我们该怎么办啊?"

布鲁萨姆匆匆忙忙地跑向马厩去,医生也跟着去了。到了尼诺的马厩,他们看到尼诺躺在地上呼吸困难。好不容易让他站起来,没走两步就又躺在地上无法动弹了。

"真是倒霉透顶!我们重点宣传的就是尼诺的节目,如果他不能演出的话,我们怎么跟观众交代?"布鲁萨姆不满地说,"这样一来整个一周的演出都没了。"

"尼诺发烧很严重,"医生说,"我估计他今天不能离开马厩了。你快点去跟来的观众解释一下。"

"绝对不行!他今天无论如何都要上台表演,不能出错。"布鲁萨姆叫起来,"如果他不出场的话,观众就会要求退票,就像上次那样……"

就在那时一个男孩子跑了进来问:"布鲁萨姆先生,还有五分钟就两点钟了,皮尔斯让我来问问你怎么样了?"

"第一个节目我主持不了了。"布鲁萨姆说,"我得把尼诺安排好了才行。"

"可是鲁滨逊还没有回来,我们没有主持人了。"男孩子说。

"今天怎么这么倒霉！演出得有主持人才行啊！"布鲁萨姆说，"可我得安排好尼诺才行，怎么办呢？"

"老板，"布鲁萨姆身后传来一个声音，他回过头看到了马修这个斗鸡眼。"我能替你去主持一下吗？你的台词我都背下来了，我可以像你那样介绍每一个节目……我保证不会出岔子。"

"这个……"布鲁萨姆上上下下打量了他半天，"我怎么看你都不像主持人。不过现在这种情况下，也没有办法，你跟我来吧！快点，我把衣服给你。"

接着医生照顾尼诺，布鲁萨姆跟马修一起去化妆室了。在西奥多西娅的帮助下，马修被打扮成了一个马戏团的主持人，擦了胭脂水粉，还装上了一个假胡子，当他走进表演场地的时候，看到人山人海，他觉得自己这一辈子也圆梦了。一想到这儿他不由自主地自豪地挺起了胸膛。这时候在帐篷门缝里偷看的西奥多西娅也为丈夫取得的成就感到自豪。

医生为尼诺做了细致的检查，认为他的身体状况不可能及时恢复去表演了。医生拿出黑色小包里的药片给尼诺吃了两片。这个时候穿着紧身套衫和法兰绒西裤的布鲁萨姆又匆匆忙忙地赶回来了。

"布鲁萨姆先生，今天这匹马是无法表演了，"医生说，"可能至少一周他都不能表演了。"

"天啦，"布鲁萨姆团长绝望地挥舞着手说，"我们完了！一切都完了！斯托贝里那儿搞砸了。现在在这儿又出岔子了，看来这生意是没法做下去了。尼诺可是我们这儿的王牌节目。如果他不上场的话，没有可以代替他的节目了。观众肯定会要求退票。我真的要破产了！破产了！"说完布鲁萨姆伤心地瘫倒在地上，医生看着他。就在这时，尼诺旁边的一匹马嘶鸣了一声。这就是贝普，那匹拉大篷车的老马。医生看着他，脸上露出了笑容。

"布鲁萨姆先生，现在你听我说。我能够帮助你，但是我希望你能答应我几个条件。"医生说,"我对动物的理解比你深刻多了,我花了一辈子的时间来研究动物。你在广告上说尼诺能够听懂你的话、回答你的问题,其实我知道那些全是假的,事实根本不是这样的。这个秘密就在于你的手势和身体姿势,可是观众们却相信了你的话。现在我想告诉你一个我的秘密。不管你相信也好,信不也罢,我可没有吹牛,因为人们根本就不信我说的话。我能够用马的语言跟他们交流。"

布鲁萨姆伤心地看着地面,听到医生说这些话的时候他并没有搭理医生。不过一听到最后的两句话他猛然抬起了头,一脸严肃地对医生说:"是你疯了,还是我耳朵坏了?用马的语言交流?我从小就跟动物打交道,我干这一行都三十七年了,我可从没听说过有人能用马的语言跟马交流,你居然跟我说这样荒谬的话!"

第四章　另外一匹会说话的马

"我就是告诉你我说的是实话,"医生平静地说,"我知道如果我不证明给你看的话,你是不会相信我的。"

"哼,我绝对不可能相信你。"布鲁萨姆轻蔑地。

"你看这马厩里有五匹马,他们全都没看见我在这儿吧?现在我对其中任何一匹提出一个问题,然后我可以告诉你他的答案。"医生说。

"你简直就是疯了,我可没时间跟你在这儿瞎扯。"布鲁萨姆说。

"我说过了我是来帮你的,"医生说,"不过既然你不领情,那就算了。"医生耸耸肩转过身去。

"你问问贝普,问他马栏的编号是多少?"布鲁萨姆说。

贝普的马栏是倒数第二个,上面写着一个阿拉伯数字"2"。

"你是希望他用马的语言回答,还是希望他用蹄子踏出数字来?"医生问。

"我可听不懂马的语言,那怎么辨别真假呢?"布鲁萨姆问,"让他用脚踏出编号。"

"没问题!"医生说,他站在贝普完全看不见的地方,哼哧哼哧地叫了几声,听上去好似感冒了,接着立刻从二号马栏传来了两声马蹄声。

布鲁萨姆大吃一惊,不过他很快就镇定下来耸了耸肩说:"哼,巧合吧!或许他就刚好想踏两下子,被你赶上了。这样你问问他……呃……我的背心,就是那件斗鸡眼马修正穿着的衣服有几颗纽扣?"

"没问题。"医生说完又发出几声哼哧声,结尾时还轻轻嘶叫了一下。

这一次医生没有指明让贝普来回答问题,于是出现了这样的现象,马厩里的马都以为医生在问自己问题,他们对布鲁萨姆的衣服很熟悉,于是每个马栏里都响起了六下踢踏声,就连虚弱的尼诺也伸出了腿,轻轻地踢了六下门。布鲁萨姆惊得眼珠子都快掉出来了。

"如果你认为这还是巧合的话,"医生说,"接下来我请贝普把那块搭在栏板上的布拉下来,然后扔向空中。你看好了。"

只见搭在栏板上的那片布一下子就不见了。布鲁萨姆立刻跑到二号栏去。这时候拉车的老马像个小姑娘在玩手帕那样把那片布往天空中扔去,然后又接住了。

"现在你相信我说的话了吗?"医生问。

"完全相信了!你真是我需要的人!绝对错不了!"布鲁萨姆兴奋地喊起来,"快来,到化妆室去。让他们给你换上衣服。"

"等等你什么意思?"医生疑惑不解。

"当然是给你化化妆啦!接下来就由你上台去表演了。"布鲁萨姆说,"你现在可以让任何一匹马代替尼诺哦,你说过你会帮我忙的。"

"我说过会帮你忙,可我有条件的,"医生说,"我可以让贝普来完成这个节目。尼诺的节目还有半个小时才开始,我们现在还有时间谈一谈。"

"不用了。不管你有什么要求,我全部都答应。"布鲁萨姆焦急地喊,"你居然懂动物的语言。我们肯定能大赚一笔!你怎么不早说?你怎么不早点加入马戏团呢?不然你早就发财了,哪还像现在这样是穷医生一个!来来来,我给你找件像样的衣服穿上,可不能这个样子就上台。"

布鲁萨姆带着医生来到了化妆间,他翻箱倒柜地找出了很多衣服堆在地上。他在忙着的时候,医生开始提出自己的条件。

"布鲁萨姆先生,从我加入到你的马戏团,我发现这里有很多事情都违背了我的原则。我主张诚实地做生意,仁慈地对待动物。我曾经多次提醒你注意这些,可是你都不予理会。"

"医生,这是为什么?"布鲁萨姆一边从箱子里翻出一条波斯裤子,一边问,"话可不能这么说,你看你反对布朗,你反对法蒂姆,我不是都把他们赶走了吗?"

"你把他们赶走是为了马戏团,可不是为了我。"医生说,"这个马戏团的风气不好,不诚实,我在这儿待着很难受。现在我得跟你讨论这件事情。一会儿和我一起表演的老马贝普,他已经为你工作了整整三十五年了,如今他年纪大了,应该退休。我希望他能够安度晚年。"

"我同意。你看这件衣服怎么样?"

布鲁萨姆举起一件骑士的紧身衣放在医生的胸前比划了一下。"哦,太小了。你穿上肯定像个皮球。"

"我还需要你做一件事情,"布鲁萨姆继续转身去找衣服,医生接着说,"你得把动物兽栏那儿整理一下了。笼子又脏,空间又小,而且动物们都吃不到自己喜欢的食物。"

"没问题,只要是合理的建议我都会改进。医生,这样吧,你来给动物兽栏那儿定一套规矩让他们执行。要不你演个西部牛仔怎么样?"

"不行,西部牛仔从不会为牛群们考虑。"医生说,"他们还把马的眼睛捂住,抽打马,让他们弓起背跳来跳去,这都是些傻瓜干的事情。最后我希望你不时地改善一下动物们的福利。请你认认真真地考虑我刚才说的建议,多为动物们着想。"

"好的,医生,我什么都答应你。"布鲁萨姆说,"合作还没开始!如果你在我的马戏团待一年以上,有你在我的马戏团能让其他的马戏团看起来像个摆设。哦,你看看这一件衣服多合身。这套骑士服装的勋章都是全的,而且跟你的气质也很符合。"

布鲁萨姆举着一件闪亮的红色军服放在医生胸前比画着说:"天啦,你肯定没有见过这么漂亮的衣服!哦,今天晚上我们会轰动全镇的!试试这双鞋子。"

医生接过那双威风凛凛的马靴,就在这时一个看管马厩的男孩子进来了。

"乔乔,你来得正好,"布鲁萨姆说,"现在你赶紧去马厩把贝普打扮一下,接下来到他表演了。"

"贝普?"那个男孩子惊讶地叫出声。

"是的,就是贝普!"布鲁萨姆说,"你给他戴上白玫瑰装饰的绿色笼头,用红色的缎带装饰一下尾巴。愣着干吗,快点去!"

男孩走后,小丑带着斯维茨尔进来休息。这个时候,医生已经换上了骑兵服和军靴。

"那个斗鸡眼怎么样了?"老板问。

"哦,马修非常了不起!他太有主持天赋了,有一副好嗓子!"小丑霍普说,"而且他幽默风趣的本领太强了,圆场的本领更是没话说,什么错都能粉饰得很好……哦,这位军人是谁啊?哦,医生!你这是要干吗?"

另一个男孩子跑了进来说:"布鲁萨姆先生,最后一个节目还有十分钟就开始了。"

"没问题,我们已经准备好了。医生,这是你的佩剑和腰带。"布鲁萨姆说,"弗兰克,观众们现在怎么样啦?"

"观众非常好,大家都开心极了!"那个男孩回答道,"这是我们今年观众最多的一场表演,连走廊上都站满了人。"

第五章 马戏明星的盛大表演

此时此刻马戏团的幕后成员都十分紧张。当小丑霍普打开化妆室的门准备回到舞台去时,传来了热烈的喝彩声、欢呼声和掌声。

"霍普,你去告诉马修,接下来尼诺的节目将由另外一匹马代替演出,驯兽师由医生来担当。你告诉马修,一定要大肆宣传这是马戏团最好的节目。"

"没问题,"霍普咧嘴一笑说,"不过老板,我觉得应该选一匹更好看的马。"

快上台的前两分钟,医生的服装有一边的肩带松了,有人飞快地招来西奥多西娅帮着缝上了。接着医生穿着那身威风的服装跑出化妆室去与老马贝普会合。在大棚的门口,弗兰克正握着老马贝普的马笼头。贝普看上去毫无精神可言。这么多年糟糕的生活累积起来的颓废状态根本不可能因为刷了一次毛就没有了。贝普的毛乱蓬蓬的,干枯毫无光泽,即使经过了装饰,他看上去仍然像一匹被奴役了多年的老马。

"贝普,你听我说。人们都以为你已经老了,没有了昔日的光辉,"医生从弗兰克手中接过马笼头,轻轻地对贝普说,"但你要振作起来,昂起你高贵的头给大家看看。"

"医生,说了你也许不相信,"贝普说,"其实我有非常优秀的传统。我妈妈的祖先可以追溯到凯撒大帝阅兵时骑过的战马。我妈妈一直为这事儿感到自豪,她得过许多的荣誉。可是后来魁梧的战马不再受欢迎了。大型战马都被征去干苦活儿了。对了,医生,我们的节目需要排练一下吗?我都不知道自己应该干些什么呢?"

"来不及排练了,贝普。"医生说,"不过,我想我们应该能完美地配合对方。你听我指挥,我叫你干什么,你就干什么。当然如果你自己有什么把戏的话,也可以表演出来。你看你的头又埋下了,快想想你的祖先,那些罗马时代光荣的祖先们!来,抬起头来,目光要炯炯有神,想象着你正驮着一位世界上最强的皇帝……对,就是这样。很好,现在这个样子很棒。"

在舞台上,当天的代班主持人马修·穆格先生正享受这辈子最闪亮的时刻,他竭尽全力地吹嘘这场表演是如何盛大,堆砌着他知晓的最高级的词汇来介绍每一个节目和演员。

小丑霍普的节目在品脱兄弟和大力士表演之间,霍普回到场地把孩子们逗得哈哈大笑。他一个跟头翻到主持人马修的身前,悄悄地说:"老板安排了另外一匹会说话的马上台,由医生来担任驯兽师,你一定要隆重介绍这个节目。"

"没问题,看我的!"马修悄悄地回答。

跳舞的大象乔乔在热烈的掌声中谢幕。那时马修兴奋地亲自带着下一个节目的演员走到了布帘的入口处。

老马贝普和一个穿着骑兵服的矮胖子同时上场,贝普看着这热烈的场面,一开始还有点儿怯场。马修让他们在场边稍等一下,他自信满满地大步走到场地中央,用手庄严地画了一个大圈,示意乐队停下来。接着在万众期待的氛围里,马修吸了一口气,开始发表他最动人的报幕词。

"女士们,先生们,接下来的节目是我们马戏团最后一个压轴的节目,也是最精彩、最重要的环节。我想大家都知道大名鼎鼎的尼诺吧,这匹全世界都知道的会说话的马,还有他的主人,英勇帅气的骑兵军官——尼古拉斯·普夫图斯基上尉。是的,你们看,他们就在你们的眼前。大家知道吗?国王和王后曾经也千里迢迢地赶来,点名要观看这个节目。还有两个月前,我们在蒙特卡洛演出时,一票难求,连英国首相都没有机会进会场看。"

"不要再吹牛了,"医生走过来悄悄对马修说,"马修,实在没必要这样介绍……"

可是马修并不理会医生,继续陶醉在自己创造的氛围中。

"普夫图斯基上尉是一位相当谦虚、低调的军官,他让我不要再讲那些勋章的事情。那些巨大的荣誉中,有瑞典国王的赏赐,还有中国皇后的赏赐。现在我要把这匹与众不同的动物介绍给大家。当年拿破仑被赶出俄国,普夫图斯基伯爵被俘,正是这匹尼诺陪伴在其左右。在被囚禁的两年中,他们朝夕相处,竟然能够自由交谈了,就好像我们之间这样自由地交谈。你们或许不相信,不过接下来就是见证奇迹的时刻。大家尽管提问题,不管你提什么问题,他都会告诉你答案。我非常荣幸将尼古拉斯·普夫图斯基上尉和他的战马介绍给大家。节目马上就要开始了。"

乐队开始奏乐,医生和贝普来到场地中央向大家鞠躬。一瞬间响起了雷鸣般的掌声。

刚进场时医生和贝普都不知道该做些什么,但是贝普知道这场演出能够为他赢得自由舒适的晚年生活。在整个过程中,他偶尔会显出疲惫的样子,但整体来说他有极高的表演天赋。在舞台上,他比平时任何时候都要耀眼。观众认为贝普的节目简直就是布鲁萨姆马戏团最精彩的节目。

几个小把戏之后,普夫图斯基上尉面向观众,请大家提问题。

前排一个男孩问道:"让他过来摘我的帽子。"

医生朝贝普做了一个手势,他就径直走向了男孩子,把他头上的帽子叼走,放在他的手上。之后观众们提出了各种要求,有踏地板、摇头、回答问题……贝普都出色地完成了。观众高兴得手舞足蹈。布鲁萨姆在门缝儿里偷看,他根本没有料到这个节目如此受欢迎。最后,这位普

203

夫图斯基上尉退场的时候，观众的掌声经久不息，一再要求他们再演一次。

马戏团在桥镇的第一场演出就一炮而红，首位功臣就是那匹会说话的马。这个消息一传十，十传百，人们都闻讯赶来观看。现在距离夜场演出还有一段时间，可是马戏团的大棚外早已排起了长长的人龙等待买票，整个场地被挤得人山人海。

第六章　伟大的贝普

曾经让哒哒十分担心的金钱问题现在已经轻松地解决了，医生的存钱箱很快就满钵了。这些天桥镇的人们纷纷赶来观看那头来自非洲的双头奇兽——推推拉拉，图图甚至预言推推拉拉在桥镇赚的钱就快赶上阿什比的记录了。

"医生，照目前这个趋势发展下去，"图图计算着，"不算周末在内，我们很快就可以在六天之内赚到十六英镑。"

"这当然要归功于医生和贝普的节目，要不是他们的表演，到哪儿有这么多的观众。"吉普说。

布鲁萨姆发现约翰·杜利特的演出如此成功，在第一场演出之后，他就跑来请求医生继续表演一周。

"这个，你看，贝普在你危机的时刻挺身而出帮助你。况且我早已答应过贝普，那场演出之后他就可以退休了。"医生说。

"我不能确定尼诺什么时候可以康复登场演出。不过贝普嘛，我之前可没有跟他说要表演整整一周呢，本来以为你一有时间，就会考虑用别的什么节目来顶替这个节目。"

"医生，你开什么玩笑，"布鲁萨姆喊起来，"你们的节目现在是马戏团有史以来最精彩的节目，即使花上一年的时间，也不可能找到更好的节目了。这个节目已经远近闻名了，就连惠特尔镇的人都慕名而来，都是为了你的节目。你能不能求一求贝普，让他来继续表演。我知道这个表演对他而言并不是什么重活儿。你跟他说我可以给他提供最优越的生活条件，早上吃芦笋，晚上睡在羽毛床上，只要他一句话，想要什么就有什么。如今马戏团的收入一天差不多能赚到五十英镑，我们的生意从来没有像现在这样好过。哈哈哈，这样一来，用不了多久，大家都可以发大财过上好日子。"

医生满脸鄙视地看着布鲁萨姆，停顿了一下说："现在你才知道那匹可怜的老马的价值。过去他为你干了那么多年的活儿，可是你连毛都没给他梳理一下，只给他吃燕麦和干草。吃完了又让他继续干活儿。现在你居然答应给他任何东西，真是有钱能使鬼推磨！"

"我不是尽力补偿他嘛，"布鲁萨姆说，"就玩玩小游戏，回答回答问题并不辛苦。医生你就劝劝他吧。哦，虽然听上去很奇怪，我求你去劝一匹老马，可是在此之前我从来不知道你能跟马说话。"

"我现在真希望你能跟贝普互换角色。"医生说，"让你为他干三十五年重活儿，每天还遭到鞭打，吃得又差。哎，好吧，我去跟他说说。不过，你得明白一切都是他说了算。如果他不愿意去，我请你能够遵守约定，给他一个舒服的家，让他安享晚年。哼，我真希望他不要答应你。"医生转身离开了布鲁萨姆的大篷车，朝着马厩走过去。

"可怜的贝普，想想他那英勇的祖先，多么光荣。可是他却那么可怜啊！"医生独自嘀咕着。

他走进马厩找到了贝普，那时贝普正眺望着马戏团场地外的一片自由的田野。

"医生，是你吗？"他听见开门声后问，"你是来带我离开的吗？"

"贝普，你听我说，"医生用手抚摸着这匹瘦骨嶙峋的老马，"你现在不再是一匹普通的马了，你明白吗？"

205

"什么意思？我不明白。"

"贝普，你出名了。这个世界就是如此可笑，在你工作的那三十五年里，你那么辛苦。可是到如今布鲁萨姆才发现了你的价值。"

"什么价值？"

"你会说话啊。"

"可是我一直都会说话啊。"

"这我知道，但布鲁萨姆和其他人都不知道。贝普你之前跟我一起表演的节目引起了巨大的轰动，他们不想让你退休，他们希望你能继续表演下去。"

"这听上去真疯狂。"

"是的，你在布鲁萨姆的眼里一下子升值了，变得非常重要。他要你早餐吃芦笋，安排专人为你卷毛，只要你肯留下来再为他表演一周。"

"这就是出名的代价吗？可是我宁愿早点儿到田野上去。"

"贝普，你为别人服务了三十五年了，这些年里，你总是为了让别人满意。这一回你一定要让自己心满意足。我已经跟布鲁萨姆谈判过了，要他遵守自己的承诺。如果你不想干的话，你今天就要退休，那也没问题。你今天就退休了。"

"医生，你觉得我该怎么办呢？"医生说。

"我是这么想的，"医生说，"如果你现在答应布鲁萨姆的请求，我可以尽力为你争取更多的要求，这样就能完全满足你之前的要求了。你知道布鲁萨姆没有牧场可以供你居住，他需要找到农民来照顾你。此外他还可能会听了我的建议，改善其他动物的福利。"

"医生，我同意了，"贝普说，"我接着演。"

当约翰·杜利特带回这个消息时，布鲁萨姆高兴得简直要跳起来，他立刻去印好传单，四处派发。传单上写着：

"只有四天的时间，来观看闻名世界的会说话的马演出。机会难得，大家走过路过不要错过！赶紧到布鲁萨姆马戏团来购票吧！"

这件事情十分顺利，在布鲁萨姆的大肆宣传之下，有的人看了两场表演还不满足。四面八方的人都赶来马戏团希望一睹那匹能说话的马的风采。整个星期马戏团热闹非凡。很多年以后，演艺界还一直流传着"桥镇周"的这个说法，象征着马戏史上的一个小高潮。

第七章 完美的牧场

杜利特医生还在竭力让布鲁萨姆完成其他的一些承诺。马戏团在桥镇开业不久，大象就得了急性风湿病，于是他请吉普来找医生去看病。大象这病是因为长期居住在极其潮湿又脏乱的马棚里患上的。

这个可怜的大象现在十分痛苦。医生给他检查了之后，嘱咐要给他做按摩。布鲁萨姆被叫去买特别昂贵的香膏。当然几周前他就不想为了动物舒适一些而出这些费用，可现在约翰·杜利特能给他带来这么大的生意，布鲁萨姆也就愿意竭尽全力讨好他。很快团长就买回了药膏。杜利特先生找了六个身强体壮的人来帮忙。

给一头大象做按摩可不是一件轻松的事情，许许多多的观众聚集在动物园，看这些人和医生在大象的身上爬来爬去，给他涂上药膏。不一会儿，他们就累得满头大汗了。

然后医生要求给这个大家伙一间新的住处，必须有木头地板，下面要能排水，还得配置一些其他的设置。这也得花大价钱，可是不一会儿布鲁萨姆就把木匠请来了，不到三个小时就搭好了大象的新房间。大象住在新的地方，很快就恢复了健康。

医生还对动物饲养员提出一些改善其他动物生活条件的意见。虽然他们抱怨医生把动物园弄得跟诊疗室似的，可是布鲁萨姆告诉他如果不按医生说的做，就立马走人。

可怜的尼诺身体很不好,虽然有所好转,但恢复得很慢。医生每天来看他两次。布鲁萨姆知道尼诺跟医生的表演永远都不可能比得上贝普跟医生的表演。虽然贝普这匹马年纪大了,但他比尼诺要聪明很多。

时间流逝,一周快要接近尾声了。约翰·杜利特跟布鲁萨姆商量了一下,周六最后一场表演结束后,贝普就要走了。有个农民愿意收留这匹老马,让他余下的日子生活得很好,贝普每隔两周就可以吃上他喜欢的燕麦和小萝卜。医生跟贝普打算去农场看一看,如果不喜欢那儿的话,他们可以选择另外一个比较满意的农场。

最后的演出终于结束了。医生和贝普收拾好了大帐篷准备离开。这匹老马的行李就是身上穿的一个毯子,这还是医生让布鲁萨姆买的送别礼物。医生的行李只有一个小黑袋子和小包裹,他把他们放在贝普马背上。约翰·杜利特站在门口,手搭在缰绳上等马修,而马修这会儿跑回大马车上去给他们拿一些哒哒准备的三明治。

接着医生看到布鲁萨姆匆匆忙忙地从马戏团跑过来,一脸激动的神情,身后还跟着一个衣冠楚楚身材矮小的男人。

"医生,等一等。"这个马戏团团长气喘吁吁地跑过来说,"我刚刚完成了我这辈子最大的一个买卖。那个男人是曼彻斯特剧场的老板,他找我去他的剧院表演。他的剧院可是我们国家最大的剧院。他找咱下下周去表演,他特别交代要贝普去表演。你猜他报了多少价?一百英镑一天!也许你们……"

"不可能!"医生坚定地打断了他的话,"贝普没几年了,剩下的就是好好安度晚年。告诉他贝普今天退休了。"

医生立刻从兽栏里拉出了老马,匆匆忙忙地上路了。

贝普和约翰·杜利特没走多远,猫头鹰图图就赶上他们了。

"医生,"猫头鹰图图说,"我来是告诉你们钱的事情。"

"图图,"约翰·杜利特回答说,"现在我讨厌听到关于钱的话题。贝普和我都试图摆脱这一切。"

"可是医生你得想想有了钱可以做很多事情。"图图说。

"是,那是令人不爽的事情。钱这么有用,才让人永远为财死。"

"哒哒让我来告诉你,"图图说,"这周在桥镇推推拉拉赚了多少钱。她觉得也许你听了会想起要退休回普德莱比镇的。减去布鲁萨姆的份额以及我们欠商人的钱,我已经算出来推推拉拉赚的钱了。你知道那真是一个大算术题。我们不是赚了十六英镑,而是整整赚了二十六英镑十三先令十便士。"

"嗯,"医生低语,"确实挺多的。可是图图,这完全不够我们退休的,我们还要走很长的一段路。让哒哒帮我保管好这些钱,等我回来了再商量这件事情。明天我就回来了。好的,非常感谢你给我的消息。"

医生现在口袋里有那个农民的地址,让他吃惊的是在看到那个地址的时候,他发现要去的农场居然是他以前的老朋友犁田的老马生活的那个农场。

会面的时候,他们收到了衷心的问候,还收获了很多惊喜与喜悦。年迈的犁田老马和贝普相互介绍了一下。虽然医生认识老马这么长时间,却从没听他介绍过自己的名字。这回在互相介绍的时候,医生才知道了他的名字叫托戈尔。

"见到你们真是太开心了,可是我又有点抱歉,布鲁萨姆把贝普送到这么一个农场来。这个农民是个很好的人,但就我的经验来看这个牧场还有待考虑。"

"我们不一定非得待在这儿。我已经跟布鲁萨姆说好了,如果不行的话他得给我们重新找一个好的牧场。你觉得这个牧场哪里不好?草很差?"

"这里的草不错,如果八月份雨水充足的话,这里会长满茂盛的草丛。"托戈尔回答说,"不好的地方就是草原的坡度不对。你看这边山坡对着东北方向,只有在仲夏才能晒到阳光,其余时间全都掩盖在山坡后面。东北风呼呼地刮向草原,除了那个山脊外,整个草原都没有抵挡物。"

"那你告诉我什么样的牧场对一匹老马来说是好牧场?"医生问。

"我梦想中的牧场是这样的:一部分是坡地,一部分是平地。整个坡地很完美,青草离得很近,而平地在坡地之后,很适合休息。那里有枝繁叶茂的树木,我们马很喜欢吃完草后在那样的树下思考;那里还有杂树林,林中长着很多草药和野生根茎,有时我们喜欢换换口味啃啃野生薄荷之类的植物,吃多了可以吃些薄荷助消化;那里有优质的水源,不是那种泥泞的小池塘,而是清澈见底的汩汩溪流;那里有干燥整洁的旧马厩,可以遮风挡雨。整个牧场变化多样:有些地方覆盖着简短的草皮,有些地方覆盖着郁郁葱葱汁水浓郁的干草,其中点缀着芳香的野花。在小山那里你可以看到西南部美丽的夕阳。在山顶上还有可以让脖子休息的柱子。整个牧场宁静而安详。杜利特医生,这就是我想安度晚年的地方。"

"嗯!你的描述真让人向往,跟我自己想要安度晚年的地方好相似,不过我更想要一些家具而不是柱子。托戈尔你知道哪里跟贝普描述的地方相似吗?"

"医生,其实我真知道有个这样的地方。"托戈尔说,"跟我来吧!"

然后耕地的马带他们越过小山往另一边走去。他们在向阳的地方看到有生以来见过的最优美的草原,就好像某个精灵帮助贝普实现了梦想一样。这里的每个细节都跟贝普说的相似:郁郁葱葱的榆树林,茂盛的草地和波光粼粼的小溪。空地上有一座温暖舒适的屋子。山坡上夕阳的余晖笼罩下,他们看到一个柱子可以供贝普蹭脖子。

"就是这里,医生。"贝普轻轻地说,"这是我梦寐以求的地方。再没有比这儿更好的地方了。"

"真漂亮。托戈尔这里属于你的那个农民吗?"医生也被眼前的美景深深吸引了,他问道。

"不属于。我常常会闯进来吃草,我曾经来过一两次,可是这里的主人总是会把我赶走。这片牧场属于住在那边红色屋顶的房子里的农民。"犁地的马说。

"我知道了。我在想这样的牧场得花多少钱。"医生说。

"不是很贵,但我也不敢想。这里虽然很大,但那个农民除了晒干草外,啥都没做过。"托戈尔说。

"医生你为什么要买呢?"贝普问,"我以为你说过布鲁萨姆会付我的养老金的。"

"是的。可是他只答应付你的住宿钱。我现在有个想法,想开一家退休老马俱乐部,没有比这儿更适合的地方。如果可以的话,我想买下来。然后我们可以成立退休老马俱乐部联盟,你们自己管理这个地方。"

"好想法!"这两匹马都叫了起来。

"医生你有那么多钱吗?"贝普问,"吉普总说你比寺庙里的老鼠还穷。"

"差不多……差不多,"医生也表示同意,"钱对于我来说是最不确定的事情。但是你也知道我离开马戏团不久,图图就来告诉我现在我有二十六英镑了。我因为一艘船欠一个水手很多钱,可是他没有你的问题紧急,我以后可以多给他一些钱。当然我知道二十六英镑不够买这么大的一片地,也许农场主可以让我先付一部分钱,余下的部分每年分期付款。如果他愿意的话,这片牧场就会立马变成你的,没人可以抢走了,不过前提条件是我得保证付款。现在你们在这儿等着,我去找他商量商量。"

医生留下两匹马在大门口等待,穿过村子去找托戈尔指过的那栋红色屋顶的小房子。

第八章　退休老马联盟

杜利特敲门的时候,那个农民正在跟托戈尔的主人坐在门廊的桌子旁交谈,他现在急需二十英镑的钱去买土豆种子,可是托戈尔的主人手头也很紧,只能不断地说抱歉。杜利特的来访打断了他们的对话。

那个农民热情地邀请约翰·杜利特进门跟托戈尔的主人坐在一起,他的妻子端进来几杯芳香四溢的苹果酒。然后医生描述了托戈尔带他去看的那块地,问主人是否出售。因为很少用到那块地,牧场主人一口就答应出售。医生又问了多少钱,牧场主人说一百二十英镑。

"嗯,现在我只有二十六英镑,我可以先给你这些钱,余下的钱每年分期付款二十英镑。你同意把牧场卖给我吗?"

一看到有钱买土豆种子,牧场的主人立马就要答应医生的提议,但托戈尔的主人却插话问:"陌生人,你要这片牧场干什么?你不会是要盖胶水厂吧?"

"绝对不是。"医生说,"我想用来开个退休老马的农场,就给他们放牧用,绝对不做其他改变的。"

听完这些话两个农民觉得这个陌生人绝对疯了,但转念想想他的提议又没有坏处,他们就打算同意了。

"顺便说一下,你们农场有我的一个犁田的老马朋友,他现在还戴着几年前在普德莱比我给他的眼镜。"

"啊,我知道他是托戈尔,"农民说,"就是那个不让拿掉眼镜的奇怪的动物。他怎么了?"

"他太老了不能工作,不是吗?"医生问,"我能理解你总让他去放牧。他也想跟我今天带来的那匹马一起去吃草。你会让他一起去吗?"

"可以。可你怎么知道我家动物的事情?"农民问。

"嗯,我有自己的一套方法,我是个生物学家。"医生回答。

"听上去你对我来说才是个生物学家。"农民跟他的邻居挤了挤眼睛说。

讨论完首付款支付问题后,牧场主人对医生说只要钱到位了,这个牧场就归医生所有了。

"不是我的牧场,是属于整个退休老马联盟的牧场。我会把牧场直接交给老马们。"医生起身一边跟两位农民告别,一边说。

医生离开前又跟牧场主询问到哪里可以找到一个木匠。半个小时之后,那两个农民经过牧场,他们看到那个奇怪的医生正和一个木匠一起忙着在牧场中间立起一块巨大的牌子,牌子上写着:

安养农场
本牧场属于退休老马联盟
擅自侵入者和有害的狗狗一律踢出去
奉以下人员之命

贝普主席
托戈尔副主席

通知:会员免费
大门处申请入会

看着"联盟"的前两名成员拥有了自己的地盘,约翰·杜利特跟贝普和托戈尔告别后就踏上了返程之路。

医生沿着道路往前走时一步三回头,看着两匹老马在新家周围愉悦地走着,那景象温暖了他的心,他不禁微微一笑放心上路了。

"虽然不确定,但我觉得这是我干得最好的一件事。"医生自言自语,"可怜的家伙!他们辛勤工作一辈子,终于可以安享晚年了。我得多建几个这样的机构,我有一两个想法,比如猫和老鼠俱乐部,也许我可以由此开始。不过现在我得想想怎样跟哒哒交代钱又花光的事情。哦,这事儿挺值的。一到伦敦我就会尽快找些退休了的拉公共马车的老马,送他们去牧场。嗯!他们就在那里生活,贝普从山坡上打滚下来,托戈尔则在小溪里嬉戏。真美好!我居然忘记小萝卜的事情了,为什么贝普没有提醒我呢?"

医生赶忙回去,在路上他遇到一个表演的少年,一问才知道是那个卖牧场给他的农民的孩子。

"你愿意每周赚一先令吗?"医生问。

"我想一个月赚一先令。"男孩说,"我想存点钱明年冬天买双溜冰鞋。目前我才攒了九便士。"

"你会种萝卜吗?"

"会,那简直太简单了。这可是我唯一会种植的东西。"

"太好了,"约翰·杜利特说,"现在你看到那个有马在吃草,还有一个棚子的地方吗?我刚从你父亲手中买下了这块地,想把它做成马的家园。如果你愿意帮我在屋子后面种植萝卜的话,我每周付你一先令作为照看的费用,你干不干?"

"我愿意!"男孩叫起来。

"好。这是第一个星期的工资,这是买种子的钱。我现在任命你为安养农场的首席园艺师,你正式受雇于退休老马俱乐部联盟。记得多种一些小萝卜,因为我会送更多的马过来。到了收割的季节,你将这些萝卜收好后捆成捆,每两周喂一次马。不要忘了种上新的萝卜以保证供应,明白吗?"

"是,先生。"

"你的教名是什么?"医生说,"我每周会给你寄工资。如果你有事要离开或不干了,让你父亲写封信告诉我,他知道我的地址。"

男孩告诉了医生教名后高兴得跑去拿耙子和铲子开始新工作了。

"都安排好了,现在我得来想想怎么婉转地告诉哒哒我们的钱包又空了这件事。"医生在回桥镇的路上自言自语着。

医生创建的安养农场一直繁荣了很多年。现在细心的管家哒哒又有了新的烦恼,医生每隔半年就会给农场送去二十英镑的钱,每隔一段时间还会买些在路上遇到的十分年迈的马匹,那些马有的是马车司机的,有的是收破烂的人的,还有的是其他人手中的。可怜的哒哒有段时间一看到路上有吉普赛的马车就开始害怕,因为他们的马通常都瘦骨嶙峋,而且毫无疑问那些人都比医生会讲价钱。

医生会把这些可怜的动物送到安养农场去成为老马俱乐部联盟的免费一员,联盟才从最初贝普和托戈尔的合作发展成来自社会各界的老马朋友家族。晚上他们会在树下或者山顶上的休息柱子那儿讲过去各种各样的故事;他们会排队等待去蹭蹭自己的脖子;他们会在夕阳的余晖中欣赏美丽宁静的风景。

俱乐部联盟的成员越来越多,那个帮忙照看萝卜园的男孩给医生寄来一封信说他得扩大萝卜园,需要医生的帮助。他有个同学也想要攒钱买溜冰鞋,不知道医生愿不愿意雇用他?

医生同意了,于是老马俱乐部联盟每周就会发两先令的工资给那两个小孩子。约翰·杜利特三个月后去了一次农场,他与联盟成员(五匹老马)咨询了一些情况后,发现需要钱修围墙,清理篱笆下面的水沟,修剪马蹄,于是医生安排那个男孩多种一些萝卜以满足需求。

那个男孩很有经济头脑,很快就搞定了一切,他又雇了两个朋友来处理其他额外的工作。于是卖萝卜的钱就成了"修理围墙和找蹄铁匠"的资金,隔段时间用来请种植树篱者修篱笆,请铁匠来修马蹄。

当然还要付其他几个男孩的工资,杜利特的钱越花越多,管家哒哒也就越来越操心。

"有什么用？我做这些让我头疼的复式簿记有什么用？根本就没法计算医生的花费。不管怎样他都会花光所有钱!"有一天晚上图图在讨论账目的时候抱怨说。

第五部分

第一章 曼彻斯特的贝拉米先生

杜利特在路上搭到一辆速度很快的双轮轻便马车,如他所料那天晚上就回到了马戏团,而不是第二天凌晨。他刚进到自己的马车内,马修·穆格就告诉他:"布鲁萨姆说让你回来了就去找他。曼彻斯特的那个有钱人也跟他在一起。"

医生立马出了马车去找团长,吉普跟在他身后。

整个马戏团的人都已经收拾妥当,准备第二天一大早就出发。约翰·杜利特到达布鲁萨姆的有篷卡车时,看到窗户里透出一丝光。夜已很深了。

在马车里医生看到团长布鲁萨姆坐在小桌子旁,旁边是那个白天见到过的衣冠楚楚的人。

"医生,晚上好。"团长说,"这位是弗雷德里克·贝拉米先生,他是曼彻斯特圆形剧场的老板,他想跟你聊一聊。"

医生跟贝拉米先生握了手,贝拉米就坐回椅子上,手放在白色背心的袖管上说道:"杜利特医生,虽然我很忙,但我还是推迟回曼彻斯特,就是想跟你聊一聊下午我跟布鲁萨姆提过的那件事情。我看了你跟那匹会说话的马的表演,对你们的节目很感兴趣。布鲁萨姆先生说跟你商量过来我的剧场表演的事情,可是你拒绝了,坚持放养那匹马。"

医生点了点头。贝拉米继续说:"我那时觉得这笔生意没得谈了。实不相瞒,如果不是你的话,我根本就看不上这个马戏团。但布鲁萨姆先生劝我留下来亲自跟你聊一聊,他说那些精彩绝伦的表演绝不是因为那匹马,而是你对动物的非凡的能力,你可以跟任何一匹马表演一场精彩的演出。虽然我不相信,但他还说你可以用动物的语言跟他们交流,对吗?"

"其实我很抱歉布鲁萨姆告诉了你这件事。"医生有点不开心地说,"我不承认或不提这件事是因为人们常常不相信我。但事实就是这样,我可以跟大部分动物自由交谈。"

"真是不可思议!"贝拉米先生说,"我们觉得也许你愿意跟其他的动物一起给我们表演一下。我想做一些更精心的节目,让它们成为布鲁萨姆马戏团表演中最盛大最重要的一部分。你的这种天赋真的很可贵,如果表演得当,肯定能引起极大的轰动。当然,你也知道,这会是很赚钱的节目。你会考虑考虑吗?"

"目前我没有其他的选择。"医生说,"我在这一行是个新人。我对跟动物合作表演的想法就是他们必须自愿参加表演。"

"哦,那当然啦。"贝拉米先生说,"今天也不早了。明天之前,你可以考虑一下。我今晚也赶不上车。如果你确定了,明天早上告诉我,嗯?"

医生回到他的马车,兴致勃勃地听完整个对话的吉普跟在医生身边。

"医生,我觉得这对我们来说是个绝好的机会。"吉普说,"就我们家族的一起表演,我、图图、咕咕、托比、斯维茨尔,也许还可以带上那只白老鼠。你曾经说过会让我们试一试的。动物家族马戏团。你给我们写个剧本。你可以写你自己的剧本,为那些动物写一些高级的东西,我们来表演。我敢肯定,这绝对会在曼彻斯特引起轰动。那是个大城市。我们会有一群真正有才智的观众。"

虽然夜已深,可是约翰·杜利特回到自己的马车却发现所有的宠物都坐在那儿等他,想听一听他这一天的事情。

吉普立马告诉大伙儿跟曼彻斯特经理的对话,还说了自己关于表演动物话剧的想法。其他动物,甚至连那只白老鼠都热烈响应纷纷鼓起掌来。

"万岁!"咕咕咯咯着叫着,"我真成演员啦!你能想到我第一次表演就是在曼彻斯特吗?"

"别高兴得过早!"医生说,"我们还不知道是否有剧本表演,也许根本就不可能。能逗你笑的剧本不一定能娱乐观众。"

一席话激起千层浪,动物们开始激烈地争论戏剧情节中什么样的东西能惹人发笑。

"我们表演《灰姑娘》怎么样?"白老鼠大声叫着,"人们都熟悉这个故事。我可以演那个被女巫变成步兵的老鼠。"

"还是演《小红帽》吧。"斯维茨尔说,"我可以演那只大灰狼。"

大家都在兴致勃勃地讨论,医生觉得这是个好时机,可以告诉哒哒他把二十六英镑花掉了。于是这个夜晚就被医生毁了。

"医生!"哒哒摇着头叹了口气,"你怎么能这样?真不该把钱放你那儿,一点都不靠谱。我的天啊,我们永远也回不去普德莱比了。"

其他人都沉浸在热烈的讨论中,对此也就不关心了。

"放心,我们很快就能赚更多的钱。"咕咕洋洋得意地说,"钱算什么?狗屎!医生,我们为什么不演《美女与野兽》?那样我可以演美女。"

"我的天!"吉普大叫起来,"这你都能想到!没门。医生你来写剧本,只有你知道人们对什么感兴趣。"

"你们怎么不让医生去睡觉?"哒哒生气地问,"今天他累一天了。大家伙儿都去睡觉吧。"

"天!"医生看了看表惊呼,"你们知道现在几点了?凌晨两点了……你们所有人都去睡觉。"

"哦,医生,我们明天就走了,什么时候起来都没关系。"咕咕说,"我们再待会儿吧,还要确定表演什么剧本呢。"

"今晚不许再待在这儿了,"哒哒说,"医生累了。"

"我不累。"医生说。

"熬夜对他们不好。早睡是个好习惯。"

"你说得对,"医生说,"可你知道我不喜欢习惯这个东西。"

"好吧,"哒哒说,"我喜欢有规律的生活。"

"你,哒哒?所以你才是如此优秀的管家。世上有两种人:一种人喜欢习惯,另一种人不喜欢习惯。这两种人各有各的特点。"

"医生,你知道吗?"咕咕插嘴说,"我总把人分为吃腌制食品的人和吃原汁原味食物的人,有些人喜欢酸辣酱,有些人喜欢原本的食物。"

"咕咕,这是一个道理。"医生笑了起来,"有些人喜欢多姿多彩的生活,而有些人喜欢一成不变。你说的那些喜欢酸辣酱的人就是热爱改变的人,而喜欢原汁原味的人……嗯……比较适合当管家。我希望自己随着年龄的增长,能更多样化一些。"

"医生,什么是多样化啊?"咕咕问。

"这个问题要解释很久,现在还是去睡觉吧。明天早上我们再聊一聊剧本。"

第二章 动物表演

第二天早晨,杜利特家族醒来后,他们发现大马车已经在行驶中了。这情景没什么蹊跷,也只是马戏团在他们睡觉时就出发了。过去他们经常这样从一个小镇去另一个小镇,这也是咕咕最喜欢的一部分生活,可以在晨曦中出发,看着车窗外不断出现的风景。

咕咕总说这种生活体现出他生来就是一个旅行家,跟医生一样喜欢改变。实际上,他跟哒哒比较像。没有人比他更喜欢有规律的习惯。吉普赛的那段生活给他不断带来一种安全的探险之旅。他喜欢兴奋,但必须是那种没有困难或危险,令人感到舒适的兴奋之情。

马修·穆格进马车的时候,杜利特家族还在吃早饭。

"医生,那个贝拉米还在。"穆格说道,"他说因为同路,所以要跟我们一起走。你要问我,我觉得他留下来的真正原因是要看着你。他真的疯了都想你去他那儿表演。不要管布鲁萨姆接下来的表演了。但他愿意付钱让你跟自己的动物一起表演。"

"马修,说得容易,做起来难啊。"医生说,"我自己的那些宠物们现在都很想要表演。昨天夜里他们睡觉后,我写了一出喜剧。可是我们得一遍一遍排练成形,然后才能给他看。动物们必须深刻了解他们的角色。你可以帮个忙,去告诉他我会在行车的途中尽力排练。如果我们做得不错,明天我会给他看。"

"好的。"马修说完就从行走的马车后门出去了,一路跑着到了团长的车前传达信息。

杜利特医生之前给动物们写过喜剧。我告诉过你这本书叫《企鹅的表演剧》。他还为猴子和其他的动物写过一些更长的喜剧。但所有的这些剧都是用动物的语言写的,观众也设定为动物们。在漫长的冬季夜晚,《企鹅的表演》剧曾经在南极圈的露天剧院多次上演。很多奇怪的鸟类坐在岩石上观看表演,每每演员的台词触动了他们的心弦,他们会拍拍翅膀进行鼓掌。

猴子们表演的剧本更为轻松一些,他们喜欢喜剧和闹剧,不喜欢企鹅们那套严肃又发人深省的话剧。猴子表演的戏剧在丛林中上演,观众们都坐在树上观看。猴子剧场里最贵的座位是正对舞台上方的大树枝。而包含一整个树枝的家庭包间开价竟有一百个坚果,不过要坐上这个包间,观众不能把果壳和香蕉皮扔到下面的观众头上。

由此可见,约翰·杜利特为动物们写剧本十分在行。可是故事到了贝拉米先生这里就不一样了,这里的观众是人而不是动物,而人不懂动物的语言。经过再三思考,医生决定用两种语言写作,整部剧将会是一部动作剧,医生给这部剧取了一个名字叫"普德莱比哑剧"。

除了哒哒外,所有的动物在彩排的时候都很开心。这个可怜的管家也有戏份可以演,但在彩排的时候总是因为担心弄坏家具、打破杯子或拉下窗帘而跟其他人闹出矛盾耽误彩排。

马车里面对于表演戏剧来说空间很小,更何况马车还在行驶中。每次行驶到弯道或急转弯的地方,舞台上的大伙儿都会坐到地板上。只要听到哒哒的抱怨声说明某些东西又坏了,可是其他的动物却从这些小插曲中获得了很多快乐。

这部哑剧就像古典的滑稽表演。托比扮演哈利奎恩①,哒哒扮演科隆比纳②,咕咕扮演潘特伦③,斯维茨尔扮演警察,而吉普则扮演皮埃

---

① 哈利奎恩(Harlequin),为滑稽表演中的丑角,通常以奇异的服饰、夸张的表情动作和下里巴人的语言逗观众笑。
② 科隆比纳(Columbine),为喜剧中的定型角色,通常与丑角哈利奎恩相爱。
③ 潘特伦(Pantaloon),为哑剧中的丑老头,常被丑角取笑。

罗①。哈利奎恩、科隆比纳和皮埃罗的舞蹈带来了很多欢乐。每次哒哒踮起脚尖跳舞的时候,整个马车就会倾斜,而跳舞的人就会摔到床底下去。

警察斯维茨尔总会逮捕可怜的小丑(吉普饰)和其他人,他的警棍是一根黄瓜,在追赶偷了一串香肠的潘特伦(咕咕饰)时被打断了,然后这根黄瓜就被犯人吃掉了。受此启发,医生决定在曼彻斯特正式表演时加入这一段。

对于动物们而言,上台和下台是很难的一件事情,因为演员需要走到马车门外站在狭窄的台阶上,而马车这时还在前进中。饰演滑稽的潘特伦的咕咕更不容易,他需要拿着一串香肠不断进进出出于舞台。虽然每次医生都会反复提醒他出门要小心,可是咕咕每次都会忘记马车还在行驶中,不由自主地飞出去。有几次他不可避免地摔到路上去了,那时就得停下排练等潘特伦先生站起来追上移动的舞台。

那天早上马戏团往下一个小镇去的途中,这幕剧彩排了四五次。到了晚上,马车队停下来过夜时,医生派人去请贝拉米先生过来看一看这部剧可不可以演。

这次是在路旁坚硬的路面上表演哑剧,观众有贝拉米先生、布鲁萨姆团长、马修·穆格和大力士。这次的舞台不倾斜,所以演员们表演得比之前要好很多。尽管潘特伦还有点乱糟糟的,上上下下舞台次数太多,可是观众却给予了长久的掌声,他们说这是迄今为止看到的最有趣的表演之一。

"太完美了!"贝拉米先生喊道,"这就是我们想要的东西。如果再稍微排练一下,配上合适的衣服,这应该会大卖。所有参与表演的动物都很享受表演。今晚我就回曼彻斯特。布鲁萨姆带你们去小普林普顿表

---

① 皮埃罗(Pierrot),为哑剧中穿白色短褂子、脸上涂成白色、头戴高帽子的男丑角。

演之后,下周就会带你们去我的剧场表演。周一是 17 号。在这期间我回去做一些广告宣传,我向你保证这部戏肯定值得表演。"

马戏团在小普林普顿表演的一周,医生家族主要都在准备和排练即将在曼彻斯特上演的普德莱比哑剧。

马修·穆格派上用场了,他现在负责推推拉拉的表演,这样医生才有时间来负责排练演出。

随着时间的流逝,每个人都对自己的角色了如指掌,似乎不会再出错了。医生希望所有的表演都由动物们出演,从头至尾舞台上都不能出现人。在彩排时不时出现的意外和怪事给了医生灵感,其中有许多都被加进了表演之中。有些演员在排练过程中还提出了自己的滑稽想法。如果这些想法很好的话,医生也会加入到剧本中。因此在排练结束时,整个表演跟贝拉米先生一开始看的有很大的不同,这是一出更好的戏剧。咕咕在表演中时常会因为自己滑稽的表演忍不住咯咯地笑出来,而表演不下去了。

西奥多西娅·穆格在这些天也忙着做服装,而要给动物做一身合适的衣服实在不是一件容易的事情。咕咕最难搞定,第一次彩排时他把衣服都穿反了,假发前后颠倒着戴,后腿穿在袖子里,把衣服当裤子来穿。给咕咕化妆也让舞台经理着实忙碌了一番。潘特伦先生喜欢油脂的味道,在表演时总是在舔脸颊,他脸颊上的胭脂很快就花了,看上去就像吃了面包和果酱一样。

但演潘特伦的咕咕最大的挑战是穿裤子,最终医生他们才让咕咕明白首先要把裤子系在腰带上,然后再穿衣服。但他的肚子又圆又滑,腰带总是往下滑落。在开始的几次排练中,当咕咕还没跑到舞台上时,半路上裤子就松开了,到了舞台上就只剩下一身衣服和一顶假发。后来西奥多西娅给他做了一个特殊的吊带裤,而医生也总是检查他的打扮。

饰演科隆比纳的哒哒一开始也遇到了相同的情况,西奥多西娅为她做了一件粉色的小芭蕾舞裙。可是一开始穿上衣服后，哒哒跺着脚尖跟哈利奎恩跳舞，在高踢腿的时候，把裙子踢到了伙伴头上，那时正好潘特伦顺势捡起了裙子穿上，匆匆上场。

现在你可以轻而易举地想到舞台经理杜利特和西奥多西娅满手都拿着东西的样子。让动物们像人一样表演对他们来说已经很难了，更何况还要他们穿着不习惯的衣服来表演，而且排练时间也就只剩下一周。很多时候医生对服装陷入绝望之中，然而西奥多西娅却用一些秘密的纽扣、钩子、松紧带和磁带做了很多神奇的小东西，固定住了动物们穿的衣服、帽子和假发。让这些动物穿了一整天的衣服，最后医生终于让他们适应了穿衣服也能自如表演。

第三章　海报和雕像

马戏团动身去曼彻斯特的那天对杜利特家族而言是一件很棒的事情。除了吉普之外，其他的动物都没有去过一座大城市。一路上咕咕时不时就跑到马车的窗户边，一会儿看看路，看到突然出现的新东西或不可思议的东西，又会对着其他人叫几声。

贝拉米先生的剧院坐落在曼彻斯特的边缘，那是一个很大的游乐园，里面有各种各样的杂耍。游乐园的正中间有一座很大的剧院。剧院后面有一个大型的露天场地，那里会举行各种职业拳击赛、摔跤比赛、铜管乐队比赛和各种各样的娱乐活动。整个场地是椭圆形的，周围设有高出来的座位。这也是它被称作圆形剧院的原因，因为它的外形和设置有点像罗马斗兽场。

曼彻斯特的市民想要娱乐放松的时候，成千上万的人就会去贝拉米先生的游乐园，特别是周六下午和晚上。每到夜晚整个游乐园都被小小的灯火点亮，气氛好不热闹，看上去无比美丽。

整个游乐园是如此之大,布鲁萨姆的"猛犸马戏团"也只是占据了人群不会注意的一角。团长深深震惊了。

"上帝保佑!"他对医生说,"这才是办表演这一行的方式,超大规模的表演。贝拉米肯定财源滚滚。就这一个剧院就可以容纳我们大帐篷三倍的人。"

布鲁萨姆的马戏团聚会在他们停驻的地方举行,在这样大的一块地方看上去显得很微小而不引人注目。安顿好马匹后不久,贝拉米先生就来了,他问的第一件事情就是普德莱比哑剧演出。

"至于其他的表演,你可以在这个角落表演,收入归你。"贝拉米先生对布鲁萨姆说,"五点后以及整个周六下午,我们的游客会更多。我们通常会在竞技场那儿表演职业拳击赛。可是杜利特医生一行人,我要单独照顾。当然你不需要担心,我会把钱给你。不管怎样你跟他讲好。可是从现在起他和那些动物都归我管,别去打扰他们,你明白吗?这是我们达成的协议,不是吗?"

布鲁萨姆和他的人安排好他们的杂耍表演,杜利特他们被带到场地挨着剧院的另一边,他们在一个高栅栏内的舒适地安顿下来。

那里还有一些其他的帐篷和马车,各色各样的特殊表演者都住在那儿,他们或者是在白天表演,或者晚上表演,其中有舞者、走钢丝的人、歌手和其他一些人。

铺好床铺并整理好马车后,杜利特建议到这个城市里走走。吉普和咕咕立即问能不能跟着去,医生同意了。哒哒觉得自己应该留下来收拾那些没收拾好的东西,并准备一些晚餐的食物。

医生确认马修·穆格已经把推推拉拉安顿好了之后,才跟咕咕和吉普一起去参观曼彻斯特了。

去市区他们要走上半英里路,穿过城市周围的普通房屋和花园地区。

当然,约翰·杜利特和吉普不是第一次来伦敦。他们知道城市的大致布局。咕咕是第一次来城市,拥挤的街道和交通、鳞次栉比的大商店和建筑给他留下了深刻的印象。

"很多人!"他低声说着,眼睛几乎快跳出来了。"看那些出租车!我不知道世界上有这么多车,一辆接着一辆,就像游行那样。你们看那些蔬菜商店!你看过这么大的西红柿吗!哦,我喜欢这个地方。他比普德莱比大,也热闹得多。是的,我喜欢这个城市。"

他们来到一个开阔的大广场,周围有很多精美的石头建筑。咕咕想了解所有的一切,医生不得不跟他解释什么是银行,什么是玉米交换和市政大厅,还有其他许多东西。

"那是什么?"咕咕指着中间的广场问道。

"那是一座雕像。"医生说。

那是一个男人骑在马背上的宏伟的纪念碑,咕咕问他是谁。

"那是斯莱德将军。"医生说。

"人们为什么要为他竖立一个雕像呢?"

"因为他曾在印度抗击过法国军队,他是一个名人。"医生回答说。

穿过这个广场他们走了一会儿来到另一个小一些没有雕像的广场。当他们要走过去时,咕咕突然停下来不走了。

"天哪,医生!"他大叫着,"你快看!"

广场的另一边贴着一张巨大的海报,上面有一只穿着裤子,手里拿着一串香肠的猪。

"医生,那是我!"咕咕说着飞快地向海报跑过去。

海报顶部写着大大的字母:普德莱比哑剧。谜一样的剧集。看独特的滑稽表演,尽在贝拉米剧场。下周一见。

贝拉米真的是一个言行一致的人。他找艺术家按照医生剧中的人物特点制作了海报,并张贴在全城进行宣传。

227

医生他们没办法把咕咕从海报那儿拉走。一想到来到这么大的城市,看到自己的照片贴在墙上,而他自己成了一位著名的演员,咕咕整个人完全沉迷其中无法自拔。

"也许以后就像将军一样,人们也会给我立一个雕像。"他说,"看这里还有地方可以放。"

穿过街道,他们看到更多关于表演的宣传海报,有些是穿着芭蕾舞裙的哒哒,有些是戴着警察头盔的斯维茨尔,可每次经过潘特伦的海报时,他们都要费力地拖走咕咕。如果任由他去的话,咕咕会在自己的海报前坐上一宿,敬佩自己成了一个著名的演员。

"医生,我觉得你真应该跟市长谈论给我立个雕像的事情,"回去的路上,咕咕一路得意地说,"也许他们愿意把将军的雕塑移到小广场去,把我的雕塑放在那儿呢。"

周一早上就是表演的时候。一开始有个服装彩排,其他的表演都会在剧院上演。这就是综艺节目,有很多不同的表演者、舞者、歌手和杂技演员等等。他们轮流上台表演,管弦乐队为每个节目伴奏。

在舞台的一边有一个小小的框架,每一幕开始前,都会有穿着制服的步兵过来放一张大卡片在上面。这些卡片就是新的一幕戏剧的名称,这样观众才能提前知道剧情的发展。医生建议普德莱比哑剧表演时,换卡片的工作也由动物完成,贝拉米先生觉得这是个绝妙的想法。医生还在想要让哪个动物来承担此工作时,图图说他可以胜任。

"但我们需要两个人。"医生说,"你看仆人是怎么做的,就像士兵演练那样手里拿着卡片走到舞台的一边,取出旧卡片,然后换上新卡片。"

"医生,没问题。"图图说,"我很快就能找到一只猫头鹰,我们会比那些仆人表演得更好。你等一下,我出去找人。"

图图说完就飞出去了,半个小时不到,他就带回来一只跟他一模一样的猫头鹰。人们把凳子摆放到舞台的角落里,然后猫头鹰士兵开始练习他们的戏份。

即使乐团的音乐家已经习惯了舞台上上演的这幕剧,他们看到图图和他的哥哥从幕布后面登场时,还是感到很惊讶。就像两个钟上上了发条的报时鸟,图图和另一只猫头鹰跳到凳子上换上卡片,然后对着想象中的观众鞠躬退场。

"我的天!"低音提琴手跟长号手说,"你看到过这种情景吗?你绝对会认为他们在各种各样的大厅中演出过。"

之后懂音乐的医生开始跟指挥家讨论演出的配乐。

"我想要一种活泼轻快的音乐,"杜利特说,"十分轻柔的音乐。"

"没问题,"指挥家说,"我会给你演奏我们曾经给走钢丝绳的演出所奏的音乐,有一种紧张感在内。"

然后他用指挥棒敲了敲桌子提醒乐团做好准备,弹了一些开场音乐,那是一种令人兴奋又颤抖的音乐,让人想到月光下在草坪上飞舞的精灵。

"太棒了。"指挥家结束演奏时医生赞美道,"当科隆比纳开始跳舞时,我想要《唐璜》中的小步舞曲,那是他排练时常用的曲子。每次潘特伦摔倒的时候,请帮我配上低音鼓声。"

然后普德莱比哑剧在正式的舞台上与乐队和真的场景一起做最后的彩排。咕咕看到脚灯刺眼的灯光,但是他和所有的演员已经练习过很多遍,即使闭着眼睛也能演出了。整部剧从头到尾很顺利地排练完了,没出任何差错。

当彩排结束时,贝拉米先生说:"再提醒一件事情,当观众来了后,演员要到幕前来。你得告诉人们他们都怎么称呼。"

然后这些演员开始练习鞠躬,五个动物手牵着手对着空空的剧院鞠躬。

在不平凡的生活中,杜利特医生的动物家族经历过许许多多激动人心的时刻。可是我想在著名的普德莱比哑剧中第一次在观众面前表演这件事情,也许会在他们以后的人生中经常被提起。

我之所以说这是一部著名的戏剧,是因为之后他真的出名了。不仅曼彻斯特的报纸报道了这个轰动一时的演出,就连那些致力于演出技术和戏剧新闻的杂志也登了这部剧,称其为戏剧行业带来新的血液。虽然在此之前也有动物穿上衣服表演的节目,其中不乏精彩的内容,可是这些动物并不知道自己为什么要演出,也不知道他们表演的是什么意思。而医生因为能跟他的动物演员沟通,造就了一场堪称完美的表演。他曾经花了好多天时间来教托比如何眨眼睛,教潘特伦回眸像人类那样大笑。咕咕常常会在镜子前一练就是几个小时,因为猪有他们自己的笑容方式,只是大多数人不知道这一点,而他们有时还觉得人类很搞笑。可是动物们在剧中像人类那样自然地大笑、皱眉和微笑,观众们之前在舞台上却从没有看到过。

周一晚上天气很好,贝拉米先生的广告吸引了一大群人来到游乐园。演出还没开始,剧院的人就满了。杜利特的班子在后台等候,没人比医生更紧张。除了斯维茨尔之外,其他的动物之前都没有演出经验,之前的观众只有贝拉米先生和其他的一些人。

听到乐团奏出的一些音符,医生从幕布后面偷偷看了一下外面的观众,除了各种人脸之外,他看不到任何东西。长长的大厅尽头不断有观众涌入进来,试图在过道上找个站的地方,甚至有些人都站到门口外了,他们踮着脚尖可以看到一点点舞台上的表演。

"医生,"一起偷瞄的哒哒小声说,"我们肯定发财了。布鲁萨姆说贝拉米先生许诺一天给我们一百英镑。如果观众够多的话,我们能得到更多钱。今天的人已经够多了,飞都飞不进来。可是他们为什么吹口哨?"

"因为表演晚点了。"医生看了一眼手表说,"人们没有耐心。哦,小心点!我们离开舞台吧。他们要拉开幕布了。看那对飞着的演员要开始表演了。快点！咕咕呢？我担心那只猪的假发会掉下来。哦,他在这儿。谢天谢地,一切都准备就绪……还有他的裤子。现在,你们都站在这儿等候上场,他们表演一结束,你们就上场。咕咕,别舔你的脸！我没时间再给你补妆。"

第四章　名、利以及雨

舞台经理杜利特先生的担心最终证明是杞人忧天。灯光、音乐和人山人海的人群并没有吓到动物,反而让他们超常发挥。表演结束后,医生说他们在彩排的时候从没有表现这么好。

舞台的幕布拉开的那一刻起,观众就被深深吸引住了。开幕的时候,他们都不相信表演的是动物。他们交头接耳,窃窃私语地说也许是一群戴着面具的男孩子或者矮人在演出。等到两只小猫头鹰像军人般登场后,人们才相信这些不是扮演的。随着哑剧的演出,即使再感到不可思议的观众也不得不相信这场表演真是动物演的。人类不管经过多少训练和伪装,都不可能做到如此逼真。

一开始人们特别喜欢咕咕,他的鬼脸和滑稽的动作惹得人群爆发出一阵阵的大笑。但哒哒上场后,观众就出现了不同的观点。她和托比、吉普的舞蹈博得了满堂喝彩。想想她平常走路东倒西歪的样子,现在居然能跳出这么优雅的小圆舞曲。观众不断鼓着掌,跺着脚喊："再来一支舞！"直到她又跳了一支舞,演出才继续进行下去。

前排的一位女士扔了一束花到舞台上。哒哒之前从没有收到过花,她不知道该怎么做。斯维茨尔经验丰富,他立即捡起了花束递给演科隆比纳的哒哒。

"向观众鞠躬！"医生用鸭子的语言提醒着,"对那个给你送花的女士鞠躬感谢。"

哒哒像芭蕾舞演员那样对着观众做了一个屈膝礼。

最后等到幕布落下,乐队停止演奏时,人群中响起了经久不息的掌声。表演者们手牵着手上台给观众鞠躬致谢。观众再次呼喊他们回来,于是医生只好逐一让演员上台谢幕。咕咕负责做滑稽动作和鬼脸,斯维茨尔脱了警察头盔并向人群鞠躬,托比像丑角那样灵活地蹦到了空中,吉普表演了像悲剧的皮埃罗那样的表情,哒哒踮着脚尖在舞台上旋转跳舞,舞动着翅膀向人群送去一个个飞吻,把整个气氛带向了高潮。

人们给科隆比纳抛了很多鲜花,潘特伦拿到一捆胡萝卜,还没离场就开始吃了起来。

贝拉米先生说从他开始经营剧院开始,从没见到过观众像今天这样热情,于是他问布鲁萨姆能不能重新签订合同再表演一周。

当其他场演出结束观众离开后,咕咕走到大厅的座位那儿看着舞台。有很多节目单散落在地上,他问医生这些是什么,看到自己的名字印在上面时,咕咕感到十分开心。

"哇!"咕咕说,"我要收藏这个东西。可以放到我的菜单集中。"

"是你的集邮册吧?"医生问。

"不是的。我前段时间已经放弃集邮了。"咕咕说,"现在我改为收集菜单。它们可比邮票有趣得多。"

如今医生家族就住在剧场附近,不常见到他的老朋友。但医生也会时不时穿过游乐场去看望马修和推推拉拉。小丑霍普、大力士和品脱兄弟经常来剧院看医生的哑剧,到医生的马车里喝茶聊天。一整周医生的戏剧获得了空前的成功,每一场演出的观众越来越多。如果想要看戏的话,必须得提前预订才能有座位。之前只有一位世界级的小提琴演出家来大戏院表演时,才出现过要提前订票的情况。

每天晚上都有那些出身高贵的绅士和女士来到医生的大篷车祝贺,并看望那些出色的动物演员们。咕咕骄傲极了,还摆起了架子说他打盹儿的时候,一概不见那些戏迷。

"我只在上午十点到十二点这段时间在家里会客,"咕咕跟医生说,"医生,我建议你把我的话登到报纸上去。"

一位女士来找咕咕签名,经过医生的帮助他才歪歪扭扭地写出了一个"GG",写完了他还在旁边画了一根萝卜,称这是他们家族的徽章。

哒哒当然也很受欢迎,而且他比咕咕更平易近人。每场演出一结束,她这个管家就会回到大篷车去做家务。

"我真不能理解那头猪,摆什么臭架子!"哒哒说,"要不是医生,他能有今天。对了,医生有跟布鲁萨姆谈过钱的事情吗?"

"没有,还早呢。现在没必要操这份心。"医生说,"第一个星期还没结束……不对,我好像三天没见到他了。"

"你应该每天找他拿回属于你的那份收入。"

"不用吧,我觉得布鲁萨姆挺靠谱的。"

"他靠得住?哼,我第一眼看到他就觉得他老奸巨猾。"哒哒说,"医生你听我的话,每天结束表演了就去找他拿钱,现在他欠你很多钱。"

"别担心,等他算好了一定会给我们的。"医生说。

哒哒经常催促医生去布鲁萨姆那儿询问钱的事情,可是医生却不听。就这样两个星期过去了,布鲁萨姆还是没有给医生送钱。与此同时,推推拉拉的节目也很不错,而且他挣的钱已经足够日常开支了,因此医生就没有去布鲁萨姆那儿问收入的事情。

待到第二个星期结束的时候,普德莱比哑剧已经在曼彻斯特非常出名了,很多观众专门来看医生和那些动物演员。看到这种情况,医生决定举办一些茶话会来感谢他们。因此管家哒哒一下子又忙碌了起来,她印了两百多张请柬,而穆格太太也过来帮忙,在大篷车的周围摆上了许多小桌子,在桌子上摆放上鲜花和点心。星期六下午四点,人们陆陆续续来到这块小场地,杜利特医生家族里所有的动物演员都成了聚会的主人,他们有的穿着戏服陪着高贵的客人们品茶。这个茶话会的第二天,布鲁萨姆马戏团就要离开曼彻斯特,当时市长和市长夫人都来给他们送行了。当地报社的记者还在笔记本上记下了哒哒给大家倒茶,咕咕给大家送蛋糕的场景。

第二天,马戏团就收拾好东西准备离开曼彻斯特,去东北大约十二英里的一个小城镇。大篷车到达那儿的时候,天突然下起了雨,给搭帐篷和舞台的工作带来了不少麻烦。雨一直下了好几天都没有停下的倾向,而且只要下雨来看马戏的人就很少,这给马戏团的业务带来了巨大的影响。

"没关系,"第三天早晨医生自我安慰说,"我们在曼彻斯特赚了许多钱,应该能应付一段时间了。"

"话虽如此,可是医生我们的钱还没拿到呢。"哒哒说,"你一直都不听我的劝找布鲁萨姆要钱。"

"吃早饭之前我遇到了他,他说钱太多放在身边不安全,所以存在曼彻斯特的银行。"医生说。

"当初从曼彻斯特离开的时候,他为什么不从银行里取出来把你的那部分钱分给你呢?"哒哒问。

"星期天银行休息。"医生说。

"那他总不会一直扣着你的钱吧?"哒哒问。

"我早上遇到他的时候,他正骑马走了,也许他是去取钱的。下雨天骑马也挺遭罪的。"医生说,"维持马戏团的开支需要花费,还要负责动物们的食物,员工的工资以及其他的开支,如果下雨没有观众,马戏团开门就是亏本。"

医生刚说完,负责管理动物棚的管理员就过来问他:"你们看到布鲁萨姆了吗?"

"他去曼彻斯特了,说下午两点回来。"医生说。

"哎呀,"那人叫了起来,"这可怎么办呀?"

"出什么事情了?需要我帮忙吗?"医生问。

"刚才卖粮食的人送来米和干草,可他非要一手交钱一手交货。布鲁萨姆说早晨给我钱,可是现在却找不到他人了。动物们等着吃呢,怎么办?"管理员说。

"也许他忘记了,要不我先垫上这钱,多少?"医生问。

"两捆干草和五十磅大米,一共是三十先令。"管理员说。

"图图,把钱箱子拿给我。"医生说。

"你又这样!"哒哒听到医生的话气得毛都竖起来了,"布鲁萨姆还欠着你一大笔钱呢,现在你还替他付账!那些动物关你什么事!再这样下去我们就要穷得叮当响了。"

"那些动物需要吃东西,"医生一边取出钱来交给管理员,一边说,"哒哒,我会把钱收回来的。"

这是马戏团到这儿的第四天,可是雨并没有停下来,反而越下越大。马戏团在这里搭好帐篷后,一张门票都没有卖出去。

动物管理员前脚刚走,后脚另一个人又来找医生。整个上午,马戏团的人们纷纷来找医生帮忙,医生本来满满的钱箱现在变得空空如也。

可是到了下午三点钟,布鲁萨姆还是没有回来。

"也许他遇到什么事儿了,他肯定很快就回来,"医生安慰自己说,"他挺老实的,我没必要担心他逃跑。"

到了三点半,吉普突然从外面冲进来叫道:"医生,你快点去布鲁萨姆的马车看看,我觉得出事儿了。"

"吉普,到底怎么了?"医生一边拿帽子,一边问。

"刚才我去布鲁萨姆的马车那儿,我以为门锁着,于是我推了一下。这下可好,我发现门根本没有上锁。布鲁萨姆的箱子都不见了。你快去瞧一瞧。"吉普说。

第五章 布鲁萨姆的神秘失踪

听完吉普的话,医生皱起了眉头,戴上帽子跟着他走进了雨中。

到了布鲁萨姆的大篷车那儿,医生发现一切正如吉普所言,里面一个人都没有。马车里所有值钱的东西都不见了,只剩下地上的一些废纸。很明显主人并不打算回来了。

医生环顾四周时马修也过来了,他说:"出事儿了?如果布鲁萨姆仅仅是去曼彻斯特取钱的话,为什么把东西都带走了。我们肯定找不到他了。"

"目前我们还不能妄下断言,他说会回来的。我们没有证据不能妄断。"医生说。

"哎,医生你总是把人想得太好,"马修说,"不过我觉得你在曼彻斯特赚的钱都被布鲁萨姆卷走了。"

"马修,如果你的怀疑是真的话,那么马戏团里将会人心惶惶的,"医生说,"所以我现在要你帮我个忙,你去曼彻斯特找贝拉米先生,问问他布鲁萨姆的情况。帮我找到真相。"

"我这就去,不过我觉得贝拉米先生应该也不知道这事。"马修说。

吉普听到这番话赶紧回到自己的大篷车,告诉了那些动物们。

"布鲁萨姆逃走了!"吉普甩掉身上的雨水说。

"啊,难道他骗走了所有的钱?"图图问。

"是的,布鲁萨姆卷款逃跑了!"吉普气愤地叫起来,"那笔钱足够我们一辈子衣食无忧!"

"我之前说什么来着!"哒哒绝望地说,"我一开始就说他是骗子,我让医生去要钱,医生偏不听。这下好了,我们这边省吃俭用,他倒好,携款而逃。"

"没关系,走了挺好。这样我们就可以办我们自己梦寐以求的马戏团了,杜利特医生的马戏团!"咕咕说。

"幼稚!我们现在一分钱都没有怎么维持马戏团的开支?工钱怎么办?动物们怎么办?医生他自己怎么办?外面雨一直不停,哪来的观众?笨死了!"哒哒气愤地说。

马修离开后,医生一个人坐在旧箱子上。布鲁萨姆的大篷车现在空荡荡的。医生点了烟斗,看着外面淅淅沥沥的雨陷入了思考之中。大约过了半个小时,大力士来到了布鲁萨姆的大篷车。

"我听说布鲁萨姆逃走了,这是真的吗?"他问医生。

"还不确定,他早上说去曼彻斯特的,也许有事儿耽搁了。"医生回答说。

"我真希望他早点儿回来,我现在找他拿工钱,一个星期的工钱。"大力士说。

过了几分钟小丑霍普带着斯维茨尔也来了。好事不出门,坏事传千里。很多人都过来找布鲁萨姆讨要工钱。医生试图为老板找借口,他一直劝大家往好的方面想。可是随着时间的推移,医生越来越没有信心了。到最后连搭帐篷的工人也加入了他们的谈话中。

"太过分了!"工人听到布鲁萨姆逃跑的消息气愤地说,"我有三个孩子和一个老婆,如果拿不到工钱我该怎么养活他们呢?"

"是啊,"品脱兄弟中的一个说,"我们家也有个小孩子。如果他真逃跑了,我们要报警吧?"

"可是我们没有证据怎么报警,万一他回来呢?"医生说。

"他可能从此就不再回来了,等到你找到了证据,他都逃到不知道哪里去了,还怎么抓到他。现在都六点钟了,我们得派个人去打探打探。"大力士说。

"我已经派马修去了。"医生回答说。

"既然你派马修去了,看来你也在怀疑布鲁萨姆,不是吗?"品脱兄弟中的一个问医生。

医生看着表说:"大概四个小时前我就派马修去曼彻斯特打探情况了。"

"那现在也该回来了啊!"大力士嘀咕着,"我敢打赌马修一定没有找到布鲁萨姆。他真的携款逃跑了!"

"可我不明白,这里还有这么多东西,他就逃了?"搭帐篷的工人说。

"他除了留下一屁股债给马戏团,还有什么?那笔钱足够他抛弃这一切。谁知道他从贝拉米先生那儿狮子大开口要了多少钱。看来他拖着我们的工资是有计划逃跑了。"大力士说。

"我们现在怎么办?"小丑霍普问。

"我们现在该怎么办呢?"品脱兄弟也跟着问。

"我们得找个负责人带领我们脱离困境。"大力士说。

第六章 医生成为马戏团的新经理

大力士一提到为马戏团找一个新的负责人,所有人都不约而同地看向杜利特医生。

"医生,我认为你是最合适的人选。"大力士说。

听了大力士的话,大家异口同声地说:"同意同意!"

"医生,从现在开始我们全都听你。"大力士说。

"可是我不会管理马戏团,再说了……万一……"医生结结巴巴地说。

"医生,我们大家都相信你!"大力士打断他的话,"在桥镇你和贝普表演的节目名声大噪,也因为这样才给了马戏团去曼彻斯特表演的机会。最重要的是你懂动物的语言,你可以跟他们对话。有了你的领导,我们一定会起死回生,赚大钱的。医生,你就听我们的吧!"

"医生,大力士说得对。如果你不管我们,我们只有等着灭亡了。"霍普说。

医生坐在旧箱子上思考了一下,最后他开口说:"一开始我不打算长久地从事马戏团的事业,我只是想赚点钱来还债。不过现在马戏团有困难,我不可能抛下大家不管。我现在也一个子儿都没有了。既然大家这么看得起我,我就试一试。不过我的管理方式会有所不同。大家都是一起合作赚多少钱大家一起分。收入多的时候就分得多,收入少就分得少。我有权力开除人员。"

"这种方式挺好的!马戏团就应该这样管理。"大力士说。

"不过万事开头难,我们现在没有钱,天又下雨,所以得去赊账了。不知道大家愿不愿意继续跟着我?"医生问。

"我们支持你!"

"我们愿意!"

"我们无怨无悔!"

"没有谁比你更合适了!"

大家七嘴八舌地表达着对医生的支持,之前的阴霾气氛一下就不见了,大家对未来充满了希望。就在那时马修带着贝拉米先生进来了。

贝拉米先生说,"听到这个消息我很难过。我给了布鲁萨姆两千英镑,他居然独吞了!城里的商人告诉我布鲁萨姆是个骗子,还欠着他们的钱,我这才知道了他是个混蛋。后来马修来找我,我已经报警了。医生现在你可以先带着你的马戏团来曼彻斯特,我在圆形剧场游乐场给你一块地方,你们先在我那儿赚些盘缠。"

"太棒了!"霍普欢呼起来,"雨停了,我们的好日子要来了!杜利特马戏团万岁!"

"请问杜利特先生在吗?"这时门口传来一个有礼貌的声音。

大家纷纷回过头,看见门口站着一个小个子的男人。

"我就是杜利特,请问你找我有什么事?"医生问。

"你好,我是演出公司派来的,想邀请你的剧团去伦敦演出。"那人说。

"哦!"大力士叫起来,"医生一当上马戏团团长我们就迎来好运了。你看,来自曼彻斯特的邀请,伦敦的邀请! 医生你太棒了。"

医生答应接管马戏团的消息一传开,所有的动物和人员都兴高采烈地纷纷赶来祝贺。雨一停,大伙儿就开始收拾东西。他们首先换下了那块"布鲁萨姆大马戏团"的牌子,挂上"杜利特马戏团"的招牌。

贝拉米先生十分善良友好,他知道医生现在的困境,所以想贷款或者以其他的方式来帮助医生。

医生不想马戏团负债累累,于是请贝拉米先生帮他担保去城里的商人那儿赊了一些日用物品。看到是贝拉米先生介绍的人,商人们都愿意提供物品给医生,让他以后再支付。

第七章　马修当上了副经理

在杜利特马戏团刚开始运营的日子里,图图和哒哒变得比平时更忙了。

"现在马戏团的日常运作越来越好了,可我总觉得还得找个人来管理其他的各项工作。"哒哒对图图和吉普提议说,"虽然医生擅长创作剧本和舞台监督的工作,但他并不擅长管钱。其他的合伙人如大力士、霍普和品脱兄弟会越来越富裕,可是医生一直都是个穷光蛋。你们知道吗? 昨天晚上他还说负鼠喜欢在月光下爬树,等有钱了要把他们送回美国的弗吉尼亚去……天知道这要花多少钱,可我敢打赌医生一有钱就会把他们送走。还有狮子和豹子,他说大野兽们不应该被关在笼子里……

我觉得有必要找一个有生意头脑的人来帮医生管钱。"

"同意,我觉得马修就很好。"吉普说,"他虽然看起来笨笨的,可实际上还是蛮有头脑的。"

"马修这个人真不错,每次碰到我和托比总会从口袋里拿出骨头给我们啃。"斯维茨尔说。

"我也觉得马修这个人挺好,"吉普说,"他人品又好,又有生意头脑,给我们把接下来的工作都安排妥帖了。就连杜利特医生都去向他请教如何制定马戏团的时间表。马修在马戏团里帮忙租场地、安排饲料,而且他的宣传工作也做得很好。"

杜利特马戏团跟以往的马戏团完全不同。自从医生接手了这个马戏团后,就开始了一系列的改革:医生要求所有进来参观的观众都必须讲文明懂礼貌,而马戏团的员工也必须勤勤恳恳,踏踏实实做事,不允许像其他的马戏团那样弄虚作假,夸大宣传。

刚开始实施这些改革措施的时候,马修特别不赞成医生的做法,他认为夸大宣传可以吸引观众过来参观,但是不久他就发现了这些改革措施的好处。真实的节目让马戏团树立起用金钱都买不到的良好口碑和名声。

但对于医生提供免费的点心这件事,马修又有不同的观点,他觉得马戏团又不是饭店和收容所,给那么多观众提供免费的茶点,早晚有一天医生会破产的。

医生却劝他说:"你知道我们的很多观众都是从很远的地方慕名而来的,其中还有很多人带着自己的孩子。我们提供免费的茶点会让大家感到心情愉悦。而且我们大量批发这些吃的东西价格也比较便宜。你放一百个心,西奥多西娅会搞定这件事情。"

自那之后,免费茶点就成了杜利特马戏团的一大特色,除此之外马戏团还会送给每个孩子一包薄荷糖。这些优质的服务受到了观众的一致好评,让杜利特马戏团比其他马戏团都要好。

第八章　杜利特马戏团

杜利特马戏团距离去伦敦的演出还有六周,在此期间他们先去了提尔莫斯镇表演。不幸的是在那儿医生又蹲了一次监狱。故事的始末是这样的:

马戏团的动物们都很开心杜利特医生接管了马戏团。现在医生一赚到钱就会想方设法改善动物们的生活,比如说马戏团里几乎所有的动物笼子全都按照动物们的意愿重新刷了漆。

动物们住的地方装修好了之后,医生听到了狮子和猎豹的抱怨,说整日待在笼子里憋屈得难受,想要出去活动活动四肢。

医生对他们说:"我也很反对整日把你们关在笼子里。只要一赚到足够的钱,我立马就送你们回非洲。"

"那你现在能不能每天让我们出笼子溜达一圈。"狮子乞求道。

"我也快被这笼子憋疯了。"猎豹跟着说。

一看到这两个大型动物心情如此不好,医生决定做点什么,于是他说:"好吧,每天晚上我让你们出去散步,但你们必须要答应我一件事情。"

狮子和猎豹异口同声地说:"无论什么要求我们都答应。"

"你们每天出去后要保证半个小时之内回来。"

"当然可以。"

于是每天表演结束后,医生就把狮子和猎豹放出笼子活动半个小时。这也成了杜利特马戏团的惯例。其他动物见了也都保证会听话,想要出去活动,于是经过很长一段时间的实践后,马戏团里的管理人员都信任起这些动物,也就不看着他们了。连西奥多西娅都对每天出来散步的狮子或猎豹感到习以为常了。

医生自言自语说:"我们人工作累了还要休息,更何况是动物呢?我以前怎么没有想到这一点?"

出了杜利特马戏团的围墙后,为了不吓到人们,动物们都会小心翼翼地避开人群,其实每天在笼子里看着形形色色的观众,他们对人类早已见怪不怪了。

直到有一天,杜利特马戏团来到了一个新的小镇。那天晚上十点左右,马修突然急急忙忙地跑到医生的大篷车里大喊着:"不好了!狮子今天没回来,他都出去一个小时了。刚才我去看了,狮笼里也没有他的身影。"

医生听了马修的话一边赶紧冲向兽栏那里,一边说:"他答应了我就一定会回来。我真怕他出什么事情。"医生向猎豹询问狮子的情况。猎豹说:"我们一起出去活动,往东走的时候遇到了沼泽地,我们对那儿的地形不是很熟悉。在一条小溪那儿我往下游走,而狮子则往上游走。因为河面越来越宽根本没法过河,正巧时间又到了,于是我就自己回来了。狮子应该是迷路了。"

医生问猎豹:"那你们有碰到人吗?"

猎豹回答说:"没有。我都是绕着农场避开人群走的。"

医生因为担心狮子,一夜都没有合眼。他还沿着小溪往上去找也没找到狮子。

第二天早晨狮子仍然没有回来。医生虽然心急如焚,可是马戏团的事情又让他脱不了身,还要招待各种客人。就在他端着蛋糕给观众送去的时候,医生看到狮子悠闲地走了进来。那时大伙儿都在品着茶点聊天,医生祈祷大家不要注意到狮子。可天不遂人愿,一个农民一家正好跟狮子打了照面,那位农民的妻子被吓得大叫起来,拔腿拉着孩子就跑。农民却抄起拐杖打向狮子。当场所有的人都四处逃跑,桌子全都倒了,女士们大声尖叫着,不知哪个人还开了一枪吓跑了可怜的狮子。

等到混乱平息后,观众纷纷散去,杜利特马戏团一下子就空了。医生担心狮子被吓到了,躲起来更难找到,于是派了很多人出去寻找。

就在那时两个警察登门以饲养野兽危害公共安全罪把杜利特给逮捕了。

话说狮子被枪声吓到了之后,跑到了一个养鸡场,因为肚子太饿就吃掉了一些鸡。养鸡场的主人后来让医生赔偿了他的损失。

医生蹲了一晚上监狱,狮子则躲在一家面包店的地下室里。没有人敢去赶走他,于是警察下令马戏团的人把狮子带走。虽然知道狮子听熟人的话,但是马修灵机一动,告诉警察说只有医生才能制服狮子。于是第二天一早,警察就把医生给放了出来去地下室带走狮子。

见到医生时,狮子说:"对不起。我在沼泽地散步的时候迷路了,一直到第二天才找到了回去的路。我本来是打算偷偷地进来的,可是却被那个枪声给吓到了。"

"那你不是答应我不骚扰人类的吗?为什么还吃了农场的鸡?"医生问。

"我饿了总得吃东西吧。他们管你要了多少钱?"狮子问。

"养鸡场主人要了我一英镑十先令六便士。"医生说。

"我才吃了九只鸡,他们抢劫吗?再说那些鸡一点都不好吃。"

"以后我得跟着你一起出去活动。"医生对狮子说。

后来镇上的人们看到这只野兽像只温驯的小羊一样跟着杜利特医生回马戏团了。

现在医生可以按照自己的意愿来照顾动物们,所以他很喜欢现在的生活。可怜的哒哒开始觉得让医生回普德莱比的希望越来越渺茫了。

现在医生闲暇时总会想一些新颖有趣的动物表演,为此他总是把孩子当做观众,更多地为他们编排表演。

会说话的马和普德莱比哑剧的成功表明了医生精通动物语言这一技能可以在马戏团得到更好的发挥。而医生从法蒂姆那儿买来的蛇后来已经能自己表演一些小节目了。跟法蒂姆用迷药迷惑这些蛇的行为不同,杜利特马戏团的蛇可以自愿表演节目。伴随着音乐声,他们会翩翩起舞,跳起优雅的舞蹈;他们会对着观众鞠躬,变成圈儿,做出人们前所未见的表演。

随着时间的推移,杜利特马戏团里的动物都可以独挑大梁出来表演,每个动物都有自己的特色,比如那些蛇会展示自己的柔韧性,而大象则是展示自己的力量美。

有一天医生跟马修聊天的时候说:"我们不要人跟动物一起表演。动物们的表演与人的表演截然不同,他们完全可以自己表演。以前人们觉得动物不能表达他们的想法。如果我们告诉这些动物什么表演可以逗乐观众,再让他们自己表演,他们的智慧和幽默远远会超过人类,所以我会让他们表演适合自己风格的笑话。那样人们才能理解这些动物。"

所以杜利特马戏团跟其他的马戏团截然不同。医生的善良与热情款待让马戏团的表演变成了一种家庭聚会,而不是商业表演。

在杜利特马戏团里完全不存在规矩,如果小孩子们想一睹动物们"幕后的样子",或者看看大象的兽栏,都会有人陪着他们去参观。这也成为了杜利特马戏团的一大特色。不管何时,只要杜利特马戏团的马车在路上行走,孩子们都会跟着走好几英里。而接下来的几周内孩子们还会侃侃而谈马戏团的表演,期盼着马戏团下次的来临。几乎所有的孩子都把杜利特马戏团当做了他们专属的马戏团。